张 灵 著

夏商小说论

上海教育出版社
SHANGHAI EDUCATIONAL
PUBLISHING HOUSE

目录

　　上海本土出生的小说家夏商在 20 世纪末一度以其形式特别而又注重现实感、思想性因而富于现代性色彩的中短篇小说创作，被批评界归为"新生代""后先锋"文学的代表性作家之一，而他在小说创作上虽非职业但持久、专业、纯粹的辛勤耕耘和用心探求所取得的成果——以《乞儿流浪记》《东岸纪事》为代表的长篇小说和众多优秀中短篇小说——的问世，使他获得了当代文坛更为普遍的关注。特别是他的长篇力作、被誉为"浦东的清明上河图"的《东岸纪事》，更受到了众多批评家和文学研究者的肯定，比如，有批评家认为《东岸纪事》对上海的描画"该清高清高，该混浊混浊"而"让读者看到了上海这个城市的树根，连同埋在地底下纵横交错的根须"（李劼语）；也有批评家在开阔的文学史坐标上观照，认为这部作品第一次有力地冲击了 20 世纪 50—90 年代"上海文学"囿于上海城区的空间想象，成功解构了似乎"从来如此"的狭隘凝固的"上海人"概念（郜元宝语）。概而言之，夏商的小说创作成绩，已成为了中国当代文学的一份值得珍视的收获，夏商小说的艺术特色、思想内涵、美学价值值得予以系统梳理、阐发。

夏商的创作之路与当代批评的回响

夏商的早年经历

1969 年 12 月 15 日,夏商在位于黄浦江西岸多稼路的上海第二人民医院降生。他的家庭是独特的,他的祖父母家是一个大家庭,他的父亲有众多兄弟姐妹,也是这个大家庭里同辈中的长子。如同绝大多数普通上海人,众多的人口在那个寸土寸金、一铺难求的年代,居住成了一个令人发愁又几乎无解的现实问题。于是,身为沿海海员的父亲和以务农为生的母亲结婚后就居住在黄浦江东岸的川沙县六里乡周家弄,根据那时的户籍制度,夏商随母亲的户籍,这意味着未来如果没有特殊的变化,他将成为一名浦东的农民。当然,他父母家所在的川沙县六里一带紧挨着黄浦江,那一带如同江水会洇湿两岸一样,除了黄浦江东岸已经散布着大量的工厂、码头以外,隔岸的繁华浦西也将商业和城市的气息外溢在了这一带。

两岁起,夏商作为长孙寄居在位于沪西普陀区东新村的祖母家,生活在上海都市中的棚户区。特殊的家庭和居住状况,使夏商的幼年处于"散养"状态,他没有上过幼儿园,没有得到长辈的悉心教育引导,伴随他童年生活的是连环画,他和那个年代的许多少年一样,是用一分两分钱的硬币从连环画摊上借阅一本本连环画消磨时光、满足对世界的好奇心的。如果我们要寻找夏商最初得到的文学启蒙,答案应该在这里。

1978年,9岁的夏商回到了浦东父母家里,开始在当地的六北小学读书。显然,在那个年代,即使不和那些四五岁就早早上学的孩子相比,这个年龄开始上学也是比较晚的。这也是他的"散养"童年的一个侧面印证吧。不过,那时的夏商瘦瘦小小,他在同学们中间,显不出一点年龄上的优势。如果说有什么优势的话,平时是看不出的,或许他出色的作文能够间接地作为一种说明。那时,并不谙习浦东当地方言、又显文弱的夏商,常常和大多数孩子的童年生活一样而没有例外地受到某些同学的挤兑、嘲弄。无论对浦东乡下还是沪西城中村来说,他都是外来的,受到了更多的欺侮。他后来在小说《一个耽于幻想的少年的死》中写到,一位年轻的实习女教师后悔自己一句无意说出的话可能会被少年周围的同学加工成绰号安在少年的头上——她担忧这绰号"最终成为少年人格的一部分"。这里似乎折射着夏商童年校园生活的记忆。但语文老师对他作文的一再表扬，作为范文的展示和朗诵，引来了同学们的羡慕，也成为了他童年生活中的美好记忆。

如果说夏商的小学生活还算顺利的话，那么他的中学生活完全是被以"问题少年"的"评语"定格并早早结束的。他在1983年入读浦东中学，这是一所在民国时期赫赫有名的学校，有很多名师曾在这所学校任教，也有很多杰出人才在这里受过教育。那时夏商贪迷上了画画和书法，然而家庭条件并不允许他深入展开绘画的正规研习，他只能自己在书本上自学自练。正是这一"不务正业"的爱好引发了他和老师的冲突，依然瘦弱的他无疑在精神心理上表现出了超强的"爆发力"，他与一名物理老师发生了激烈的肢体冲撞，这导致他在1984年秋天的初二上半学期即被开除，从此告别了常规的学历教育。那时他虚岁15，这件事无疑成为了他人生中一个难以忘记的事件，给内向的夏商留下了负面感受，以至多年后，在被这所学校作为事业有成的校友邀请参加九十周年校庆的时候，他断然拒绝了。他的理由是自己当年是被作为问题学生开除的，而一名问题学生又如何可以被作为优秀校友邀请回去给现在的学生们作报告呢？也许在他看来，这不仅过不了他的心理关，同时也涉及"唯成功是求"的教育功利主义。的确，个人和曾就读或工作过的学校的关系是耐人寻味的。一所学校究竟属于谁？谁又有资格对一所学校产生深刻的认同？

1985年，父母家被圈入南浦大桥工程拆迁范围，征地后夏商被分配到上海助剂厂，因未16周岁，还不能到工厂报到上班，他跟随祖母回祖籍地江苏盐城的建湖县住了半年。16岁生日当天，夏商去白莲泾上海助剂厂报到，在固色剂工段当化学操作工。工作之余，夏商思考自己的前途：通过高考改变命运已不太现实，绘画这样成本高昂的才艺发展计划很快被自己否定，他想起语文老师对自己作文的屡屡肯定，于是天生敏感忧郁的他开始自学写作。那时也正是文学依然红火的纸媒时代，夏商一边利用工余时间练习写作，一边如饥似渴地读书，在他生活的区域附近有上海省版书店南码头门市部，夏商成了这里的常客。在这里接触到存在主义、荒诞派等西方现代派文学、先锋文学的作品以及介绍西方现代文化思潮的书籍，尽管自己常常读得囫囵吞枣、一知半解、云里雾里，但凭借敏锐的直觉，他从中读出了强烈的趣味，获得种种感悟，悄然为他的写作注入动力和信心。

1986年，车间发生化学事故，夏商的面部被冰醋酸严重灼伤，脸上的皮被腐蚀得又红又亮，最后蜕掉了几层才恢复正常，但左眼视力终身受损，工厂如果上报工伤事故，会影响到一些厂领导的安全生产考核，所以厂部领导找夏商面谈，希望他放弃工伤索赔，理由很冠冕堂皇，说是为了不扣减全厂1300多名职工的安全生产奖金，生性善良的他考虑到诸多工友的利益，放弃了依法索要工伤赔偿的权利，但也体悟到厂部领导的自私和冷漠,产生了离开工厂的念头。为了增加知识和词汇量,他通读了 1979 年版《辞海》和《同义词词林》。这两本书为他打下写作基础发挥了重要作用。那时正值十七八岁,是一般青年读高中的年纪,或许这两本书的阅读对夏商而言起到了中学教育的效果。这一阶段夏商开始尝试自由投稿,一切都处于不确定当中。

从步入文坛到成为"后先锋"

1989 年 10 月,在经历无数次退稿之后,夏商的文学生涯见到第一缕曙光。他的散文《雨夜陷阱》被远在四川绵阳的《剑南文学》刊用。此时离夏商开始练习写作和投稿也不过 3 年,不满 20 周岁,辍学多年,靠自学摸索而获得正式发表,这无疑对他是个巨大的激励。这篇散文是唯一用原名夏文煜发表的作品,此后他的所有作品均署笔名夏商。1990 年开始,21 岁的夏商陆续为《新民晚报》《劳动报》《新闻报》《青年报》《生活周刊》等报纸写副刊文章。这似乎说明他的文笔已达到了某种圆熟,处女作的发表并非偶然。1991 年 6 月,他的短篇小说《爱情故事》也被贵州文学刊物《山花》第 6 期采用。此篇是其发表的小说处女作。这意味着作为小说家的夏商正式登上文坛。1992 年 5 月 8 日,上海的《青年报》发表了"夏商散文专辑"《为远方轻唱》,这是该报创刊以来首个个人文学作品专版。同年夏商在《文汇电影时报》开设电影随笔专栏。他再次在《山花》(第 7 期)发表短篇小说《秋天故事》、在《剑南文学》(第 4 期)发表短篇小说《情景》。1993 年初在《山花》(第 1 期)发表短篇小说《春天故事》、在《剑南文学》(第 3 期)发表短篇小说《故人旧事》。这接二连三的发表给夏商带来最初的信心。他向工厂申请停薪留职，两年后辞职创办广告及设计工作室开始自谋生计。虽然那个年代，中国正兴起波及全国的"下海潮"，但写作上得到的初步肯定无疑给了他自信和魄力。很多年后说起早年的自由投稿，夏商还是会提到《剑南文学》张晓林、《山花》黄祖康、《青年报》胡培炯等诸位素不相识的文学编辑的帮助。

1994 年，步入 25 岁的夏商开始在文坛站稳脚跟，这一年他在文学名刊《上海文学》《花城》《萌芽》陆续发表了一个短篇和两部中篇小说。1995 年初他的儿子夏周出生。他的文学事业和个人生活都步入正轨。他先是在《萌芽》发表中篇小说《轮廓》，同期还配发了编辑笔记《夏商印象》，这显然标志着作为作家的夏商得到了刊物的关注。他还在《上海文学》《作家》《钟山》等重要刊物接连发表中篇小说《爱过》《我的姐妹情人》《酝酿》。其中《嫌疑》《轮廓》是两篇新小说色彩极其浓厚的作品，凸显了这一阶段夏商对法国"新小说派"着迷以及对小说形式探究的热情。他的这些作品都聚焦于婚姻爱情，显示出夏商对男女情爱问题的思考具有超乎他的年龄和阅历的深刻性。特别是他的《我的姐妹情人》对人性和情爱心理的理解与把握在一些方面达到了可与谷崎润一郎的《春琴抄》媲美的地步。其时，刚刚辞职，公司经营才起步，儿子也出生不久，而夏商做到了经营和写作两不误，那几年也算精力充沛、文思泉涌吧。转年，他的中篇小说《爱过》被收录于今日中国出版社出版的《中国当代情爱伦理作品书系》，进一步说明夏商在小说写作上已初步成熟。

如果说1994—1995两年夏商着力于中篇创作、一口气写了几部有分量作品的话，1997—1998年，他在短篇小说写作上呈现出一股喷发之势，除了《恨过》《剪刀石头布》《看图说话》这几部颇为成功的中篇以外，他的一系列短篇小说集中出现在大江南北的名刊上，特别是短篇小说《出梅》在《作家》刊出时同期配发了夏商的创作谈《小说的创意》。这篇作品将几个少年在青春懵懂的性意识催动下的出格行为和心理作了生动传神的刻画。这完全是一篇妙手偶得之作，作品一洗夏商以往作品在艺术形式上的刻意痕迹，显示出夏商在小说艺术形式上探索之后重回自然的醇熟。这篇作品随即被《小说月报》转载。其他短篇如《水果布丁》《正午》《刹那记》《金陵客》《飞车走壁》也在艺术上呈现出某种从容悠游、不着痕迹、玲珑剔透的美妙性。不过此一阶段"夏商的小说尤其是他的一些涉及青少年题材的短篇小说如《一个耽于幻想的少年的死》《出梅》《正午》《刹那记》等，人物总是被作家放到了一个特定的情境中使他们体验一种命运而且是悲剧式命运"。① 结婚不久的夏商似乎已

---

① 李晓峰：《论孤独心态与新生代作家的创作》，《武警工程学院学报》2003年第5期。

经对家庭生活产生了某种悲观和质疑。此一阶段的多篇作品是被以《钟山》《大家》《作家》《山花》及《作家报》四刊一报联办的"联网四重奏""夏商作品小辑"配发"创作谈"或评论的形式隆重推出的，与此同时，《一个耽于幻想的少年的死》《刹那记》《金陵客》《恨过》分别被《小说选刊》等刊物和出版社推出的作品年选所转载。可以说，29岁的夏商以自己的创作实绩已被文坛认可，他在1998年5月，参加朱文、韩东、吴晨骏发起的"断裂问卷"（问卷整理后，发表于《今天》第4期和《北京文学》第10期)，显示出与前辈作家在艺术观念上的某种决裂和叛逆的姿态。他还率先提出"先锋之后中国文学何处去"的"后先锋"命题，引起学者、作家的讨论与共鸣。包括夏商在内，当时他们本来计划在1999年创办一份民间刊物，以宣传作为一个群体的"后先锋"作家的文学思想、理念与主张。之后，随着讨论范围逐步扩大，文学编辑界的有识之士也进一步关注到了"后先锋"作家的写作。1999年《作家》《青年文学》和《时代文学》第三、四期联手推出"后先锋文学"专辑，使夏商、李洱、李冯、张执浩、海力洪、施战军们作为集团式的作家批评家群体陡然矗立，引起文坛瞩目。其时夏商和他的同道作家们被评论界和媒体认可为"后先锋作家"，其真实的意义在于他们是"略晚于余华、苏童、格非等先锋派作家的后起来的一代"。而实际上，这个年代余华苏童们也已经告别了过于执着形式实验的"先锋"阶段而正在向传统，向现实主义文学做着"后退"和回归。除了针对小说艺术形式以鲜明的姿态向"先锋"和"先锋一代作家"发出告别以外,那时的"夏商言辞直率,有些不驯",他还高调退出上海作协,"有时路见不平他会以拳头说话。这些都难以与外界印象中的'上海男人'画上等号","他在体制之外谋营生,可能和官方关系的疏离",而这可能"反而成就了他",使他的"写作从而可以成为他纯粹的私好,一种隐秘的幸福追求"。作为自学成才成长起来的"草根"作家,"他虽和学院派无缘,却比知识分子们更积极讨论公共话题,他说:'学习做一个知识分子,是每个作家的重大课题。'"①可以说无论是在艺术上还是在思想上,在作家作为社会中特殊一员的责任意识等方面,作为"后先锋"作家的夏商,在 1998 年 29 岁之际已成熟而自觉,成为文坛外一个独特的存在。

长篇小说探索期——三部"寓言"的出场

发表于 1999 年的中篇小说《休止符》标志着夏商的创作正在伴随着他的"后先锋"姿态和文学观念的初步完成而迈向长篇写作的时代。尽管在 1999 到 2000 年这两年他依然发表了众多堪称精彩的中短篇作品如《集体婚礼》《八音盒》《高跟鞋》《今晚》《二分之一的傻瓜》《金色镶边的大波斯菊》《零下 2 度》《日出撩人》《沉默就是千言万语》《口香糖》,但夏商实际在用心于长篇小说的构筑。我们可以把这些中短篇看

---

① 朱燕玲:《我心中真正的祖国,是母语》,《名作欣赏》2018 年第 2 期。

作如花绽放的创作盛期的自然延续,其中好作品的出手频率更高了,《八音盒》《金色镶边的大波斯菊》《零下2度》《日出撩人》都是值得玩味的精品,在延续情感、婚姻、欲望的人生主题以外,夏商有了更明确的社会意识——他的不少作品具有明显的"问题小说"的意味,对一些重要的社会问题以小说的方式作出了关切、追问。当然他在后面长篇小说作为主创的年月里,依然有精美的短篇问世,如《孟加拉虎》(《人民文学》2001年第4期)《美丽幼儿园》(《天涯》2011年第5期)等,这是他作为小说家偶来灵感、插空而为的制作,并非真正的心思焦点了。

2001年1月,夏商的长篇小说《全景图》在《花城》第1期发表,这是他发表的第一部长篇作品。6月,《全景图》易名为《裸露的亡灵》,同时1999年发表的中篇《休止符》易名为《标本师之恋》,皆由花城出版社出版。

《裸露的亡灵》发表时夏商在中短篇小说方面尽管告别了"先锋文学"对形式的迷醉阶段,开始回归现实的、浑然天成的审美旨趣,但作为长篇小说,它的现实生活感并不是很强烈,相反,它有着艺术小说对现实生活题材和表象景观的疏离,人物性格、心理和故事情节虽然不悖情理,但又超出了常人的行为举止和状态。因此,这部作品还是应该看作初次营构长篇作品的夏商在作品体制上煞费苦心的产物,它的主题富于哲学性,人物经历和性格较多离奇,特别对于作品的形式设计与人物生命存在样态,想象微妙而富有创意,从而实现了对人的"性"与"命"迷思的深入而巧妙地展开。但这部小说发表之初并未引起批评界的重视，多年后一些批评家回过头来对这部小说的特点和意义又给予了阐释。如评论家阎晶明认为："《裸露的亡灵》对悲剧的描写、对死亡的表现有着类似情形。每一个死亡故事周围都串接着许许多多的修饰，或者是亮丽的爱情，或者是'同性恋'的隐私，也或者是暴力、欺骗、疾病的折磨，每一次死亡都在这些'遮掩物'的覆盖下使恐惧消失。"特别是作品的表现手法得到关注，认为这部小说"具有现代感的表现手法"与罗兰·巴特从脱衣舞中发现的艺术"奥秘"有着微妙的一致性，显示了夏商小说如同"鲁迅把同样的素材如祥林嫂、孔乙己的悲惨故事，化入到极具风格化的艺术语言和现代感的小说结构中"那样，在艺术上"有它特殊的意义"。[1] 除了整体构思的特点，小说在微观修辞等方面的精致用心也得到了肯定，这部小说的责任编辑朱燕玲指出："彼时三十刚出头的夏商正执着于一些抽象问题，要在十来万字的篇幅内，容纳错综复杂的人物关系，凸显对死亡、爱情这样宏大议题的终极思考，同时还不能粗枝大叶，要有精致的细节，殊非易事，非拿出快刀斩乱麻的决断不可。夏商做到了，就像他处理食材那样，既考虑营养又考虑口感，还要考虑视觉美感。"[2]应该说这些评论都是很中肯的，

---

① 阎晶明：《悲剧的幻灭——夏商长篇小说〈裸露的亡灵〉读后》，《名作欣赏》2018 年第 2 期。

② 朱燕玲：《我心中真正的祖国，是母语》，《名作欣赏》2018 年第 2 期。

夏商对一些人生终极问题、抽象问题的思考要通过错综复杂的人物关系和故事来展示，他拿出的"快刀斩乱麻"的办法即是"寓言"。他通过高难度的想象较为出色地完成了这个寓言的构造。

如果说《裸露的亡灵》的形式感大于现实感的话，三年之后的2004年，夏商推出长篇小说《妖娆无人相告》(作家出版社出版，多年后再版恢复了原名《乞儿流浪记》)这部更为成熟的、适合刊物刊登的长篇新作。奇怪的是这部作品并没有先在文学刊物刊登而是直接由出版社出版，它的命运并没有比《裸露的亡灵》好多少，实际上，《乞儿流浪记》的本名被改为更花哨和有"噱头"的新名这件事情本身就是一个征兆，每年如过江之鲫般众多的长篇小说已有了市场之忧，评论家们似乎也同样在这个时代有些忙不过来。实际上，这部作品无论就夏商个人还是就当代中国小说界来说都是具有重要意义的。

评论家郜元宝在评论《乞儿流浪记》时情不自禁地借题发挥，由此作而泛及夏商的整个创作和存在的意义："夏商生于上海，长于上海，工作、生活、写作于上海，却并不刻意用上海作为他文学上的招牌，更不想随便屈服于不断被制造出来的各种上海神话所包含的虚假而强硬的逻辑。夏商不属于20世纪90年代中期醒悟过来之后急急忙忙梳妆打扮一番就粉墨登场的'上海文学'——我们在这样的'上海文学'中只能看到上海的招牌而看不到文学——他甚至和所谓的'都市文学'也没有什么关系，因为他很少刻意在作品中炫耀自己有关都市的知识。他也许喜欢描写所谓'城乡接合部'的生活，但这也是一个灰暗暧昧的地带，无法作为标签贴在他的作品之上。""由于回避了人道主义者的视角和语言，夏商的叙事笔法就因为中性而显得残酷，又因为残酷而显得遒劲有力"。① 夏商小说的确不玩弄外在的"概念"或招牌，他只着意内容和形式的内在需求，他不自我塑造为"上海文学""都市文学"，但事实上，"上海"和"都市"自然而然就在他的一些作品之中，而他的《乞儿流浪记》更是将描绘的目光超出了自己的身边和个人记忆，这也是"寓言"的内在逻辑使然。"天地不仁，以万物为刍狗。"夏商回避了浅层次的、直白的人道主义，而是把人道主义化成了"寓言逻辑"使之表达得更为有力和强烈。《乞儿流浪记》表面上在做形式的探索和造型的设计，然而不动声色的是对底层社会——千千万万的农民工及其后代的关切，当然这种关切是纳入有关人性、有关人和人的情爱、亲情关系的哲思演绎之中的，这一演绎当然是"寓言"的展开或实现。陈晓明指出："《乞儿流浪记》就是这样一部小说：用语言的华丽外衣去包裹丑陋的身体。""当代文学的'新人民性'具有了审美伦理的内涵。弱势群体可以享用文学语言的盛宴，它使现代主义或后现代主义的文学成就，可以不再有障碍地推广到中国本土原生态的生活中去。在这一意义上，夏商的'语言妖娆'无疑是一次果敢的亮相，一

----

① 郜元宝：《"岛屿"的寓言——读夏商长篇小说〈乞儿流浪记〉》，《名作欣赏》2018 年第 2 期。

次公开的宣誓，它预示着中国当代文学突然开启的一片妖娆之地。"①"华丽的外衣"是形式，是寓言的面目，而"弱势群体""中国本土原生态的生活"则是它的"寓意"所在。夏商的这部小说无疑实现了"内容"与"形式"，"现实"与"先锋"在作品中的高度融合与平衡，他把两个似乎难以和谐相处的事物融洽地密合在一起，这不仅在他个人是重要的，而且预示着当代文学的一片新的可能。2018年，问世近15年后，这部小说又被《江南·长篇小说月报》节选转载、被江苏凤凰文艺出版社再版，也都说明这部小说的价值在被越来越多的读者认可。

夏商"寓言三长篇"的最后一部——《标本师》要到12年后的2016年面世。《标本师》在夏商的创作历程中处于一个尴尬的位置。因为在它面世的时候，夏商早已走出了"寓言"营造阶段，完全告别了"形式凸显"的写作阶段，而走上了追求与普通读者更亲和的"现实主义精神"主导的拙朴时期，他的《东岸纪事》早在4年前的2012年发表。不过一部小说诞生的机缘与逻辑，有时超出了作家自己的理性意识。实际上，《标本师》并非一部彻底的新作，它的种子和内在的"长势"在夏商致力于长篇写作之初就埋藏下来了。实际上，《标本师》的雏形是作者于而立之年发表的《休止符》，这个中篇的改写本《标本师之恋》与他的长篇《裸露的亡灵》在2001年曾推出单行本。但这个题材的潜在价值和其中想要表达的旨趣在作者看来并没有

---

① 陈晓明:《妖娆地展现弱势群体——评夏商的〈乞儿流浪记〉》,《名作欣赏》2018年第2期。

得到满意的实现，于是在沉甸甸的《东岸纪事》完成之后，作者趁着一种心理的"余暇"重新对这块"璞玉"展开了全新的开掘塑造。它是一部新作，但它的前世或来源又注定了它在作者的创作序列上应该归拢在长篇"寓言"小说创造的阶段，而这一归纳也完全符合这部小说自身的形式构造、表达方式与内容旨趣。《标本师》一如《裸露的亡灵》，它的寓言是执迷于人性、情欲、爱情等相交织的主题，如有的论者所言"《标本师》的主题蓦然令人生出诸种一身臭皮囊的感触。所有的爱也罢，恨也罢，欲望也罢，功利也罢，莫不如此。"①——肉身腐朽与空无？但并不尽然，与人的外表、性情、欲望以及将这些因素总括在一起的人的"认同"问题或许是其更深层的关切所在，抑或作者的思想投射真是如此："《标本师》所在的时代是人的主体被宣布死亡的时代，人们不再相信小说可以读出人类的灵魂。"②总之，哲思性和形式探索是这部小说最为显著的特征，而形式的用心既是作者写作的惯性，也是一种新的要求的高度所在。这种要求也可以解读为一种文学品质的坚守，如有的学者就认为《标本师》的出现有着双重的意义："在语言和主题上，表明了一位先锋作家在泛娱乐化时代的文学坚守；而在叙事上，则又显示出他在这种坚守中的犹疑。"③

在这部作品中作者对男女情感、情与色的关系给出了独

① 肖涛：《〈标本师〉的物哀美学》，《书城》2017 年第 4 期。
② 郑鹏：《艺术小说的"标本"》，《当代作家评论》2017 年第 6 期。
③ 桫椤：《私人化叙事中的先锋蜕变》，《当代作家评论》2017 年第 6 期。

到的思考和展示,而且这部小说超出了"思想挂帅"的传统艺术法则的限制,除了追求思想深刻性和形式创新之外,还追求一种"文本的快乐"——更加自觉地将"奇闻逸事""专门知识""行业秘笈"等元素编织融汇在精心创造的文本中,更加全方位地营造作品的可读性,努力使小说文本成为一个阅读的"游乐场""开心馆"。也有论者从接受的角度指出了其苦心孤诣的艺术追求特别是"知识书写"的在场证据:"阅读《标本师》是一件颇具挑战性的事情";"知识性贯穿在都市化的情感书写中,语言轻盈而有着结实的城市经验,在文本叙事中时时能够看到深入现代都市人内心的细腻观感";"又时时设置着障碍和陷阱,让读者在草蛇灰线的叙事中条分缕析,在众多悬疑中调动自己的思考力"。[1] 也有论者直接以"知识小说"来为之命名:"夏商的《标本师》通过叙事嵌套的方式引出一本遗失的日记,从而展现出日记背后惊悚凄绝的爱情故事。在此,小说的主人公标本师,其崭新职业的知识性,以及冷僻角色的猎奇性,都为故事增添了别样的魅力。如人所言的,这是一部'穿着爱情外衣的知识小说',确实关乎知识,那些人所未知的制作动物标本的步骤要领,被小说作者娓娓道来,以至让人惊呼,是一部'标本制作知识的百科全书'。"[2]

《标本师》尽管晚出多年,但它的根子在早期,它的艺术

---

① 郭艳:《现代性的个人精神景观叙事》,《当代作家评论》2017 年第 6 期。

② 徐刚:《现实性、传奇或历史的"魅影"——2016 年长篇小说概观》,《当代文坛》2017 年第 4 期。

手法和表达旨趣在整体上属于夏商小说的"寓言"时期。但因为它毕竟是后来完成的，因此它的成色中包含了更多寓言时期还不十分鲜明的东西——知识小说的概念、意识和表达，即《标本师》中，一如莫言的《酒国》，某种专门知识、技艺的掌握、研究与书写在其中得到了更为自觉、周密、精细的表现，因此，除了故事情节本身，小说中关于标本制作的知识相当丰富与完备，表达得趣味横生，当然这毕竟不是科普式写作，因此在这种知识炫示中，裹挟着人物的情感和作者的想象。《标本师》的"知识"书写是对《东岸纪事》中的农业、植物、地方风物等等博物学书写的继承，然而关联到《标本师》的前身《休止符》而言，《标本师》也可以说是"预演"了《东岸纪事》的知识之维的展开。这是《标本师》诞生的特殊"年代""时机"决定的。因此说《标本师》暗蕴着作家创作历程中的许多推动力量。

《东岸纪事》——一份沉甸甸的收获

2009年10月，上海锦绣文章出版社出版了一套"夏商自选集"，包括长篇小说《乞儿流浪记》《裸露的亡灵》，中篇小说集《我的姐妹情人》，短篇小说集《沉默的千言万语》，共四卷。这标志着夏商文学创作的一个阶段性总结，也意味着夏商的作品已经从商业角度积攒了可预期的市场。这对夏商个人来说是个收获，但他写作事业更重要的收获则是两年之后的

2012 年,他的长篇小说《东岸纪事》在《收获》长篇专号春夏卷的发表。这部 43 万字的长篇作品在夏商的全部创作中是部头最大的,而且和他作品一贯精致小巧的体量比较起来,它更显得具有一种恢宏的气象。这部形式讲究但不事张扬、追求写实但寄意深远的作品,除了它自身的艺术与思想分量以外,它的题材——上海浦东开发前的自然人文记录之"地方志"——重大和独具魅力,使它一问世就受到了广泛的关注,第二年就由上海文艺出版社推出了上下卷的单行本。这一版清新又怀旧、都市又乡村的封面设计将现代商业、春天自然、靓丽少女的多重元素描绘在一起,直觉地呈现了这部小说的独特魅力,与文字内容一起形成了相得益彰的效果。2018 年这部小说与夏商其他主要作品一起再次由华东师范大学出版社隆重推出。

《东岸纪事》的扉页,作者的谦逊又暗藏雄心的题词准确显示了这本书潜在的巨大魅力:"我以为写的是浦东的清明上河图,其实是人生的一摞流水账。"出版不久,仅一年多的时间内,除了专门文学期刊和文学评论刊物外,《申江服务导报》《生活新报》《南都周刊》《新民周刊》《北京青年报》《新文化报》《华商晨报》《环球时报》(英文版)《北京日报》《晶报·深港书评》《南方都市报》《羊城晚报》《外滩画报》《解放日报》《芒果画报》《TIMEOUT 上海》等主流媒体、大众或娱乐媒体纷纷发表报道、书评和访谈,对这部作品的问世表达关注、给予肯定,我们从文章标题即可看出媒体对这部小说的态度,比如《南方都市报》的书评主题目是"群像矗立的老浦东浮雕"、《文学报》书评的题目是"欢迎'上海文学'的睡虎醒来——评夏商《东岸纪事》"。2014年10月24日,复旦大学中文系、上海文艺出版社、《收获》杂志社主办"夏商《东岸纪事》作品研讨会",这标志着上海文学研究和批评界对这部作品的价值做了郑重专业的回应①。

浦东,曾经只是上海的乡下,历史的宏大议程深刻改变了那里的一切。浦东开发区不仅不再"边缘",而且以开发区的姿态反而成为了现代的、后现代的上海的核心与地标。因此,关于浦东的现在与过去,就不仅仅只是开发前的浦东人的念想,它成了整个上海都市的自我观照、自我认同、自我辨识与怀旧或展望的一个焦点、一个坐标。这无疑是浦东作为题材的潜在优势所在,也是浦东暗藏着"讲述上海"的"方法"的奥秘所在。构思这部小说之初,夏商是否具有这样的艺术外的战略考量已经并不重要,"天时地利人和"的优势幸运地聚集在了夏商这里,这是不言而喻的,也是这部小说问世之初就受到广泛关注的重要原因所在,也是批评家们首先瞩目之所在。

如同作者自己的"清明上河图"说法指谓的,批评界首先肯定的也是《东岸纪事》对浦东几十年岁月中的"变化"与"不变"的容颜,生活在那片土地上的人们的日常生活和特殊命运的记录、讲述。这一意义也是长篇小说通常应该完成的基本使命。

---

① 陶磊(整理):《夏商〈东岸纪事〉研讨会发言纪要》,《中国政法大学学报》第4期。

作为土生土长又有过"逃离"校园"温室隔绝"经历的夏商,对浦东这片土地开发前后的面貌与生活有着更多的体验和记忆,这给了他作为地方生活记录者的作家以得天独厚的优势。有论者即是如此予以肯定的:"如果说,沈从文是通过《边城》对在旧式中国伦理秩序下成长起来的翠翠的人性美进行探究和试炼,那么夏商则是通过《东岸纪事》对浦东这种地处城市边缘的城乡接合部特有的人伦秩序进行展现。"①也有学者指出:"内容上不以宏大叙事为主而沉迷于对细节的展现,将具体的脆弱的个人从历史洪流中打捞起来,呈现出一个丰富驳杂、变化莫测的上海,使得历史中有人,人中有历史。正因如此,作者笔下的浦东才细腻、浓稠而有温度。"②这一论述又突出强调了这一"清明上河图"的细腻、逼真和生动,而这自然得力于作者的艺术才能和命运所赐的生养归属和人生经历。陈思和认为夏商把浦东开发开放前夕的时代氛围非常逼真地表现出来了。③ 也正是因为作者和这片土地的血缘关系,也有论者在小说对浦东的纪录之外,体会到了作者对这片土地流露的感情:"夏商的《东岸纪事》是有那种方寸空间蕴含巨大历史包容性的特色","夏商不是散文家,而是小说家,但他不是一个'说

① 陈嫣婧:《无意义中的"意义"探寻——论〈东岸纪事〉中的现代叙事元素》,《新文学评论》2018年第4期。
② 吴娱玉:《上海叙事的另一种方式——论〈东岸纪事〉的叙事策略及意义》,《当代文坛》2020年第1期。
③ 陶磊(整理):《夏商〈东岸纪事〉研讨会发言纪要》,《中国政法大学学报》2015年第4期。

书人'式的小说家,而是具有诗人气质的小说家。所以,他的作品有很强的主观抒情特色,有一种诗歌语言的谜一样的形式感。整部小说的叙述空间有一种抽象意义上的抒写。"①

如果说土地是我们生命的肉身赖以存活的基础、寓所,那么语言、一个地方的方言,则是地方生活、地方文化、地方习俗和伦理秩序的存在之家。《东岸纪事》除了叙述方式、艺术形式上的"回归"以外,夏商巧妙地采用了上海特别是浦东的口语方言,从而使这一"清明上河图"更加逼真、生动。这与作者以往的小说语言意识、语言选择有很大的差异。很多学者都指出了《东岸纪事》在语言上的特点和优长:"《东岸纪事》是大上海都会文化的隐秘前传,这个前传,也表现在语言上,如今的大上海语言,已经是普通话的世界、英语的世界,沪语已弱小到需要保护的程度,而夏商挖掘了沪语的地方性意味,自觉追求语言口语化,并用频繁的沪语方言来弥补普通话在表现地方生活上的不足。"还有学者从内容表现角度肯定了《东岸纪事》的语言策略:"日常生活书写与市井传统相交融,语言、笔法、观念和地域文化更具苍莽风度。"②另一位学者指出:"和韩少功把方言注释演变成小说结构不同,夏商把方言注释直接化解为小说内容的组成部分。他在创作中将方言翻译成通用语,偶用方言,读者大致也能在上下文的语境

① 杨扬:《浦东的怀旧与乡愁》,《南方文坛》2013 年第 5 期。
② 朱军:《新世纪上海城市书写中的意象抒情传统》,《文学评论》2022 年第 5 期。

中领会其内涵。总体看来，他将方言注释化为无形，把方言底蕴融于作品之中，成了小说不可或缺的组成部分。这是以无形的注释达成有形的地方世界的叙写，是方言注释的新境界。夏商的创作表明当下地方想象的诸多可能。"①这是把《东岸纪事》对方言俚语的运用与多位作家作品进行比较并予以了肯定。也有学者从另外的角度注意到夏商摆脱了知识分子的言说和探索小说的自恋，回到了地方语言上来。②

当然，摆脱知识分子的自恋，摆脱"探索"的"高大上"自诩、自恋，也不仅仅是语言上的问题，而是表现在小说的总体上、"骨子里"："《东岸纪事》的叙事重心不是外滩的十里洋场，不是弄堂里的光影摇曳，真实的日常生活中弥漫着城市边缘的气息，落满了时代碰撞后的一地碎片。底层人性、历史变迁和时代感受，有写实、抽象，还有隐喻，既像一座城市的纪念馆，也像是人性的展览馆。""浦东平民世界面对高速发展的时代，遭遇的一切并不新鲜，只是这些居民作为社会生态的一个窗口，确实让我们看到了大时代对个体命运的裹挟和改变。"③乡土的、平民的、个体的浦东既是历史的真实，现实的元素，也是上海的一部分，这与"清明上河图"的格调

① 张红娟：《方言进入小说的策略——小说中方言注释现象论析》，《扬子江评论》2017 年第 4 期。

② 陶磊（整理）：《夏商〈东岸纪事〉研讨会发言纪要》，《中国政法大学学报》2015 年第 4 期。

③ 张艳梅：《俗世悲欢无岸——我读夏商小说〈东岸纪事〉》，《新文学评论》2018 年第 4 期。

和内在姿态是吻合的:"夏商的《东岸纪事》同样从对立入手。他精心描绘出一个被浦西的、摩登的、精致的文化所遮蔽了的上海的形象,通过夏商的笔,浦东在滑稽戏和滑稽剧之外有了另一个发声渠道。但这当然不是狭隘的乡土意识,因为浦东非它,就是作为'歧异的共同体'的上海。"也有学者就其提出了"凡人史诗"的概念:"《东岸纪事》使市井获得了另一种书写的可能性,不是以热气腾腾的日常生活给出人物群像,而是让每个人都背负着语言前行,一如背负着自己的出身。并没有一个弄堂供他们百花齐放,他们只是在努力成为体面的上海人的挣扎中,让自己深深地进入了市井生活。夏商为这一市井纪事注入强烈的悲剧感,却保持了凡人史诗的本位,没有闪光的人格、崇高的主题,甚至没有习见的'民俗风情画卷',却自有其惊心动魄之处。这是另一种上海味道。"①这位论者的体味不无道理,夏商《东岸纪事》的"地方化""风俗画"是平民立场的、朴素踏实的,它不是"民俗风情画卷",因为它不是旁观者的表面所见,也不是为了满足外来者的猎奇而人为塑造起来的"景观"。

也有多位学者,站在当代文学,特别是当代上海文学的视野来观照和评判《东岸纪事》,从而在比较中更鲜明充分地分辨出这部作品的特色和意义。有的看到小说对上海书写的"补白"价值:"《东岸纪事》确乎镶补了'海派文学'遗存的空白点,

---

① 张艳虹、汤拥华:《市井诗学如何可能——试论当代上海小说研究的一种理论路径》,《文艺争鸣》2017 年第 10 期。

并将上海书写的荒芜空缺之地与读者早已疲惫的审美视角,转移至了广袤寥廓的村镇区域,进而将上海城市的气韵格调,赋予了另类新颖别致的青春气派。"①有的指出它的某种突破:摒弃了传统的上海书写方式,从思维方式、空间想象、角色选择、叙事风格等方面实现了突破,因而"夏商在《东岸纪事》中为上海书写提供了新的经验,这也可视为他对于当代'上海文学'的独特贡献"。② 有论者通过众多上海小说的比较指出,上海故事有多种写法。"在这个《罗生门》般的复调声音中,哪个才最大限度地接近历史的真相?从这个意义上讲,透过夏商这'一摞人生的流水账',我们看到了'浦东的清明上河图'。"因为,在这位论者看来,很多有关上海的书写,在那些作者们看来,或许"他们以为写的是上海的灵魂,其实写的只是上海故事的灵魂",而夏商的作品"让我们看到了在这方面的突破"。③ 批评家郜元宝的比较更带有尖锐性:"《东岸纪事》的意义在于它凭借对浦东平民生活大规模的成功描绘,以群像矗立的浮雕效果和粗犷奔放的叙述风格"冲破了作家们关于"上海文学"的空间意识、空间想象和关于"上海人"形象的概念并由此"为上海文学带来一种粗犷凌厉的精神风貌"。④

---

① 肖涛:《浦东浮世绘的文学重构》,《南方文坛》2013 年第 5 期。
② 蔡家园:《异质性的"上海生活"经验——评夏商长篇小说〈东岸纪事〉》,《名作欣赏》2018 年第 2 期。
③ 靳路遥:《异数上海:一曲老浦东的挽歌——评夏商的〈东岸纪事〉》,《文艺争鸣》2013 年第 10 期。
④ 郜元宝:《空间·时代·主体·语言——论〈东岸纪事〉对"上海文学"的改写》,《当代作家评论》2013 年第 4 期。

某种意义上，"清明上河图"的说法也只是一种外在的描述，一个便于"刻画"的比喻、借用，或许它是一个结果而不是一个动机或目的本身。更根本的在于夏商的小说意识、小说观念发生了变化，提升到了一种新的境界，他把"后先锋"的观念更成功地落在了文本实践上，这种吸纳消化了现代性、先锋性的返璞归真也体现在一种更质朴的人学观上，郜元宝从另外的角度对这种质朴的人学观做了肯定："《东岸纪事》从专注先锋形式探索的'画鬼'转向'画人'（扎实地描写浦东平民众生相），夏商由此不仅找到个人的文学基地，掘开个人的一座文学富矿，告别了先锋作家无家可归的漂流状态"。[1] 有的论者则从更具体的技法角度肯定了夏商这种"走出了命名的焦虑"之后的境界、心态和手眼运用："《东岸纪事》，不仅保留了不少过去先锋的技法，更因为世情题材的天然亲近，借助了明清话本、笔记小说等传统文学资源。"还有学者从小说艺术的思想表达这一更开阔的视域来内在地评判《东岸纪事》人物刻画上的"反英雄"等"庸常化"特点："反对英雄，书写日常，到底是因为要对抗过去的'错误'，还是因为现如今世上已无英雄？到底是都市和时代吞没了渺小的人，还是人的欲望制造了都市和时代？或许唯有不断书写，不断探索，不断感受，才能揭开一角，窥探一二。夏商的浦东

---

　　[1]　郜元宝：《空间·时代·主体·语言——论〈东岸纪事〉对"上海文学"的改写》，《当代作家评论》2013年第4期。

清明上河图,依靠对欲望的洞察,为我们做了一次小小的提示。"①批评家李劼也从小说诗学的角度对此作了阐释:"这部小说的经典意味在于,不再造作,不再扭捏,直截了当地直面各色人等。我称之为,返璞归真。"②

关于夏商小说观念转换、升华的问题,朱燕玲的一段论述很值得玩味:"虽然夏商自言对这个完成于而立之年的长篇(指《裸露的亡灵》)敝帚自珍,又说他采用一些技巧,使其具形式感,为的是藏拙。但现在回过头来看,夏商对自己的创作布局,应是早有安排。几年前四十多万字的长篇《东岸纪事》的出版,证明他已跨越了早年这种'藏拙'阶段,对用现实主义手法写一部史诗已经成竹在胸,足以在多年搜集资料的基础上,实现为自己的出生地浦东立传,'写一部浦东的清明上河图'的心愿。"③王春林等也关注到了夏商所言"拙"的意味:"夏商特别强调'拙'的重要性……夏商曾经有过先锋小说的写作经验。由这样一位曾经的先锋作家来强调'写实'和'拙'的重要性,自然显得格外意味深长。"④

而在我看来,夏商的《东岸纪事》融汇了"寓言"三作及早期中短篇对形式做无穷探索的意识,同时接续了以《乞儿流浪记》为代表的小说对现实的关怀和对写实的回归,同时

---

① 郭垚:《人与欲望的辩证法——夏商小说论》,《扬子江评论》2017年第6期。

② 李劼:《〈东岸纪事〉叙事的返璞归真》,《当代作家评论》2020年第2期。

③ 朱燕玲:《我心中真正的祖国,是母语》,《名作欣赏》2018年第2期。

④ 王春林:《沉郁雄浑的人生"中段"——评王蒙长篇小说〈这边风景〉》,《当代作家评论》2014年第1期。

吸纳了《标本师》的前身《标本师之恋》就具有的、在短篇小说《十七年》《金鱼》等体现的"知识小说"的意识而创造的具有"诗性地方志"或"清明上河图"式民间"史诗"性质的作品。这部作品在整体上体现着严密的构思、强烈的思想呈现的动机，毕竟夏商从登上文坛之始就具有"忧郁者"的孤独好思的气质，他的《东岸纪事》在整体上是"描写"的，但内在经络骨骼里伸展的是关于生命、情感、人性、历史的哲思。小说的结尾也以高潮的方式凸显了这一艺术用心。

可以肯定的是，越来越多的读者、批评家在关注、解读这部作品，很多学者、批评家从不同角度对它作了肯定，但《东岸纪事》的思想和艺术价值最终如何评判还是要留待时间的检阅，而我们可以肯定的是，《东岸纪事》是夏商时至今日在小说艺术探索之路上的一个总结性创造、一个个人思想艺术的集成，是他关于形式、虚构、想象、写实，关于知识小说、"地方志"的概念，特别是知识分子角色认同与担当意识等诸元素的集中体现。事实上，夏商意味的"知识小说"不仅指将各种题材相关知识纳入小说的描写、叙述之中，更意味着小说创作前的"案头"准备——夏商对自己描写的题材、讲述的对象——特别是一个时期的历史和一个地方的地理沿革风土人情等等，都要做充分、扎实的研究，要像学者一样做严格的考证，他将虚构想象的自由和历史事实的真实放在了同等重要的位置，从而努力追求将激情、灵感、直觉、想象与事实、理性、逻辑、思考相融合、相升华的境地。

2015 年 1 月 1 日,经多年筹备,夏商起笔创作一部新的长篇小说《西区野史》——讲述黄浦江"西岸"苏北人在上海的一部"百年孤独"——它是《东岸纪事》姊妹篇,届时两部作品将一起构成一幅关于上海的"全景图",当然,它也很可能被看作一幅关于整个百年中国的"全景图"。

第一章　三部寓言体长篇小说

　　小说家夏商在某种意义上和莫言、余华有几分的相似,他们在适龄时段都没有像为数不少的同龄人那样受过正规的高等,甚至中等教育,但他们的作品在构思与内涵上常常远远超出了一般靠丰富的生活经验和扎实的写实内容为特色的经验主义作家作品所通常具有的格局、范式的局限,而具有着极其浓厚且深湛的形而上色彩,他们的一些作品自觉地吸纳了现代小说的一种有效的表现手法,即将作品的思想诉求在艺术律令的规制下凝结转化为寓言话语的形式而表达出来。夏商早期的三部长篇小说《裸露的亡灵》《乞儿流浪记》《标本师》都具有鲜明的寓言色彩。

一／"睡美人"式时间机制
与人的"性"与"命"的迷思
——《裸露的亡灵》读解

夏商这部首发于 2001 年《花城》，修订重版于 2017 年的长篇《裸露的亡灵》与他的《标本师》堪称两篇"姊妹花"式的作品，完全异趣于他广受好评的、写实元素更为密致的长篇《东岸纪事》，充分彰显了夏商作为一员独特的后先锋小说家，所具有的哲思性美学话语的深广度，以及对世界人生总是加诸形而上的无穷透视的艺术特质，具有了鲜明的"文本实验的味道和抽象哲理的意味"①而"更符合所谓'纯文学'

---

① 阎晶明：《悲剧的幻灭》，见夏商：《裸露的亡灵》，花城出版社 2017 年版，第 210 页，附录。

的范本"①。交织着《裸露的亡灵》这部书的思想与艺术策略的奥秘就在于,在这本书中,夏商企图把折叠到空间为零的时间重新在一个新的思维坐标的框架上充分地予以"空间饱满"的立体化想象、呈现。

一

小说最讨巧的吸引读者的伎俩无疑是讲故事。要分析这部作品,梳理一番它的故事是必要的。

吕瑞娘是一名优秀的舞蹈演员,她曾经遭遇两个追求者,一位是市女子游泳队的教练楼夷,另一位是在政府部门工作的安文理。如果不是偶然察觉了楼夷在性取向上的另一面,如果没有还俗后又重返寺庙的匡小慈、匡小朵父亲的暗中影响,对佛教怀有虔诚之心的吕瑞娘是不会离开楼夷的,最终选择处事平和冷静有条有理的安文理的概率几乎为零。然而他们的婚姻最终还是中道而止。婚后多年,被家人期待着早生贵子的吕瑞娘却迟迟不见身孕,尽管平和大度的安文理尽量避免流露出任何遗憾,但敏感的吕瑞娘还是决意放弃这种背负愧憾的婚姻,她不想因为自己而让所爱的人有任何缺失,而且她的态度是决绝的,这也是为什么安文理并不能挽救这场婚姻的原因所在。然而就在他们去办理离婚

① 杨扬语。见陶磊整理:《夏商〈东岸纪事〉研讨会发言纪要》,《中国政法大学学报》2015 年第 4 期,第 156 页。

手续的路上，吕瑞娘发生了孕吐。安文理看到了转机，但在深会禅意的吕瑞娘看来，这恰恰是"有缘无分"的确证。十五年后，音讯断绝的安文理没想到有了与自己从未谋面的女儿安波的相逢——身患绝症的吕瑞娘在离开人世之际作出无奈的也是合情合理的选择，安排安波回到已是市长的父亲安文理身边。大学实习的安波和好友匡小慈鬼使神差巧遇楼夷，然而安波并不知道已是大名鼎鼎的教练的楼夷和自己有着隐在的特殊关系，一如楼夷也并不知道她的任何身世。他们彼此执着的相爱最终给了安文理不能接受的打击。安波和安文理无可退让地决裂了，但以"我还以为是替死去的母亲偿还了情感"的态度走进了婚姻殿堂的安波却没有得到多久的幸福回报。当对爱情婚姻抱着纯粹至极态度的安波发现了楼夷性取向上的另一面的时候，她绝望了，不仅对楼夷，而且对自己的身体产生了生理性的反应，因为楼夷的性取向，她甚至觉得自己的身体也不再干净——"几乎把皮肤都擦破了，还是觉得没洗干净"。[1] 她离开了楼夷而且失去了自己所怀的孩子。在命运的低谷，她偶遇了幽默机智的电影拟音师邝亚滴。但这次貌似幸福到来的偶遇只是命运为了完成对她的最后一击而作的阴险铺垫，邝亚滴去南方出差的空档使她无意中见到了邝亚滴以前与一名女性不堪入目的录像，这段他们幸福生活的前史却无意中介入了他们当下的生

---

① 夏商：《裸露的亡灵》，花城出版社 2017 年版，第 152 页。以下凡引用本书，只在正文中的引文后标注其在本书中的页码。

活,真纯至极如吕瑞娘的安波经受不了这个打击而终于选择了出走和离弃这个世界。楼夷生理本性上的异常也似乎受到了命运的惩罚,他受到了已染毒瘾而不能自拔的基友霍伴的敲诈,一时失去理智的楼夷竟掐死了霍伴并把他悄悄埋葬在郊外的河边。偶然在楼夷郊外别墅维修过电话的工人却在此时扮演了自己的另一个角色——撬门翻墙的小偷。他潜入楼夷的别墅窃走了楼夷暗藏的财富,这使恐惧中的楼夷多了一层绝望而走了一步昏招——他再次来到掩埋霍伴的地方希望作一个彻底的处理然后远走高飞。但这似乎画蛇添足的一步却恰被跟踪多日的便衣逮个正着。楼夷被判处了死刑。

以上故事是小说展开的主要情节,但并不是全部,另外的三组相互交织的人物故事,同样是离奇而重要的:一个是匡家的故事,匡小慈的父亲在"文革"期间被迫还俗,一心向佛的吕瑞娘常悄悄地来他这里倾听佛法,后来才有了他暗中帮助曾同住一个街坊的安文理的善意之举。匡小慈还有个妹妹叫匡小朵,她和另一位姑娘杨冬儿是同学。一天,匡小慈住在妹妹家里,出差提前归来的匡小朵的丈夫(留着日本式胡子的人)强奸了她。因为这个男人平时对她的妹妹不错,特别是她的妹妹对这个男人极其投入。本着避免妹妹生活毁灭的念头,匡小慈吃了这个哑巴亏。但正因为过马路时一个男人的身影酷似这个妹夫而引起的瞬间恍惚酿成了一次车祸,在车祸中匡小慈香消玉殒血肉横飞。匡小朵的同学杨冬儿也是一位命运悲惨的痴情女孩。而她家的命运更是惨绝。他的父亲本是医学院的高才生,毕业后成为市立医院医术出众的大夫。但这位叫杨叉的父亲却是一个薄情花心的男人。他先娶了妻子霍小曦,有了儿子霍伴,却又恋上了医院的护士白毳。伤心的霍小曦离开了城市回到了郊区娘家。白毳生下了杨冬儿,他却一直不娶白毳,不久又移情别恋了一位小学老师。烈性子的白毳一天拿了一瓶剧毒农药当着他的面喝下而一命呜呼。这种绝情的方式使杨叉顿然悔悟,从此他脱下医生的大白褂,选择了抬尸工的职业作为自己的忏悔之举。他的儿子霍伴因特殊的性取向和对毒品的恶嗜而丧命。而他的女儿杨冬儿却成了一个纯真而无辜的殉情者。这涉及另一组人物——少华一家。少华是市立医院的一名出色的医生,不仅才华出众而且拥有俊秀的外表、优雅的风度,是医院里众多女性的暗恋对象。但少华患了不治之症,除了身体的不治之症以外,没有人知道他还有着难以告人的心病。少华母亲早逝,家境富裕的父亲又娶了一位年轻的妻子。这个妻子是个水性杨花的女人,他引诱少华犯下了无法洗净的罪孽。但这事终于为少华父亲发觉。难堪之境的少华父亲选择了与妻子一同饮鸩而死的方式来终结耻辱与更大悲剧。这虽然把丑闻压在了最小的范围,但对丑闻的主角少华来说,他并不能洗脱。身体和心理走到悬崖边缘的少华,终于把这个秘密告诉了痴情于他的杨冬儿。在他,这是一种解脱,更是一种报答。他的报答,得到了一个超出他预料的而且是悲惨的结果——杨冬儿跟随着越出高窗的少华以殉情的方式也终结了自己净美的生命。

至此我们看到,这部小说涉及的故事情节不仅曲折离奇,而且是错综复杂的。如果按照传统小说讲故事的方式把它写出来的话,完全可以写出现在这本小说好几倍的字数,而不是只有十来万字。

实际上,这部小说完全拆解了故事的外形,打碎了故事,我们上面所梳理出的情节实际上被分别截成了不同的片段,几条线索的片段交替穿插、连接、延续,形成了一种独特的网络;更为紧要的是,我们梳理出来的故事情节和人物关系是按照先后顺序还原出来的,在作品中,叙述在总体上采取了倒叙的方式:以少华看到安波死亡的一幕开始,一步步回溯,直到讲完了全部人物的命运,人际关系和相互瓜葛底细,我们才知道故事的来龙去脉,此时小说正以安波的下葬而终结。

通过上述梳理,我们可以看到,夏商这部作品关心的核心或许可以归结为一个词,其实也可以分为两个词,即人的"性命"或"性"与"命"。不同人物的"性格"特别是"性"趣、性事交织成了人物各自的命运,从而一起合奏了一曲复杂的人生命运变奏曲。

显然这是一部有关人生或生命的富有哲思的探索之作。如果采取传统的将整个故事以外表更为丰满清晰的方式讲述出来的方式,也会有足够的分量和吸引力。但夏商回避了这种传统的、写实性的、以故事为中心的套路,而是走向了一种更为艺术的也更为哲学化的方式。显然夏商在这部小说中体会和想象到了"性命"这一难题,在他看来或在他"感"来,只有以更独创的方式来展示上述一切,才能够抵达它更深刻微妙的境界。

而读罢小说,在久久地回味和思考之后,我以为《裸露的亡灵》之所以打碎故事、以"不断后退"的方式来达到小说叙事的前进,乃是为了将"时间"这个关联"性""命"与"人生""生存""存在"奥秘的东西,以独特的方式充分地呈现出来,进而达到对人的存在本相、人生意义、人生价值的探求、发现。诚然,"性""命"是通过在"时间"中的运行而成为人的"命运"的!这正如终生痴迷于时间与存在问题的海德格尔所说:"存在包括在时间的境遇里,时间是存在的真理。"[①]显然,在时间里包含着生命存在的"真谛"——时间像沙漏中的水透过沙漏上的小孔不断"滴出",或如透过"钥匙孔"的一线光亮,呈现出生命存在的本真境遇,这可能也正是夏商这部小说所体悟到的哲境。

二

作品的一开始,即显露了其以"时间"为焦点的表达动机。针对安波这样秀美年轻女性的横死,抬尸工的牢骚与戏

---

① 阿兰·布托:《海德格尔》,吕一民译,商务印书馆1996年版,第21页。

言以插科打诨的谐谑方式给小说的焦点"时间"作了追光呈现：

> "人就是一件衣服，用完了扔掉。"
>
> "那活着还有什么意义？"
>
> "人活着就是用来证明时间，世上任何东西都只有一个意义，就是证明时间的存在。你看这个姑娘不过活了二十多岁，可就能证明世上曾有过这二十多年。"
>
> "那样的话，只要有一个跟她年龄相同的人活过就行了，何必要有那么多人存在？"
>
> "时间是个贪婪的家伙，需要很多很多陪葬品。"
>
> "照你这样说，人岂不是很可怜？"
>
> "所以活着的时候更要好好过。"（2—3 页）

关于时间问题的哲学性思考由来已久，而令人常想常新。在时间哲学的思考史上古希腊爱利亚派哲人芝诺提出的几个悖论中所谓的"阿基里和乌龟赛跑"或"飞矢不动"的命题最耐人寻味，后者的具体表述是这样的："飞矢在一段时间里通过一段路程，这一段时间可被分成无数时刻；在每一个时刻，箭矢都占据着一个位置，因此是静止不动的；就是说，它停驻在这个路程的各个不同位置上，而不是从一个位置飞至另一个位置。"①实际上,这个悖论的根源就在于:时间就是时间,我们转换为空间距离来表示的时候,就会产生悖论。但如何理解与表述时间呢? 这其实也正是海德格尔所苦恼的,他不可为而强为之地强调了一个词"涌现"并以之来描述时间存在的情形,而实际上,涌现总要有涌现者在一定空间上的展开,可一旦比喻或转化为空间中的展开的时候,芝诺悖论又出现了,或者说这不过是芝诺悖论的另一种现身。时间是没有空间展开的事情,时间是没有自己的身体的,没有空间中的占位。时间只存在于一个线上,一条线划分为两个世界,一边是过去,一边是未来,现在只存在于线上,可线本身是没有空间的,哪怕是一个平面性的展开。或作个比喻,一堵墙两边各一个房间,一边是过去,一边是未来,但现在或活着的时间只存在于这条线一样没有厚度的墙上! 因此,细思起来,对于过去或未来,我们似乎只能从现在的一个没有深度的"钥匙孔"去观望,要么似乎看到了"过去",要么似乎看到了"未来",但未来还没有到来,因此,我们只能看到过去,但时间是没有"身段"的,我们看到的只能是对"过去"的记忆。而记忆并不等于过去本身。因此,生命就处在这时间的悖论之上。换言之,时间的悖论也就是生命存在的悖论。这个没有身段的"时间"之维也正分割了生与死的界限,但这个界限也只是一条线或一堵没有厚度的墙壁,我们从它的"钥匙孔"所得到的空间感只不过是一种幻觉。

---

① 赵敦华:《西方哲学简史》,北京大学出版社 2013 年版,第 22 页。

而要超越这种悖论，我们还是只能将时间空间化，我们只能让时间如一条河一样纵向展开，或如孔子所言的"逝者如斯"所设想的那样，比喻地展开。当时间如斯展开之后，就有了超越"时间界限"的可能，我们似乎可以不再要么站在"钥匙孔"的这边朝"过去"看，要么站在"钥匙孔"的另一边朝"未来"看，而是可以站在"钥匙孔"的上面，将时间之流完全空间化，不仅看到当下，而且可以看到两边——即"过去"与"未来""生前与死后"。这正是夏商的这部《裸露的亡灵》所潜藏的哲思与叙述所隐循的轨迹。

因为采取了这样一种艺术地解决哲学悖论的方式，因而就创造了死去的人或者说"亡灵"可以在另一个世界存在而跨界——"人的国度"和"亡灵的国度"，从而拥有了更为开阔的"视界"，因而可以让阴阳两个世界完全以栩栩如生的面貌展开在人物的眼前和叙述者的笔下。于是，不是在时间的"折叠"般的状态而是展开的状态里，生命的故事呈现了新的景观：

死去的人以亡灵的形式存在于一个更为广大的时空，这个时空包含着阴阳两界，因而它比人世的世界要大，同时，一如过去的时间与现在的时间，甚至未来的时间在现实世界所呈现的状态意味着的必然：活着的人客观地说只拥有没有空间性（或延展性）的当下，如果排除了想象态的记忆和预想的话。但是当亡灵以新的时空维度而存在的时候，过去、当下、未来就好像"横"摆开来成为了以"当下"为门槛或"界限"的三段结构。而且,在现实生活中,一个活着的人只能通过自己的眼睛这个"钥匙孔"把握当下的物质世界、立体世界,而现在,在夏商所构想的时空中,亡灵们站在了时空的"拱顶",他们不仅可以看见当下,而且可以看见自己离开了的世界——那个世界对死去的人来说,本应是一个过去的、被时间隔离的世界,但横跨在上的亡灵,给人以超越时间悖论的幻觉,特别是由于其居于自由且可以置身绝顶的位置,因而他们的世界不再只是通过"双眼"一般的"时间"的"钥匙孔",而拥有了无盲区的"全视野"! 我们也可以把这看作是一种叙述者设计的"时间机制""时间策略",是一种寻求突破的"问计于时"的策略。批评家朱燕玲说:夏商"在他私密的文学空间里,研究写作的手艺,摆弄一些抽象的问题,甚至以相当极端的方式,虚构尘世中的故事"[①],而这次,他在《裸露的亡灵》中特别摆弄的一个关键事物,正是时间。

三

　　面临身体和心理双重绝境的少华,站在医院大楼的高层,目睹了年轻美丽的安波骤然死亡的一幕,这样特意的安排,未尝不是为了让少华通过他人的、近似的死亡完成对自

---

　　① 朱燕玲:《我心中真正的祖国,是母语——首发责任编辑手记》,见夏商:《裸露的亡灵》,花城出版社 2017 年版,第 201 页,附录。

己随时会降临的死亡的一次预演,当然这个预演是通过别人来完成的,并非自己的亲自扮演。

> 一个要死的人,他的前途就是没有了。当然这个世界上的人迟早都会没有,可那不一样,一千个人,有一千扇死亡的门。少华的这扇门,太近了,让他无法绕开,谁都没办法替他绕开。(31页)

而生命或时间令人迷惑不解的奥秘就在于,你并不能亲自彩排和预演,而人作为一种执迷于反思的生物,却总是冲动着想要直观自己的一切,就像揽镜自照一样。不过唯一如此难以做到的就是"死亡"。如何完成这个无法完成的使命? 这是人的迷思,也是《裸露的亡灵》所面对的难题。而夏商找到了一个我们不能说完全满意,但可能是一个有趣的也是最佳的方式——穿越"死亡",打破"生死的界限",因此,就有了亡灵可以俯临人世的情节想象。亡灵可以看到自己死亡乃至被埋葬的过程,从而实现了一种对自己的死亡的直观。如安波在死后见到母亲和朋友匡小慈时就发现了这个"秘密":

> 安波道:"妈,我是不是死了,才见到你们?"
> 安波的母亲道:"不可以这样说,你只是离开了原来的那个世界,上半生结束了,开始了下半生

而已。”

……

匡小慈道："在这里可以看到人间的一切事情，就像看电影一样，他们看不见你，你却能把一切看得清清楚楚。"（9—10页）

这样的穿越阴阳两界的想象并不是一个始自夏商的首创。实际上，古今中外的神话传说、民间故事和童话故事中，时常有之。哪怕是在20世纪80年代以来的纯文学语境，加西亚·马尔克斯的《百年孤独》等作品和他所推崇的拉美"魔幻现实主义文学之父"胡安·鲁尔福的代表作《佩德罗·巴拉莫》里就安排了阴阳世界相贯通的情节。而所有这些天上人间、阴阳两界互相穿越的情节设计我们都可以为了叙述的方便而命名为"睡美人结构"。之所以如此命名就在于，《睡美人》故事作为一篇童话故事可谓在世界范围内妇孺皆知，因而更有资格成为这一范式的代表，同时还因为在"睡美人"故事中，特别是迪斯尼动画版故事中的几位仙子——花拉仙子、翡翠仙子和蓝天仙子站在王宫高处观看王子和公主跳舞时互相抢着按照自己的意志改变公主裙子色彩的情节，具有生动的天上俯视人间的效应，而且《睡美人》整个情节中"时间"的角色也成为了一个表达焦点，正和夏商这篇《裸露的亡灵》有很多元素、动机的暗合。换句话说，夏商的《裸露的亡灵》在对"时间""性""命"和"人生"意义的思索与表达方面，某种程度上采取了一种《睡美人》的结构或思维方式。在这个意义上说,《裸露的亡灵》是《睡美人》的一种异构、变构。

而夏商的更大创造性在于,他创造出了一种极其微妙的空间情形、情节想象——那就是两个世界的衔接过渡状态,《裸露的亡灵》告诉我们,"过渡状态"的想象和处理使这篇小说具有了"睡美人"式故事的想象之妙之外,又有了自己的创造性,也更提升了这一艺术范式的完美性,特别是更有力地提升了对于"时间"奥秘揭示的力度。

这个过渡状态用小说中的语言来说就是"阴阳两界间的蝉蜕":原来截然分开的世界在这里有了一些微妙的中间状态,显示出两个世界之间的某种渐变和联系,从而让世界、生命和时间的关系显出更为生动、可信而逼真的景象:

> 母亲说了,当遗体被火化,影子也就不复存在。(60页)
>
> 安波的母亲道:"忘了告诉你,我们没有物质,都住在人的耳朵里。你刚来,还须在阴阳两界间蝉蜕,直到影子消失,彻底在人间化为虚无。你会住进一个男人的耳朵里,因为那儿照不进阳光,晚上你可以出来。我们都是如此,女的住在男人耳朵里,男的住在女人耳朵里。"(11页)

肉体和精神、物质和灵魂、阴界和阳界、天上和地下、男性和女性,这里有一对对的区隔和分界,它们之间如何贯通、连接、穿越,其实就涉及一种想象、构思的细节,而细节的成败常常决定着艺术品的生命有无。夏商通过人物语言行为给出了一种鲜活生动而合情合理的新的细节,从而推进了艺术的创造。

这种貌似有理有据、鲜活生动的话语,我们可以给它一个名字,叫作"伪真理"。如:住在耳朵里、阳光照不进;男的住在女人耳朵里,女的住在男人耳朵里;直到火化、影子消失,在人间才彻底虚化,等等。它们不是一种真理的陈述,虽然有着真理的貌相。它们的旨趣在达到一种艺术表达的效果。

这些新的构思与观念通过更多的细节描写完成在整个作品中,增加了小说的艺术魅力和思想探索价值,如:

  安波后来看见蓬头垢面躺在草地上的自己,她非常吃惊,或者说,她的心情不是用吃惊可以来形容的,简直是措手不及。她看见自己以仰泳的姿态躺在星光下,就知道出事了,她知道这件事的结果就是没有结果,她试图唤醒草地上的自己:"醒醒安波,醒醒安波。"她失败了,那个安波根本没有知觉,她看着草地上的自己,精神恐惧起来,她明白在自己身上发生的事情。她去拥抱那个安波,想与她融为一体,可她无从下手,她不知道如何才能成为躯

体的一部分。她哭了起来,流泪道:"我怎么了?既然找不到入口,又是如何出来的呢?"(8页)

这种"入情入理"的细节不仅生动地贯彻了关于过渡状态的想象构思,而且更强烈鲜明地表达了人对自己死亡过程的强烈反思。安波说:"我怎么了?既然找不到入口,又是如何出来的呢?"这个问题我们谁也回答不了,但灵魂或者说精神存在的微妙性,精神与肉体如何结合的不可知性通过这样的细节有力、生动地表达出来了。

当安波看到父亲痛不欲生的时候,她是很想安慰他的,但这个安慰对她这个处在过渡状态的角色来说是为难的:"她多么想与父亲抱头痛哭一场。可她失去了身体,失去了泪腺,恐怕很快连情感也会失去,成为一个无动于衷的幽灵。"(35页)而匡小慈被撞死后的瞬间,她还在阴阳两界的过渡之间,这种特殊的状态甚至让阳间的杨冬儿也察觉到了:"杨冬儿对她的存在似乎熟视无睹,像是掌握了某种穿透术,从她身上一撞而过。她惊愕地转过身来,脱口叫出杨冬儿的名字,杨冬儿真的停住了脚步,把头转了过来,并没有人,却发现地上有条很淡的人影。从阳光的投射来看,不是自己的影子,她吓了一跳,又看了一眼,地上只有自己的影子,没有别人的影子,才知道是错觉。"(169页)——类似这样的细节在小说中还有很多,它们有力支撑了作品的这个重要的构思与想象,强化了主题表达的艺术效果。

四

少华是一个身体和精神具有双重疾病的角色,如果说他身体的病症得之偶然的话,他的心病却是自己一时任从"性"之诱惑而铸成的。在双重绝症在身的情况下,他给出了自己对人生的"透视":"这个世界上的人迟早都会没有,可那不一样,一千个人,有一千扇死亡的门。少华的这扇门,太近了,让他无法绕开,谁都没办法替他绕开。"(31页)因此他曾既达观又无奈地"反劝前来探望的医学院同窗",说:"你们知道这是一件永远无法解决的事,逃避它的唯一办法就是从来没有过你,可这件事你同样无法决定,你是劫数难逃。"(31页)死亡虽然对谁来说最终都是劫数难逃,但来的先后早晚毕竟不同,少华还是被生死的问题纠缠得头昏脑涨,后来他头脑中甚至跳出了"妒忌"这个词。"他认为死亡是一件过于个体的事,一个人死了,其他人还活着,这个死去的人永远被抛弃了,必然嫉妒别人的生存。如果有这样一种假设:世上的人全部同时死去,那么,人对死亡的恐惧就会小得多。人对世间的留恋,事实上是对人类大家庭的留恋。只要人类一息尚存,个体的人就永远惧怕死亡,一个人去往那个陌生的世界,是一件多么孤独无望的事呀。"(50页)这段话既是少华对生命的体悟,恰也是作者通过自己的艺术探索发现的关于"生命"的感悟,当少华把对死亡的态度看成是一个主体间性的问题,看成是一个"比较"结果的时候,的确显示了对生命问题、死亡问题的某种深刻领悟。

如果说少华对死亡的恐惧来源于偶然的话,他的孤独其实更多地来自自己人性的、行为的污点。这个污点是孤独地守下去还是诉诸他人从而获得一种解脱,这对少华来说是一个难题。最终聪明的少华把它当成了一种报答的礼物诉诸了杨冬儿:杨冬儿的痴情与纯真最终撼动了他孤独的心灵甲壳,他甚至把这个特殊的秘密当成了一种回报!一个人把自己最为隐密不堪示人的"罪恶"与"龌龊"告诉别人居然成了一种珍贵的礼物!显然是信任既给秘密的主人以坦然的勇气,又令他顿悟给别人以无保留的信任,乃是最深切的亲近和无私之爱。至此,少华的极端人性故事展示出了深刻的人生发现。而少华的孤独苦难无疑也潜在地传达出了人应有的对"性"的克制和对道德的认同与信守。

曾经花心薄幸的杨叉的人生故事无疑是以更情义深切且干脆决绝的方式对少华关于人生领悟的一种呼应和强化。

霍伴、邝亚滴、少华后母诸人的命运与结局是对以上主题动机的辅助或逆向呈现。

安波、霍小曦、白毳乃至杨冬儿,是从人生的美好被有意无意撕碎角度折射了对上述人生主题的肯定。

楼夷是一种特殊的"性"迷乱者。如果从最博大的伦理角度,我们不能说楼夷和霍伴们的同性恋不具有正当的权利的话,从社会公众的惯习与视角来说,它们显然是不被普遍认可的,因而它们需要以地下的方式生存。而楼夷双重的性取向对安波来说,自然是一种畸形的放纵。他的结局,何尝不是一种必然的"报应"。

如果参照一下时间,可以看到,在《睡美人》中,叙事者设计的"时间机制"不仅穿越仙界和凡间,而且在关键时刻采取了时间"冻结与解冻"的策略;而在《裸露的亡灵》里,就大部分人无谓的命运而言,作者选择了——当然在他看来恐怕也是天理使然的——"时间速冻"的终结之法:更多的人物早早地丧失了年轻的生命!

也许只有安文理最是无辜,他却失去了很多,或许他也并不曾真正拥有。这是一种有缘无分的命运使然吗?还是与他自己的个性有关?

而说到"缘与分"的义理领会与体认境界,则不能不说到吕瑞娘。与安文理一样,就个人的"性""命"而言,他们都有适度恰当的把握,然而他们都没有得到命运的宠幸。但他们的不幸却从负面角度对如何看待人的"性""命""命运"和人与人的"缘与分"给出了深湛的阐释。不同的是,对"缘分"的"有与无""断与续""守与放",安文理有一种更积极的世俗的热情、态度,而吕瑞娘作为虔诚的佛教徒,却保持一种苍凉、消极、谦退、冷静的姿态。无疑,通过吕瑞娘的言行,"缘分"作为理解人生的范式,其深刻的意义得到了非常干净而饱满的表现。这也是夏商这部哲性小说的高度之所在。

<h1 style="text-align:center">五</h1>

以上我们对《裸露的亡灵》独特的叙述内容，特别是以"时间"为焦点而设计叙述（或者说"问计时间"）的表达旨趣和整部小说的话语旨趣作了较为全面的梳理与分析，然而，与整部作品的思想主题密切相关的另一些别具匠心的笔墨，也是不可忽略的。因为它对全书来说起到了"秤砣虽小压千斤"的艺术作用。这涉及关于匡父的笔墨和结尾的笔墨。

匡父曾因"文革""破四旧"，寺庙尽毁而还俗，因而有了一对女儿。但在后来，无疑是改革开放以后，宗教生活重新获得合法性，他再次上山回归寺院。而在作品的后期、他的晚年，又还俗返家。这一次，显然是一种自愿的、终结性的人生选择。

特别是在作品的结局处：在安波下葬的早晨，安文理一改常理，他回避了出现在女儿葬礼的一幕，而是只身来到吕瑞娘的墓前。显然，他的回避是因为过度悲伤与情景不堪；而他来到吕瑞娘的墓前，则是因为固然他与吕瑞娘"有缘而无分"，或者说"缘有分少"，但毕竟这是一种人生的至真至纯的缘分，而这种缘分的结晶就是他们同样优秀而纯真的女儿。现在，在女儿不幸去世的时刻，除了吕瑞娘，安文理又能与谁相守相言?

也许是夏商感到了整篇作品苍凉、虚无的色彩和情调太过浓厚,因为即使是安文理这样没有道德瑕疵、做事稳健清正、一丝不苟而努力追求兼济一方的大丈夫式角色,在遭受妻离子散的命运打击之后也不免产生一切的功与名都归空无的感慨。于是,基于对人生更为积极豁达的理解,也是为了整部作品的基调与诗学的平衡,夏商对匡父这一似乎并不重要的角色的人生"后话"做了特意的安排,使他的人生成为整部小说的一条重要支撑而草蛇灰线般贯穿在作品中。匡父经过人生历练和一辈子的参悟,最终返归市井街坊的行为,给作品悄然注入了俗世人生最终得到肯定的温暖色调。在作品的最后一幕,作者甚至安排了一道彩虹,这一如鲁迅在《药》的结尾要通过夏瑜坟上的花环给作品增加一点坚韧的亮色一般:

> 泪水再度不争气地滑下面颊,当他将泪眼睁开,远处鲜艳的画面让他吸了一口气,一弯壮丽的彩虹跨越在海平线上,包括着广阔的海滨陵园,似乎主宰着所有人的人生。(195—196页)

在这本以为的孤独至极时刻,安文理还悲欣交集地看到了那个无望而等待中的人——那个已从"清新高深的高僧"还俗为"一个普普通通的市井老人"的匡父:

安文理看到老人后面跟着三个人，其中两位女性分别是他的妻子和女儿，另一位留着日本式小胡子的年轻男子不认识，却可以大致判断出他的身份。（196 页）

另外三个人中的妻子和女儿无须多言，而那位"留着日本式小胡子的年轻男子不认识，却可以大致判断出他的身份"，这是站在安文理的视角作出的描述，但这闪烁其词的一笔，也正包含着夏商作为叙述者的别具匠心和人生智慧。在隐约的交代里，有评价的暧昧，自然也包含着评价的大度。这一笔，或许也暗示着俗世人生对"性"的有限度的"责与限""纵与容"，从而使作品对人的"性"与"命"的书写以"惩罚与归俗"的双重性呈现在"时间"无边的坐标上。在这貌似"逸笔"的小枝节中也体现了同时作为思者的小说家夏商"非常具有自觉性"[①]的艺术思维特点。

纵观全书，回到书名——"裸露的亡灵"。显然，裸露的并非"亡灵"！作品初次在 2001 年的《花城》发表时正是叫作"全景图"，因此，在作品设置的时间机制下观察，可以说裸露的是"时间"，是"时间"中人的"性"与"命"。那么，它们对谁而言是裸露？正是对那些"仙女"一般的"亡灵"而言，因此，一定要在作品名字上出现"亡灵"，那应该是"裸露于亡灵"

① 郭垚：《人与欲望的辩证法——夏商小说论》，《扬子江评论》2017 年第 6 期，第 108 页。

"世界裸露于亡灵"。不过,对书名也可以不必这么较真,也许出版人正是从商业的角度看中了"裸露"与"亡灵"构成的暧昧气息！这是赘言。

二 / 一部"叙述为王"的先锋力作

——《乞儿流浪记》的生命诗学

在一定程度上说,夏商的《乞儿流浪记》被淹没在如过江之鲫般不断涌现的当代长篇小说作品之中了。但这部作品的确不该被淹没,最终它也会如小说中那个神秘的鱼脊一样的蛏子岛不断浮现在人们的视野中,问题是你得有机缘遇到它。截至 2013 年,夏商出版了四部长篇小说,《东岸纪事》已经为文学爱好者颇为广泛地注意和喜爱,而同《东岸纪事》这部有着更多风俗画风格的作品相比,夏商的《裸露的亡灵》《标本师》和《乞儿流浪记》这三部长篇小说,均表现出了强烈的先锋色彩。这三部先锋作品中,《标本师》是最后出的,在2009 年夏商出版自选集的时候,还没有它的身影,而我的一个问题是,《裸露的亡灵》和《乞儿流浪记》究竟谁是夏商的第一部长篇作品,因为在上海锦绣文章出版社出版的这套自选集"自序"中首先提到的长篇作品是这部《乞儿流浪记》,指出它的初版是在2004年,夏商接着说:"另一部长篇小说《裸露的亡灵》,原刊于《花城》杂志2001年第一期,同年由花城出版社刊行,写完那年恰好是30岁,而立之作,一直敝帚自珍。"①那么从刊行面世而言,显然《裸露的亡灵》在前,但为什么《乞儿流浪记》放在自选集的前面呢?是否在实际的写作时间上,《乞儿流浪记》本就在先呢?在这个自选集的"自序"中,夏商只是交代了《乞儿流浪记》简单的出版经历,而对它的自我评价未置一词,却对《裸露的亡灵》"忍俊不禁"地发出了"一直敝帚自珍"的私许之情,这就叫我这样对这几部小说都阅读过的读者不免产生一个念头——作为这几部小说的生身家长,夏商对自己的孩子却似乎没有一视同仁。我以为,《乞儿流浪记》在家里家外,它都被人不公平地忽视了!而在自选集中,作者自己把它放在了第一位,是不是"鬼使神差"的潜意识在指使他恢复对这部作品应有地位与荣誉呢?

我自己何尝没有犯过"以貌取人"的惯常毛病呢!其实,都是"乞儿流浪记"这个名字作为小说的第一面相无形中误导了读者。我也明白了作家社初版本作时何以煞费苦心地违拗作者的意愿而改了那样一个"萝莉"的名字了!《乞儿流

---

① 夏商:《自序》,见《夏商自选集》,上海锦绣文章出版社2009年版。

浪记》是不是一部《雾都孤儿》或直接就是曾经在 1980 年代的荧屏上占据很长时间的《苦儿流浪记》式的现实主义作品呢？那个年代"底层文学"还没有兴起吧，而且即使在今天"底层文学"在阅读圈也是小众的呀！我知道，我的阅读就是被这个名字给拖累了！然而当我读完之后，我又不得不说，在后来的再版中夏商将这部作品的名字改回来，不仅"捍卫"了作家自己的权利，更重要的是，这也是恢复了作品最恰当的命名。只有在读完作品之后，我们才能领会这个名字的魅力和意义——它有着内在的合法性。

"叙述为王"的先锋姿态

2009 年，在夏商的自选集出版之际，评论家李敬泽指出，"时至今日，夏商的小说开始呈露意义：它预示着新的小说感的来临。这些作品，不属于 20 世纪 90 年代而属于未来"。[①] 这种"新的小说感"的重要成分无疑是指夏商小说的"先锋性"品质。关于先锋品质，可以从多个角度去描述或捕捉，然而在夏商的小说里，首先突出地表现在"故事的逊退，讲述的凸起"。如果我们观察一下夏商的几部长篇小说就会看到，它们有一大共同特点，即把作为长篇小说主体构成的，在传统现实主义色彩的作品中通常出现的社会生活描写和故事情节叙述的完整性、整体性和原生态完全打碎了，时间

---

① 李敬泽语，见夏商：《乞儿流浪记》，上海锦绣文章出版社 2009 年版，腰封。

中流淌的社会生活故事或主人公的命运轨迹在他的作品中被多重切割，又被重新立体交织起来，变得像是充满了断茬的迷宫。"故事"失去了主导性，"叙述"变得为所欲为，尽管作家依然基本隐藏在作品展示的世界之外，但这个作为"能指"的"叙述"通过"叙述行为"实际上主宰了作品，故事这个"所指"成了"我为鱼肉，人为刀俎"的艺术"祭品"，这或许正是所谓现代小说不再是传统"讲故事"的一个印证吧。应该说，《乞儿流浪记》把夏商小说这种写作者的"霸道性"发挥到了极致。然而要解读、评判这样的作品，将作家打碎的生活和故事予以梳理、复原却是必不可少的事情。

既然故事被作者宰割、打碎了，我们就不能随着作者的叙述走，我们要理出故事本来的脉络。

故事还要从一个叫蔫耗子的人说起，他和一个叫阿旦的男孩是堂兄弟，因为他们的父亲是亲兄弟，但他们很快先后失去了父母。山里有一户人家陈老贵家，只养育了几个闺女，他们好心地收养这两个男孩。两个男孩渐渐长大，他们都喜欢上了陈老贵家的九妹，不过九妹喜欢老实本分的蔫耗子。于是，十九岁那年，蔫耗子和九妹结婚。阿旦认陈老贵为爹，陈老贵的竹艺和麦秸秆手艺传给了阿旦。婚后几年蔫耗子两口子没有生育，他们在村人的眼皮下生活很不自在，就选择了逃避，成为了货郎。不过蔫耗子和九妹的关系越来越淡漠。给人做寿衣的老裁缝去世了，很多居无定所的人都觊觎裁缝留下的老旧房子，都被裁缝凶恶的狗吓走了，但狗却把蔫耗子夫妇认作了新的主人。然而他们并没能安稳下来,因为阿旦他把陈家的几个闺女祸害了个遍,陈老贵也被气得吐血而亡。九妹的精神变得失常,她把阿旦闯的祸完全叫蔫耗子承担起来,要他杀了阿旦,否则不得安宁。于是,蔫耗子无奈地和镇上的年轻人刘大牙离家投奔大桥工地,一是找到阿旦,完成九妹的指令,二来躲躲九妹的"疯头"。他们在路上遇到了赵和尚和王老屁这对有着癫痫痼疾的孪生兄弟,从此在工地上以"不打不相识"的方式结交为朋友并成为工地上的室友。阿旦在来造桥工地的公交上结识了国香并以"夫妻"名义向工地申请到了一间夫妻房住在另一片工房区。刘大牙、赵和尚兄弟都是年轻人,阿旦的一句话逗引得他们轮奸了国香,这个原本馋男人的国香其实已经让阿旦有些招架不住。蔫耗子来到桥梁工地不久,更得到一个出人意外的窝心消息,九妹竟然在他离开这么一段时间后怀了身孕。事实证明他与阿旦兄弟一直不具有生育能力。这些遭遇令蔫耗子变得更加沉默。不久,岛上发生了一场地震,有人看见九妹在分娩中被砸埋在地下,她的狗也被严重砸伤,幸运的是婴儿却活了下来,被好心人用破棉袄包裹起来。可惜这个女婴却长着一根刺眼的毛茸茸的尾巴,因而被人又遗弃在路边,最后被通人性的这只狗挣扎着叼到了镇中心的广场一带。狗最后死在了旁边。这个女婴有一头奇怪的鬈毛,于是"鬈毛"也成了她的称呼。桥梁工地的进度因为拨款不到位,干干停停,闲不住的蔫耗子就带领着他的弟兄们在这片荒芜的岸滩开荒种麦。无边无际的麦田却引起了当地政府的担忧,他们以生态保护为名与桥梁建设指挥部交涉,最后达成和解,在工地和驻地附近划出了一片地界,在这里可以由蔫耗子负责成立的种麦队耕种,其余的一律得放弃。随着男孩来福到桥梁工地附近游荡、探寻,鬈毛被人认出了身份,来福根据自己得到的消息明确告诉鬈毛那个黑瘦的男人(蔫耗子)是她的父亲。不久她自己出来闯荡又遇到了蔫耗子他们,她的狗皮落入了他们的手中,她在落荒而逃中愤懑至极,就以原始的取火方式成功点着了麦田,当大火漫天遍野烧起来时,焦急悲伤的蔫耗子知道了这火竟然就是鬈毛所放,绝望中的蔫耗子挥舞着狗皮跌跌撞撞地冲进了浓烟滚滚的火海,像父亲当年那样葬身其中。国香在这些年里也早在工地附近的山坡上建成了几间壮观气派的大瓦房经营起窑子。她早离开了阿旦,而依赖了黑杠头。她的生意红红火火,因而引起很多人的嫉妒。流浪的鬈毛既羡慕又看不惯国香的那副态度和神气,她藏在房后山坡上的树上,半夜大喊国香最为担忧的"着火了",却被国香的打手打了个气息奄奄,扔进了山坡后的乱沟。阿旦一伙想借此特殊时机教训国香和黑杠头,去偷油桶的刘大牙却在厨房意外遭遇国香和黑杠头,在仓促的拼杀中,黑杠头和刘大牙俱亡。这一结果让阿旦和赵和尚兄弟意外成了国香的合伙人和新依靠。但好景不长,梅毒爆发,几十名窑姐和民工乃至工地指挥部的干部染病而亡。大瓦房被封起来成了临时的诊所。在梅毒治愈前的时刻,阿旦背着国香偷偷逃脱了看管,逃亡途中阿旦却喝了已经双目失明的国香的毒水而身亡。很快,伪装成乞丐的国香也被发现死在了河滩。赵和尚兄弟在警察押运途中企图逃跑而被击毙。那些妓女们在劳动改造结束后无路可走,又偷偷找到了多年前被丢弃在麦田中已经坍塌的土屋,重操旧业,她们的勾当被流浪中的鬈毛发现,妓女们设法把鬈毛这个捣蛋鬼抓了起来并发现鬈毛是一个"白虎星",于是安排男人来蹂躏鬈毛,最后鬈毛终于死里逃生重归原野。当梅毒再次爆发夺走无数性命,这个破落的窑子被彻底毁灭之后,大桥也终于建成,这个原本与世隔离的岛屿终于被一座大桥连向外面的世界,一个梅毒幸存者混迹于公众之间踏上了大桥,"她摸了摸(残留的半截尾巴),将它一折,手里就多了一根钙化硬物……(她的)呼吸有海藻的清新……她如同一个来自风中的传奇,一朵吊诡的蒲公英……她连自己都不认识自己,遑论别人将她识破……她又走了一程,消失在稿纸的页面之中"①。

以上不过是我们根据小说内容进行梳理而复原的大致情节,事实上,一如其他先锋小说,我们从故事结尾的这句"……她又走了一程,消失在稿纸的页面之中"里也能感受到鲜明的先锋小说的姿态:将故事置于自己讲述的支配之下而毫不隐讳小说的故事只不过是一种虚构。或者说即使作者

---

① 夏商:《乞儿流浪记》,华东师范大学出版社 2018 年版,第 253 页。以下凡引该书,只于正文中标注页码。

故意撕破读者如临其境、将之信以为真的幻觉,也于小说的意义或价值毫发无损,这是与传统小说"以假弄真"的姿态完全相反的。当然作者不是为先锋而先锋的,一方面他打碎故事并不能让故事彻底分解成一团完全无法辨认的乱麻,这是小说这种文体的本性所决定的,另一方面,他对故事的宰割与重组,则是为了取得更重要的讲述效果。那么《乞儿流浪记》的"叙述"究竟有什么意图?

以小说的讲述结构展示作者的人性拷问

这部小说的讲述是从故事的中途开始的。鬈毛的诞生与地震同步,一只狗以最后的力气将她放在了小镇广场,意味着给她以生命存活的可能。乞丐老太婆将她捡回。老太婆在第二天一早重新返回小镇广场将死去的狗从一群虎视眈眈的垂涎者手中抢回来,艰难地拖到自己栖身的破古堡的门口,撞在了地震废墟中的水泥断块上血尽而亡。死狗被与老太婆相依为命的八九岁流浪男孩来福拖回古堡,他用这条狗的肉熬汤救活了鬈毛、狗皮则给鬈毛做了一件遮身的大衣裹在身上。当震后小镇开始重建家园之时,他们的古堡被夷为平地,关于长着尾巴的鬈毛就是灾星的说法更促使他们无法在当地继续乞讨为生,从此两个小乞儿踏上了艰辛的流浪之旅。他们沿着公路乞讨,一天在一条河边遇到了一位居住在河上,以小船为家、捕鱼为生的小女孩酱油瘢和她的老渔夫父亲。于是他们组成了一个温馨的特殊家庭。不久老渔夫死了，他们将他水葬在河湾里，任他随波逐流漂向大海。不久酱油瘸也失踪了，最后鬈毛在一处池塘里发现了"酱油瘸的尸体，头被剁了下来"（169 页）。从此鬈毛和来福以小船为家在河上打鱼为生，他们把多余的鱼虾卖到造桥工地上，得来的钱都装在渔夫留下的那只歪脖子葫芦里。来福许诺等他们攒够了钱，就买张大船的票，带着鬈毛离开这个孤岛到对面的大陆上去。

一天鬈毛趁着来福午睡就独自浪游，她遇到了阿旦他们，他们俘虏了她，她隐约感到了自己的特殊身份。但她得到的回答是，来福误解了那个黑瘦男人鸢耗子的话，他只是说鬈毛是他以前的老婆的女儿，或者说鸢耗子并不是鬈毛的父亲！懊恼的鬈毛用原始的方法点了一把火，整个麦子的原野迅速成了火焰的海洋，那个她以为是自己父亲的鸢耗子吃惊地喊道："你是说这火是你放的?"鬈毛道："我没想让它烧得这么凶。"鸢耗子"像被迎面揍了一拳，神情不对了，他盯着鬈毛看，下巴在打颤，眼神呆滞地看着麦田上的烈火，嘴里念道，造孽啊，造孽啊造孽! ……摔着那张狗皮，大声呼叫，爹，我来了，爹，我来了。"（153 页）鸢耗子葬身火海。鬈毛逃回到船上却发现来福被人杀害，显然就是那只藏钱的歪脖子葫芦（它甚至也是渔夫和酱油瘸死亡的罪魁祸首）招来了灾难，有人从水下船底的一个机关里下刀戳死了来福，并把他的尸体藏在舱底。这下鬈毛才发现自己成了完全的孤儿。她守着载有来福尸体的船被暴风雨推进了河流的深处并被风浪打翻,她自己木知木觉地抱着一块木头被风浪推打着,最后竟被老渔夫所说的河湾里的一块蛏子一般、很少露出水面的小岛承住,她无意中吃了长在小岛周围的太岁,不仅活了下来,而且从此不需要食物也能生存。于是,她游荡在造桥工地,她在国香的窑子捣乱时被抓获,又被打得死了过去并抛弃在背后的树林。她最终苏醒过来,又到那些接受教养后没有生路的窑姐们再次办起的窑子边游荡,被抓住、受到惩罚,而后又得以逃离,在瘟疫再次爆发、窑子再次毁灭而大桥终于竣工时,她踏上了新建的通往外界的大桥,消失在作者的稿纸上。

以上的情节如此展开,才是小说讲述的顺序。而作品也正是基于此一叙述的结构设计而被命名为"乞儿流浪记"。显然,乞儿"鬈毛"的人生经历或流浪生涯成为了这篇小说结构的主轴。故事是通过鬈毛的生活遭遇这一线索展开的。其他的人物及其人生故事都是被纳入了鬈毛故事讲述的过程之中。当然小说里容纳的故事又不仅仅是我们以上所梳理的这一些,大量被插叙、补叙的丰富内容,是我们这种线性梳理不能完全表述出来的。而我们知道,鬈毛有着特殊的身世——她与普通女孩的不一样就在于她是九姝与非人类的一只犬的产物。实际上,蔫耗子被赶出家门并非阿旦惹了祸或者说阿旦惹祸只是给了九姝赶走蔫耗子的最好借口。蔫耗子是一个善良老实的农夫,当初也是他的诚实打动了九姝,但他们没能生育自己的孩子(这过错根据情节应该是归之于蔫耗子),日子就过得凄惶了,于是那只通人性的犬就钻了空子。当知道了鬈毛来历后,原本落寞老成的蔫耗子愈发内敛了,他内心的情感和力量转化为了开荒种麦的无穷意愿和力气,于是整个河滩被他改造成了无边无际的麦田。作者写道:"蔫耗子是天生种田狂。……从最初分配到的一小袋麦粒,到一眼望不到尽头的麦田。蔫耗子的志得意满写在脸上,他用抑制不住的豪情夸下海口,如果给我十年,我就可以把麦子种满整个岛屿。"在眼见为实地接触到鬈毛的时候,当孤独委屈的蔫耗子知道放火点燃了麦田的就是这个鬈毛的时候,一种被命运捉弄的悲凉变成了一种强烈的消极反抗——其实是迎合命运——的做法,他挥舞着那张狗皮不是逃避火海而是冲进了火海的最深处,嘴里还叫喊着:"爹,我来了,爹,我来了。"这里渲染了一种浓浓的宿命味道:当年蔫耗子的爹就是被烧死在蔫耗子和阿旦放的野火中,但这里的"爹,我来了"的含义又不仅仅是这点"死法"的一致。小说中交代了蔫耗子和阿旦的父亲是亲兄弟,他们的妈妈一个跟别人跑了,一个死于难产。而阿旦的爹因为和酱园老板的老婆混在一起而被酱园老板摁死在酱缸里。阿旦继承了他爹的性格,后来又惹了那么多与女人有牵连的麻烦,那么很可能正是蔫耗子的母亲与别人跑了,这无疑也是蔫耗子老实沉默,他们两家"看上去平静的生活,实际上透着压抑和凄凉"(69页)的深层原因所在,因此当蔫耗子亲眼见到自己老婆的这个特殊的女儿,当确认是这个长着尾巴的"女儿"在他的麦地纵下大火的时候,蔫耗子声嘶力竭的"爹,我来了"的悲鸣中就包含了两代人被妻子(女人)因为性的问题而背叛的耻辱、悲凉和绝望了!正是在这样的情节安排中,埋下了作家夏商关于人性血淋淋的拷问。其中的某些微言大义也呼应在《乞儿流浪记》开头总领全书的一句话中:"如果向本能屈服,你将变成一只丧家犬。如果向本能挑战,你同样会变成一只丧家犬。"(3页)

阿旦忘恩负义地糟害恩主并差点被飞刀取了性命,他和国香萍水相逢又以夫妻名义相处,为了哥们义气和一锅青蛙的美味,他又轻许了几个民工兄弟对国香这个准妻子施行轮奸;国香后来与黑杠头这样的黑社会人物联手开办了红红火火的窑子,这里又成了无聊的农民工们满足欲望、慰藉"空虚"的天堂;国香的人生以被剖腹于河滩结局……这些故事无不铺垫了夏商通过小说中的性事叙述所展开的人性质询。

就此而言,鬈毛就不再是一个荒诞不经的人兽杂交的产物了,她其实成为了一个象征,如同她的那个表征其兽性来源的尾巴一样,成为了一个关于人性,关于人的欲望,关于人的性事的一个质疑的图式、符号,而作品中的其他更丰富的书写则是对这个主题的实质性展开与加强。也正因此,"小说并非将聚光灯只打在她(鬈毛)一人身上"[1],甚至可以说,

①　郭垚:《人与欲望的辩证法——夏商小说论》,《扬子江评论》2017年第6期。

她不过是一个技术性的虚拟化的焦点。

包括那个将她带回古堡的乞丐老太婆,作者交代她之所以那么做其实并不是出于柔软的善心,而完全是出于一种自私的目的,就是将来要拿这个长尾巴的女孩做乞讨的道具。同样她以前收留男孩来福,也只是为了把他当作一个奴隶、一个工具来使唤,她对男孩极其吝啬和冷酷。这个叙述分支虽然与性事无关,但它也透露了对于人性自私冰冷的展示与剖析。

至于刘大牙等不顾兄弟情面为了满足自己的欲望竟无所顾忌地轮奸国香,阿旦他们嫉妒黑杠头和国香大发横财而算计他们性命,黑杠头为了葫芦里的积蓄而水下捅刀子谋害来福,王老屁母亲红颜薄命的人生,种种举动和事件都将底层凡俗社会一群民众内心的龌龊与卑劣展示无遗。正如哲学家梁漱溟说的:"人在欲望中,却只为我而顾不到对方"①,而"这当然是动物的典型表现"②。

从这个意义上来讲,善良的男孩来福、酱油瘌和她的爹渔夫,他们既是生活中那些本分善良的人的写照,另一方面也只是为了在作品中充当鬈毛流浪生活的辅助角色,换句话说,他们也可以只是看作一些象征人物,而且作者有意在作品中突出了酱油瘌的爹渔夫这个寓言象征安排的用意——当鬈毛被暴风雨卷入河湾之后,她最终被搁浅在那个"蛏子"

---

① 梁漱溟:《中国文化要义》,上海人民出版社 2005 年版,第 80 页。

② 潘知常:《孔子美学的生命智慧》,《中国政法大学学报》2020 年第 1 期。

一样的岛上,而她看到在岛近在咫尺的另一端正坐着渔夫的背影,她还在这里无意中吃到了渔夫所说的小岛边的太岁,从此她不用再吃任何食物也能精力充沛而不再忍饥挨饿。

为了强化鬓毛们的象征性安排,作者甚至设计了一段卡通式的情节:已经昏死过去的鬓毛被扔进了山坡后的树林,不承想已经被树根缠绕、泥土掩埋、腐叶覆盖的鬓毛在五六年之后随着她体内性征的成熟、月经生成涌出而苏醒过来,重新回到这个排斥着她、曾置她于死地的世界。这种神话般的情节安排和镜头描写,无疑进一步宣示了作品的先锋性格和几个关键人物的寓言象征安排的艺术旨趣,从而使这部作品完全安置在了关于人性的哲理性探寻之中。

当然,无论小说采取什么样的结体构造方式,它对人性的解释与探讨必须建立在对于人性的坚实、全面、可信的把握中,在这方面,夏商没有因为自己对人性龌龊一面的疾首痛心和不留情面的暴露而忽略了人性的丰富与多面,他也深刻有力地展示、刻画了笔下人物的另一面性格与精神的存在,即使是九妹这个人物,作者也展示了她温和、柔性,与其他生命平等相处的一面,比如老裁缝死后,很多人想得到他留下的破屋,但都被老裁缝的狗吓退了,而九妹却关切到了狗所负的重伤,并且她想如果不帮它处理它就必死无疑,也许正是她善意、仁慈的目光说服了这条凶猛的老狗,它接纳了他们。可以说正是她的仁慈、善解其他生命的心意赢得了狗的信任和亲密。而后面所发生的人狗故事则是进一步揭示了人性的复杂。阿旦这个人物的丰富性也展示得极为出色，这个外向活泼的男人有着致命的人性劣点，但也有重义气、善解人意的一面，在黑杠头死后他做了国香窑子的保镖角色。他对国香的问题回答可谓混账又坦诚，但他这么做又的确包含着对国香的同情之心、念旧之情，他背着国香逃亡虽然也是惦记着她握在手里的钱财，但他毕竟没有直接采取灭绝人性的豪夺，因此无论如何，阿旦身上那点人性的亮色作家并没有忽略。水荷也是个一笔带过的角色，她有点喜欢王老屁，于是她还设法帮助他逃脱罗网。虽然帮了倒忙，但作者在这里草蛇灰线式的巧妙几笔，实际上是有力彰显了人性中那些虽然看似黯淡但永远存在的光彩。正如作者说的，这里的很多人物都"是讲义气的无赖"（218页），那点人性的"义气"也总是抹不掉的。而作品能抵达这些人性的褶皱，恐怕也是基于夏商的写作常常"是从人性的基本方面来打量"人物，而不是"站在我们所熟悉的同情者或拯救者的高度来俯视这个群体"①的缘故吧。

正是因为作者对人性多方面的充分观照与顾及，才使他对人性中那些卑劣根性的揭示与拷问变得有力和意味无穷。因此，小说采取了"叙述为王"的先锋姿态，而这个姿态都是为了更好地通过作品的叙述结构来呈现哲理的追问。2019年11月10日在南京召开的第二届"中国江苏·扬子

① 郜元宝：《"岛屿"的寓言——读夏商长篇小说〈乞儿流浪记〉》，《名作欣赏》2018年第2期。

江作家周"中，来自叙利亚的诗人阿多尼斯提出，"传统思想中的稳定妨碍了前进，需要发现、审视文化中被边缘化的'变化'因素，对于这些因素需要重估其价值，需要自省、反思的勇气"，而他"赞赏文学对于传统超稳定文化结构的冲击和改变"。① 就这个意义而言，真正的先锋派，并不仅仅追求作品的哲理性，他们的一大冲动正在于通过作品新的形式来改变生活或读者头脑中原有的"超稳定文化结构"，使读者对生活作出新的发现。其实作为关注文学艺术的社会作用的法兰克福学派思想家，特别是西奥多·阿多诺和马克斯·霍克海姆，早就对注重形式创新的现代主义作家赞赏有加，"认为这些作家的形式试验，通过打碎和瓦解他们所'反映'的生活，取得了一种距离和超脱的艺术效果，或者说产生了一种'否定认知'，从而含蓄地批判了资本主义制度下的非人性制度和社会进程"。② 因此，可以说，在先锋派形式创新的背后，是对现实生活独到的揭示与呈现的冲动。

对底层生活的揭示与关切"不着一字、尽得苍凉"

作为一部先锋姿态的小说，通过自己的讲述完成对一个人性或社会命题的展开也可以算是完成了自己的基本使命。

① 周锟、俞丽云:《第二届江苏扬子江作家周——共度作家节日 共享作家成果》,《文艺报》2019 年 10 月 6 日。

② M.H.艾布拉姆斯、杰弗里·高尔特·哈珀姆:《文学术语词典》(中英对照),吴松江等编译,北京大学出版社 2014 年版,第 411 页。

然而，作为以叙事为主的长篇小说，在当今的社会情势下，如果能对现实社会生活问题和当下某一群体的生活实际给予生动的描述，为某一群体的生活发出自己的声音，无疑将更难能可贵，何况夏商本来就是一位"跟日常生活中最鲜活的一切——有人说是底层，有人说是粗俗，或者说生活原生态——短兵相接的能力"①很强的作家。增加了现实成色的作品，无疑在读者的心中会有更大的分量，会在文学史上占据更持久的位置。就此意义而言，我以为在夏商已经出版的四部长篇小说中，除了《东岸纪事》，《乞儿流浪记》有着更重要的意义。

我们可以不去详细探讨蔫耗子们父亲一代的人性表现与生活处境的具体关系，我们就来看看作为小说描写的近镜头，正面展示的蔫耗子一代的生活吧。他们因为没有稳定的正规职业而奔赴了桥梁建设工地。他们居住在拥挤而简陋的工棚，生活单调、艰苦，因为整个工程的拨款没有保障，他们的苦力活也是有一搭没一搭地吊着，这貌似无活可干倒可轻松消磨时光，然而只要稍加思索即可知道，没有持续、辛苦的工作，又哪里来的收入！果然，为了给大量闲散的工人创造一点糊口的门路，工程临时指挥部同意了蔫耗子带队组建一支垦荒小麦种植队。因为贫穷和饥饿，刘大牙们抓一袋田鸡也可以让大家大饱一顿口福，于是才进一步衍生出他们没

---

① 王雪瑛语。见陶磊整理：《夏商〈东岸纪事〉研讨会发言纪要》，《中国政法大学学报》2015 年第 4 期。

有抓到田鸡却灵机一动,以土匪的作风轮奸国香的事件。也正是无聊和无助,国香们才干起了私开窑子的勾当,特别是当瘟疫过后、当那些窑姐从看守教育她们的禁地被释放出来之后,她们依然走投无路,只好重蹈覆辙,再次私自开设窑子直到瘟疫又一次降临,葬身于荒野才作罢。这些对工地农民工生活的刻画,生动展示了一部分特殊底层民众的生活状态。可以说改革开放三四十年后,我国社会主义建设事业快马加鞭蒸蒸日上,发展极其迅速,每一个城市、每一片区域,哪怕是曾经很偏远的地方,可能都有建设项目在展开、推进,而实施一线最艰苦、最危险的工作的,绝大部分都是来自农村和小城镇的农民工。他们往往工作艰苦、环境危险但收入不高,有时甚至还被拖欠工资。他们远离家乡和亲人,日常生活条件简陋、单调,工余时间缺乏精神文化生活,而妻子女友往往不在身边,有很多民工因为年龄或其他因素甚至没有异性伴侣,然而生命赋予他们的七情六欲却与常人无异,因此他们的人性需求和欲望,常常不能通过正规、合法的渠道得到满足,于是各种畸形的生活现象就在他们的生活中出现。而我们普通人,可能并不能站在他们的立场来思考这些问题,更不用说给予正面的关注乃至关怀。而夏商的这部作品,有力而又生动地展示了这个并非少数人的底层群体的生活。比如,在写到那些窑姐都是怎样走到这条路上来的时候,阿旦们以为国香们采取了什么卑劣的手段,比如欺骗,但他们问到窑姐个人的时候,得到的却是出人意外又在情理之中的回答,比如那个水荷很淳朴而直截了当地回答道:"她没骗我,我在路上饿昏过去了,她对我说,只要跟男的睡觉就有饭吃,我就跟来了。"当时桌上的人,包括另外三个窑姐,都笑了。这在那样的饭桌上听到那样的说法,是会叫人不免麻木地哗然而笑的,然而如果我们站在故事之外来思考一下,一个特殊姑娘的人生抉择是这样作出的时候,我们的笑也会立刻收敛得无影无踪。这个插曲不仅揭示了落入风尘的水荷们的贫穷处境,而且解"惑"了我们对于性所赋予的纯正、高尚乃至高雅的期许。事实上,在一定的社会层面,对一些人来说,性事处在极其简陋粗糙的境况。古人云:"仓廪实、知礼节。"因为基本生活保障的匮乏,一些原本善良的人们的精神也变得极为贫乏,因此,看到夏商笔下的人物和他们的生活样貌的时候,不禁叫人联想起油画家方力钧笔下那种"打哈欠""烧耗子"等人物与场面。我们看到了一部分人物,他们不仅生活贫穷,心灵也往往在麻木与困顿之中。这是这部先锋姿态的小说对生活现实的一种直面的观照与呈现。

在桥梁工地上除了这些普通民工以外,也存在着一些特殊的人物,即桥梁工地临时指挥部这些工地上的管理者,他们也不是没有注意到民工们的艰难处境,但限于财力,他们只是避重就轻地允许了蔫耗子们建立一支种麦队生产自救,但对民工们的生存却并没有给予更有力的帮助与救济,他们有人甚至与国香们暗中勾结,大发不义之财。桥梁工地的副总指挥完全成了国香们的帮凶和黑恶保护伞。

因此,小说通过桥梁工地这个生活的特殊一角,有力地揭露了现实中一部分手握公权力的人物徇私舞弊、贪赃枉法,与黑恶势力暗中勾结危害社会的现象和事实,而水荷的故事,一方面是增加了作品中人性的亮色,但同时又一箭双雕地暗示社会腐败的窟窿无处不在的可能——试想一个小小的被看管着的窑姐又如何能拿到王老屁脚链上钥匙呢!这些落墨不多的笔触其实都是为了表达文学应有的诗性正义。

然而无论是对桥梁工地的民工们卑琐、灰暗生活的揭示,还是对桥梁工地上个别领导虚伪贪腐的刻画,作者都不是通过作品结构的正面设计和叙述来展开的,而是围绕着人性问题的质询安排的,这个安排的枢纽和关键人物就在一个象征性的人物——鬒毛——这里,然而作者深明"拔出萝卜带出泥",因而当他将这个关于人性的探究故事讲述完毕时,那一群底层民工的形象以及与他们命运相关的个别公权人物的形象也就自然而然地呈现了出来,从而实现了虽"不着一字",但"尽显疮痍"的艺术效果,也显示了作家忧愤深广的现实关怀和强烈的社会责任意识。这与作者说破故事的虚构性而先锋到底、表白到底、自我解构到底的结尾安排一致,都是为了挤兑出与先锋无关的现实本身,从而达成"项庄舞剑意在沛公"的艺术表达策略。

其实,鬒毛、来福、国香、阿旦、水荷、副总指挥、刘大牙、赵和尚兄弟等各色人物,尽管他们都得到了写意画般的生动呈现,但就夏商或者就这部小说来说,正面呈现人性和对生活的态度的人物,却是蔫耗子这个悲情角色。这个诚实本分、勤劳智慧的农民,他有着植物一般的(它相对于阿旦们那过于洋溢着欲望的动物性、侵略性)温情、坚韧的态度和情怀①,然而在特殊的命运安排下,他却因为一场大火(无疑正是人的"欲望"之象征)而葬身在自己种下的一望无际的麦田之中。而这个形象正是作品的核心意蕴所在。它象征着我们人对生命的大地、对生命的麦田应有的守望的姿态。

批评家陈晓明认为:"夏商可以划归在先锋派的名下,他把已经断裂的20世纪八九十年代的先锋派的语言实验,及其对存在绝对性的探究顽强连接起来,是对一种文学传统的唤醒。"②夏商的确是一位不该被忽视的先锋文学卓有成效的探索者,他的四部长篇小说中,《裸露的亡灵》《标本师》《乞儿流浪记》的先锋意味最为浓厚,而在这几部作品中,又因为对现实生活多了一层沉痛有力的描绘,《乞儿流浪记》必然拥有了更为沉甸甸的艺术分量。说到这里,倒是这部作品初版时的名字——"妖娆无处相告"似乎也以"谶纬"的诡秘方式预示着作品的命运,它的确"妖娆",但却有着"无处相告"的沉痛与悲凉。

----

① 参见张灵:《汪曾祺的"人学"与"艺道"》,《石家庄学院学报》2006年第1期。
② 陈晓明:《妖娆地展现弱势群体——评夏商的〈乞儿流浪记〉》,《名作欣赏》2018年第4期。

三／绝望爱情的正仿与戏仿

——《标本师》里的符号学或"爱的几何学"

记得有当代美国小说界契诃夫之称的约翰·契佛有一篇作品叫作《爱的几何学》。如果小说是一种独特的人生几何学、拓扑学的话,一篇关于"爱"的小说不正可以称之为"爱的几何学"?读夏商的《标本师》让我再次回想起约翰·契佛这个关于人生、爱情和小说艺术的富有独特体悟的说法。

一

《标本师》是一部充满形而上意味的作品,尽管它的标题和出版者给出的内容简介等信息给人的初步印象是一部惊悚类通俗小说,但是掩卷释书,它独特的故事、独特的生活和人物独特的命运却给人留下种种挥之不去的萦绕与纠结,令人怅然思索。

某种意义上,《标本师》这部自然块头不大的小长篇,除了契合当今时代人们对长篇小说体态规格的偏好以外,还是夏商艺术积累、精神淬炼而得的又一个凝聚着高度艺术追求、思想探索的精心之作,具有丰沛的阅读趣味和很高的美学品质。

二

《标本师》的故事和故事里的人生始终在路上,几乎没有在现实中真正抵达生活的目的地。

"金堡岛属于本市飞地,一座县建制的死火山岛,距母城约二百七十海里,一早从联草集码头上船,次日午时抵达目的地。"理想的生活之地,理想的爱情之地或许都只是一块飞地。就像迪斯尼版经典童话《睡美人》中的小公主见到"白马王子"时所情不自禁地唱出的——"我认识你,我曾经在梦里和你一起散步……""飞地"像梦中之地一样,充满了理想的迷幻性。"金堡岛"有着现实与虚幻的两面。

故事的大框架是"我"(画家)的一次金堡岛之旅。适逢假期,我送上小学二年级的女儿婕婕去金堡岛爷爷家度假。在班船的舷梯口,一个身穿皱巴巴 T 恤衫,斜挎脏兮兮草绿色帆布包,眼圈发黑一脸憔悴的男人给"我"留下很深的印象。这人推着一把轮椅,"轮椅上是个年轻女人,垂肩乌发遮住了大半边脸。一股奇异的淡香弥漫在空气里,好闻得禁不住要深呼吸",而同样令"我"禁不住一愣的是那个似乎睡着的轮椅上女人的美貌。这个男人显然在上船放行李和安置轮椅女人的过程中因为客室门面相似而曾两次进入了不同的房间,因为不久他就发现了自己刚才并没有把包放在自己的房间或是它被谁错拿了。"我"和婕婕都没有意识到其实他把包错放在了"我们"包间的衣柜里,直到下船时"我们"才发现这事,但那个男人推着轮椅上的女人已经先一步下船,"我们"只能看到他上岸的背影。其实,包里也没什么,只是一个很厚的蓝皮本和一支圆珠笔。"我"在父母家住了一宿,第二天一早又坐上了返程的班船。无聊和好奇促使"我"打开本子,原来是一本日记。日记记载了一个标本师的一段生活。这个推着轮椅美人的男人,就是"标本师"了。读完日记,"我"叼着烟来到甲板上,苍茫水雾笼罩着大海,"我"在甲板的偏僻处捡到一块被海水磨得圆润的石头,把它连同日记本塞进帆布包,挥起胳膊,扔进了茫茫大海。

标本师的日记丢进了大海,标本师的故事好似金堡岛一样被留在了人生的一段航程的另一端。

这个讲述的现实空间,就是这一段航程,这一段水上旅行。"我"在岛上父母家虽然住了一宿,但这一宿只是一个没有故事的短暂停留,只是一段路线上的小点。

而日记的内容——标本师记下的故事又如何呢？

三

"我"（标本师）的父亲是市自然博物馆的教授，"我"从小得以认识父亲的同事，标本世家出身的标本制作大师敬师傅，"我"迷上了标本制作并在大学毕业后成为敬师傅的徒弟和同事。凭着从小接受的熏陶和敬师傅的厚爱栽培，"我"也成了一名出色的标本师。但不久敬师傅却患病并神秘失踪了。这个星期天"我"回到郊区爷爷奶奶家所在的阴阳浦附近的河边钓鱼，一个推着轮椅沿着河岸往前走过的女子，她侧脸朝"我"的一瞥令"我"猛一激灵，心里叫道，"这不是苏紫吗"？当然这不是苏紫，但又宛若苏紫……"我"再次来到河边，但没有守候到什么。这一天"我"不由自主来到附近的东欧阳村寻访。四处张望的"我"被警惕的乡下妇女怀疑盘问，"我"急中生智，假装寻访小学同学"欧阳世阁"。"我"小时候父母曾把"我"放在西欧阳村爷爷家，并在这儿的小学借读。但"我"被告知，就在四天前，"世阁钓鱼时轮椅滑进河里，死了。"推着轮椅的正是他不幸的妻子小焦——"可怜小焦，结婚不久丈夫就瘫了，守了两年多活寡，这下可真守寡了。"世阁很早就死了母亲，去年又死了父亲，整个家就算绝户了。离开村子时"我"遇到了衣袖别着黑纱从火葬场返回的送葬队伍，"最前面的正是那天河边推轮椅的女子……",自此,"我害怕再遇到她,同时又怀着深刻的眷念。"

"脑海里有个声音告诫我,今日别去东欧阳村,不但不合时宜,而且没有教养。可另一个声音却驱使我,去吧,哪怕在河边坐着,至少觉得离她不远。"于是"我"连向单位请假都忘了,竟又来到河边。

又一个星期天,"我"终于再次见到她,而且知道了她叫焦小蕨。当时她正站在井边棚架旁摘一根丝瓜。"她够不着那根丝瓜,脚尖踮了起来。在空气清新的乡间,有绿植背景的一口井,刚刚升起的淡金色光芒,一个晨风般清新的女人置身其中。这样的画面往往会定格在记忆里……""我"借着来给世阁献束花的由头终于和她搭上了话,跨进了门槛。她有一只叫"扁豆"的大黄猫总是跟随着她。

原来她是市里人,只是为了追随自己的丈夫才来这里的阴阳浦小学教书的。尽管她直截了当地拒绝了"我"。"我"还是下定了决心放弃市自然博物馆的工作,在人们诧异不解的眼神中调来母校阴阳浦小学甘当一名教师。除了简单的衣物书本,另外就是敬师傅失踪前留给"我"的东西——里边是他的银行卡,这是提前给"我"和苏紫的结婚礼物,他的一副眼镜和一本脱胶的《钢铁是怎样炼成的》,里面夹着一张早已泛黄的照片,是个年轻女子的半身像。"敬师傅从没谈过他的感情生活,这张珍藏的照片或许就是他单身的原因。"更引起"我"注意的是一只装试剂的小玻璃瓶,里面是灰绿色的膏剂,"旋开瓶盖,一股很难描述的异香把鼻翼撑开"。师傅有留言:"用裸白鼠做实验,喂食后很快死亡,空气中存放半年皮肤无变化。留一瓶给你做纪念。配方我带走了,留在世上的话,标本制作这门手艺就会失传,我仿制它,没有任何功利目的,只想证实一下古人的智慧。"

在阴阳浦小学,"我"和焦小蕻只是做了短暂的同事。就在"我"办理调入手续这同一时间,焦小蕻其实已经在悄然办理离开阴阳浦小学,返回市区的交接。这是"我"万万没有想到的。她的离开很容易,除了她舅舅在市教育局以外,她到阴阳浦小学只是临时借调,她的档案关系都在市里。"我"失去了继续待下去的理由,于是马上提出调回原单位的请求,这使"我"原来的班主任、现在的小学校长等一干人大为光火和不能接受,因为他们已经把"我"树为放弃城市好工作甘赴乡下献身农村教育的典型,"我"的事迹已经登在报上。"我"索性辞去了公职着手开办自己的标本制作室。焦小蕻的"扁豆"死了,她托"我"给制成了标本。当她得知"我"正没有合适的房子做工作室的时候,慷慨地将留在阴阳浦的世阁家老宅白借给"我"。"我"把搬回市区的东西又都搬回了阴阳浦。"我"开始给住在金堡岛的标本生意人羊一丹女士做第一批标本制作的活。

一天焦小蕻单位集体游览金堡岛。"我"也搭乘班船一同登岛,并在傍晚单独带她抄小路登上了金瀑背后的水帘洞。夕阳的金辉、云彩和水雾在西边的天空幻化出了传说中的凤凰。而金瀑的吼声再次让"我"产生幻觉,"我"差点将焦小蘸错当成苏紫……

"我"在羊一丹的材料库中找了几张孔雀、雉鸡等鸟类的绚丽皮毛带回了阴阳浦,想把它们制作成一只真正的传说中的孔雀。"我"真的做到了!然而又一意外改变了"我"的生活。当初人们说世阁是在钓鱼时不慎被连同轮椅拖进了河里淹死。但一对新人洗印他们在阴阳浦河边的婚纱照时,却无意中发现在一张照片的背景中,一个女子正将一辆坐着人的轮椅推进河里。这个意外的发现被立案了。前些天还只是偶然耳闻这个说法,但今天"我"的小学同学、民警沈穿杨正式告诉"我":见到焦小蘸通知他一声。

"我"赶回市区想面见焦小蘸,但怎么也联系不上。赶回阴阳浦工作室才恍然发现还是晚了一步。焦小蘸已经吞服了敬师傅留下的防腐剂,此刻正安详地坐在世阁当年一直坐着的轮椅上。根据可能的死亡时间和她肤色等体征的变化,"我"意识到敬师傅留下的防腐剂的确具有神奇的效力。于是,"我"取出了焦小蘸体内一部分易于污染尸体的内脏,做了必要的处理,使她保持了一个凝固的栩栩如生的姿态,趁着夜色推出阴阳浦,让她像一个坐在轮椅上睡着的美人,一起登上了开往金堡岛的班船。

这就是"日记"里讲述的现实空间:"我"(标本师)和焦小蘸,偶然相逢,随后"我"努力寻找再次相逢的时机,舍弃安稳的工作,但其实已擦肩错过,后来因为制作"扁豆"标本而有了再次相逢之机,并且凭着初步建立的信任和金瀑凤凰传说的引诱而相偕登山。"我们"虽有过亲密相拥的时机,却因世阁结婚照莫名其妙地掉落而戛然收场。而焦小蕨吞下古方防腐剂的苦果却与"我"的存在并无实质性的关联。"我"对焦小蕨的追寻不过是一场短暂的"邂逅"与永久的分离。"我们"之间的事情不过是一场时空错位之逐。

四

在出版者、发行者多种不免掺杂着商业意图的内容介绍中,有一句颇富悬念的关键句——"将自己深爱的女人制成标本……"。然而就"我"(标本师)将焦小蕨制成标本这个关键情节而言,"我"只是阻止了"我""爱上"的女人焦小蕨的肉体被掩埋和剥夺的命运,"我"无意中以标本师的绝活完成了对她遗体的标本化制作,并将守护着这个美丽的"我"之所爱的生命体——肉身、肉体的标本。

然而,陪伴着这个永不腐烂、栩栩如生的标本就是与心爱的人永远地相守相爱着吗?其实在"我"偶遇焦小蕨之初就有一个疑惑一直萦绕在"我"和读者的心头:"无论身高还是轮廓,猛一看她和苏紫确实很像,细看还是有所不同,却属于一个类型。美的本质究竟是外显的还是内在的,这是我常思考的问题……"下个星期天,"我"又来河边守候。"她就像遗落在乡间的另一个苏紫,来历不明,一如世事中的所有过客,每个人都像幻影,看上去那么真实,又那么缥缈……"

说到底,"我"之所以痴迷于焦小蕺不过是因为她是"苏紫"的一个化身、一个符号。这种符号性在特殊的现实语境中,在独特的心理机制下似乎要完全打破现实与幻象的界限! 在金瀑背后夕阳奇辉的特殊烘托中,在这个故事高潮重现的镜头中,有如下一段展开:焦小蕺的侧面与苏紫孪生姐妹般酷肖,"我"恍惚于这种混淆……而焦小蕺也察觉了自己作为某种程度上的符号、替身的危险性:在离开金瀑返回宾馆的公交车上,焦小蕺说出了她的真实感受与想法:"凭什么就相信你了? 脑袋发昏跟你爬到荒无人烟的山上,被推下去都无人知道……在金瀑背后时,就是有一种你要把我推下去的感觉。"

如果说焦小蕺不过是苏紫的一个替身、符号的话,那么这个符号的结构则是:"能指"——焦小蕺,"所指"——苏紫。因此,推动标本师"我"一步步实施怪异举动的原因实际上存在于那个隐秘的、不在场的"所指"苏紫那里! 因此,作为标本的焦小蕺也不过是苏紫的标本的替代品。标本师"我"对焦小蕺的追逐不过是对苏紫追逐的重现、再拟!

看来这真是一段"绝望爱情"!

如果借用符号学的理念做一个表述的话,则可以说"我"与焦小蕺之间的爱情不过是对"我"与苏紫的爱情的一个拷贝、克隆,一个"正仿",一个翻版,一个复制"文本"。

五

　　我们进一步梳理一下《标本师》里间接透露出来的标本师"我"和苏紫的"爱情"故事。

　　"我"是那么爱苏紫，以至于当苏紫已死，"我"却仅仅因为偶遇一个酷肖苏紫的女人就陷入了鬼迷心窍却的追寻之中，"我"甚至丧失了正常的白天黑夜的意识："……我站在河边，看着水粉画般的风景在初升的晨曦中慢慢变浓，这才意识到是乘着黑夜而来：在星光下埋头骑车，并未意识到四周的昏暗和沉寂。旭日东升，芦苇在河水的皱纹中飘摇，将我从虚幻中唤醒。""我"对苏紫的爱是多么刻骨铭心、不能自拔，以致决然、率然放弃了优越的工作。这该是怎样美丽的爱情故事！

　　但事实上，"我"的日记坦率地告诉了读者，"我"和苏紫之间清纯浪漫的爱情，不过是有一个鲜丽的"假壳"，一次"为了告别的聚会"，露出了"爱情"与"友谊"的马脚："我"（即欧阳晓峰，标本师）、苏紫、老鹰、卫淑红、钱丽凤是"臭味相投"，关系铁铁的大学同学、哥儿们，尽管老鹰曾追求卫淑红未果而误以为"我们"是情敌。但说开之后"我们"尽释前嫌，成了更亲密的朋友，大家很快也知道"我"其实爱的是苏紫。一切进展顺利。事情就出在老鹰去巴西留学，即将动身前最后告别的聚会上，同学们尽兴歌唱、痛饮、畅聊到深夜，老鹰与苏紫却心有灵犀地先后悄然离开众人,上演了一出爱情生离死别之际的表白,暗度陈仓的"激情燃烧"。最不幸的是"我"听到了最不想听到的私语:

> "你为什么一定要去巴西?"女声竟然是苏紫。
>
> "巴西有黑人灵歌,有格拉泰姆,有很多拉丁音乐元素。"
>
> "这一去,不再回来了吧?"
>
> "最终我还是想去美国,你知道,我想成为真正的音乐家。"
>
> "你从来没爱过我,只爱自己。"
>
> "你有欧阳就可以了,别那么贪心。"
>
> "是我自己犯贱。"
>
> "你咬疼我了。"
>
> "咬死你这臭流氓。"

"我"和苏紫已经走到了开始谈婚论嫁的地步,而她的出轨并无任何征兆!更让"我""黯然神伤的是,对话中能听出来苏紫是喜欢他的,如果一个漂亮姑娘投怀送抱,即便不是喜欢的类型,男人也不会拒绝。每想到此,"我"对苏紫的怨恨就无法遏制,明知和老鹰无果,却甘愿飞蛾扑火……"于是有了更不幸的事件。

不断在"我"的耳朵、头脑里不期而至地涌来的水声,澎湃的浪涛,苏紫绝望的呼喊声和白茫茫的水雾,令"我""昏厥之前",总想抓过一个枕头或什么,把脑袋埋进去,以缓解耳朵里的炸裂和脑子里的眩晕,一个镜头像鬼影一样不断出没在文本中:

> 从帆布包里取出了那根丝巾,蟹青白,印着墨色的工笔枝叶,点了几粒朱红色的花苞。这是我用第一个月工资给她买的礼物,一阵夜风却将它送了回来。我将丝巾围在了苏紫的脖颈上,她转过头来,我永远记得那种眼神,恐惧中带着哀求,那一刻她醒悟过来,我早已洞悉一切。想推开我,却来不及了,必须承认,我萌生了恻隐之心,试图抓住她的手臂,却只抓住两米多长的丝巾。

最终促使"我"不动声色、沉稳老辣地以观看金瀑,追寻落日美景为名将苏紫带上了金瀑边生命不归的悬崖,完成了"我"对怨恨的解脱和对"爱情"完美的祭奠。

而曾经作为文艺青年的苏紫与隐居金堡岛的著名作家阎晓黎曾经长期通信的事实以及"我"的关于未婚妻不辞而别,找寻未果的谎言与假象,很好地掩盖了"我"自有情由的罪状。

朝夕相处,自由相恋的情侣到了谈婚论嫁之际却出人意料让"清纯爱情"变成了不堪的"谎言"!

如果苏紫是"我"的爱情所在、"我"爱情的载体、"我"所追求的爱的化身的话，那么苏紫是"我"爱的"原文""本文"。然则可怕的是，苏紫这个爱情的本文、原文也存在着"能指"和"所指"的分离。"我"以为苏紫如同"我"以往看到的、接触到的或者说她所呈献给"我"的那样，既是美的化身也是情的化身、爱的化身，它们不能分离、不会分离，它们完全就像人们所说的"内容与形式"一样互难相离而相互为一；而相爱的双方，各自既表里如一、彼此又如一对爱情的"能指"与"所指"，而这样的"能指"与"所指"像稳定坚固的化学键永远嵌合相守在一起。但眼前的事实是，在爱情的"能指"下面也许只有"空洞"和"背叛"！它们所引起的嫉妒和怨恨是促使"我"做出决绝冰冷举动的动力。

六

吊诡的是，苏紫背叛了纯洁爱情，"我"其实也并没有对爱情"守身如玉"。"我"对苏紫的爱情也存在着内心和表面、身体和承诺的背离。"我"和"宋姐"的相好，对于苏紫和焦小蕻而言，都意味着一种"能指"与"所指"的背离；"我""无法接受被背叛的爱情"，但另一方面我自己却在做着"我"所不能接受、容忍的事情。也许这就是人的不自觉，然而可能自然而然内蕴着的悖论性：我们的躯壳和内心常常是分离的，我们总是对肉体的、身体的吸引力有一种自然顺从，但我们却要求和希望对方抵制这种自然吸引力的诱惑！

　　"你为什么不拍照？"焦小蕺撩开雨衣，拿出一只相机，咔擦擦按着快门。

　　"我不爱拍照，世间一切都是幻象。"我说。

　　"那标本岂不也是幻象？失去生命的动物皮囊而已。"

　　"谁说不是呢，人生不过梦境，拍照就像在拍梦中之梦。"

　　"你是学哲学的？"她瞥了我一眼，转过身将镜头对准金瀑。

　　显然作为标本师的"我"是深刻体悟到我们人的这种肉体和灵魂、躯壳和内心、欲望和情诺的分离的，"我"甚至达观地认为"死亡不过是和用旧的肉体告别"。——"用旧的身体"！那么是谁"用旧"的身体，是谁和肉体"告别"？答案当然是内心的"自我"，精神的、灵魂的"自我"。

　　对他者而言，我的肉体与灵魂、躯壳与内心作为一个生命的"能指与所指"应该保持一致，但我们却常常将之作为自己对他者的要求，而纵容了自己的偏移。我们的欲望和爱情誓言像现实与它的水中倒影，岔向了不同的方向。是谁偏离了谁呢？当然是欲望。欲望总是"贪心"的，而它所贪心和满足的常常是一个生命的肉体、身体或者说"能指"！

因此,欲望、情欲总是在一个个生命的"能指"间滑动——就像俗语所说的见异思迁,尽管它们常常是以爱情的名义。所以,在失去苏紫后,当"我"邂逅一个容貌、姿态、举止酷似苏紫的焦小蕻的时候,"我"有了一种飞蛾扑火般的迷狂。尽管这完全是一个"我"对其内心和经历一无所知的陌生人,但是我和苏紫虽然是同学恋人相处日久,也并不意味着"我们"的内心、灵魂就完全相熟和相契,事实上答案还可以是完全否定的。她背叛之夜的一席话与她的举动一起给出了最分明的答案。

这也给我们提出一个问题:当我们谈论爱情时,我们谈论的究竟是什么?如果是内心的相契、心灵的一致,那么我们为什么总以爱情的名义在那注定要"用旧"的肉体间滑动与迷恋?如果我们在肉体、身体的躯壳间迷恋、追逐是正当的,那么我们是舍弃了内心和精神,我们表面是在谈论爱情,实际上是在谈论情欲、性爱。就像"我"和宋姐、苏紫之于老鹰。尼采早就说过:"'全部美学的基础'是这个'一般原理':审美价值立足于生物学价值,审美满足即生物学满足。""审美状态仅仅出现在那些能使肉体的活力横溢的天性之中,永远是在肉体的活力里面。"[1]"我"(标本师)不也常暗自思忖"美的本质究竟是形状还是物质"?或许自己对焦小蕻的痴迷只是因为她和苏紫在身体外表这样的生物性特征上属于

---

① 转引自周国平:《尼采:在世纪的转折点上》,上海人民出版社1986年版,第146页。

同一种自己喜欢的类型而已。

身体、肉体这个载体、这个"能指"所能承载和"指称"的难道只是情欲、欲望本身？灵魂、精神、内心、纯粹的情感何以在一个生命体上安身，何以让你所爱、也爱你的人一起来接受和守护？

七

说到这里，叶芝的那首关于爱情的名诗《当你老了》所指向的主题不禁蓦然浮上心头。

> 多少人爱你青春欢畅的时辰，
> 爱慕你的美丽，假意或真心，
> 只有一个人爱你那朝圣者的灵魂，
> 爱你衰老了的脸上痛苦的皱纹……
>
> （——袁可嘉译）

叶芝的这首诗，表面上似乎将爱情归之为对一种"朝圣者的灵魂"之爱，但也不能说与"青春欢畅""爱慕你的美丽"这些外表的因素无关。也许夏商的《标本师》在提示我们要把"精神—内心—灵魂"的归于"精神—内心—灵魂"，而把"身体—外表—欲望"的归于"身体—外表—欲望"；然而每一个生命本身却是"精神—内心—灵魂"与"身体—外表—欲望"一体存在的。而我们的身体、肉体总会有"用旧""衰老"的一天。

也许人类的一大悲剧、生命的一大悲剧是与人作为万物之灵之所在密切相关的：即人是符号的动物。如同文化人类学家卡西尔所指出的"人的符号性"："我们应当把人定义为符号的动物（animal symbolicum）来取代把人定义为理性的动物。"①人作为符号的动物这一特性，既给我们人类带来了丰富的精神—心灵世界，但也让人类成为符号化地看待世界与他者的动物。这就是当他者出现在面前的时候，他的身体、肉身、外表成为了一个独立的"能指"，对它的解读有可能脱离了他者的内心、灵魂、精神，另一方面，我们的语言可以表达内心的真实，也可以只是一派谎言。因此人的符号性可以使人产生多重的"能指与所指"的分离与滑动。而我们更容易被外表的、符号表面的事物所迷惑、吸引，或者说我们更容易被感性的事物所诱惑，产生"精神—内心—灵魂"与"身体—外表—欲望"的背离。

也许苏紫将爱情与婚姻做了不同的归类和处置，她对老鹰的"爱情"里包含着多少"精神—内心—灵魂"的内容呢？更进一步，即使她对老鹰的"爱情"里包含浓浓的"精神—内心—灵魂"内容，但老鹰却对她并无对应的相契、爱慕与珍惜，那么苏紫的"犯贱"是一种"爱情"还是"爱欲"？这还是那个叫人纠结的问题，当我们谈论爱情时，究竟是在谈论

① 恩斯特·卡西尔：《人论》，甘阳译，上海译文出版社1985年版，第34页。

什么?

"我""想到她曾在老鹰体下喘息,嫉妒让我无法继续下去,我将怒火埋进枕头,将她假想成宋姐……"人在"爱情"上面临的分裂、悖立和对这种分裂、悖立的厌恶之情的强烈程度,其实是与促使人在爱情上陷入分裂、悖立状况的诱惑的力量相等的。

也许完美的爱情注定了只是如同凤凰、龙这些神奇的物种,都不是凡俗之人有缘一睹的,甚至完全只是一种传说与想象。

八

在日记的最后,"我"制作出了一只完全可以乱真的辉煌绚丽的"凤凰"标本,焦小蘡完全被震慑住了:"太不可思议了,难道世上真有凤凰?"而"我"说:"都亲眼目睹了还怀疑,可见确认一个事实有多难。""我"纠结是否要道出真相:"一只真凤凰,和一只拼接的假凤凰,对她而言,前者须恪守一份契约(虽是以半开玩笑的方式),后者面对的则是一个善意的谎言……"而焦小蘡自言自语:"我觉得我们像是爱情的奸细。"在更进一步的亲密中,"我"在内心里"试图说服自己,我是爱她的,占有只是一种爱的形而下确认……我不能阻止身体停下来,除非放弃这场戴着诡异面具的爱情。"尽管因为焦小蘡与世阁的结婚照在这节骨眼上鬼使神差地坠落使"我们"没有真正结合在一起,但此时读者看到,"虽然相识仅四个月,却像把失联多年的旧爱找了回来——不是苏紫,而是'我之所爱'"。——在这一时刻,"我"对焦小蕨的追求不再是仅仅基于她因身体相似而作为苏紫的化身、符号或"能指",她不再只是作为一个"空壳"而存在,事实上,她已经是作为一个完整的独立生命而成为"我"之所爱的本身、本体。

在和焦小蕨的相处中,哪怕只是四个月,"我们"的关系已不再只是停留在外表的吸引,生命有了更内在的相契和认同。然而因为另外的或者说命运的原因,"我们"的爱情在现实时空将戛然而止。这一次,爱情的"能指"不再滑动,"我"将一直守护着已经成为标本的焦小蕨,尽管"我"说过"标本是死亡的另一个代名词",但这个标本将因灌注了爱情、将因"我"的守护而永远栩栩如生。爱情就像传说中的凤凰,因为"恪守一份契约"而诞生——这恐怕是《标本师》的叙述缝隙里所涌出的一股更深层的意蕴,实际上,作者通过一缕时断时续隐隐约约的小叙事已经对之进行过显露:在世阁家的老屋、"我"的标本工作室,"我"制作的"凤凰"标本展示在焦小蕨的面前,"我靠近她,左手将她纤细的右手捏住,眼梢的余光中,她仍注视着凤凰,既没抽离,也没迎合相牵,却自言自语道:'我觉得我们像是爱情的奸细。'"当焦小蕨伴随着如此情景和行为说出这句话的时候,所包含的意蕴值得仔细玩味:"她"在与标本师相处后,此时也的确产生了对他明朗起来的感情——她当初将世阁推下河水并非因为对标本师产生了感情,充其量只是标本师的出现和追求唤起了她对新的"爱情"生活的向往。她说"我觉得我们像是爱情的奸细"意味着将她自己与标本师视同了某种同谋关系,视同了一种自己人的关系。但她把自己说成是"爱情的奸细"的时候,意味着对自己抛弃世阁甚至谋杀世阁,自然也是背叛了真正爱情之诺的坦白和自省。在这种自省里,表达出对爱情至死不渝的相守、忠诚的认同。

但能否在现实中真正做到呢? 焦小蕻自己的行为显然对此呈现出了一种质疑:她曾经飞蛾扑火般追随世阁,但世阁一旦双腿瘫痪,身体不再健全的时候,她终于还是抛弃、谋杀了他。"我"(标本师欧阳晓峰)自己因为女友的背叛而杀害了她,"我"之所以追求焦小蕻,一则是出于一种爱情的生物类型学的偏好,一则是出于一种让焦小蕻替代苏紫而在心理上试图得到补偿、忏悔的需求,而最终当"我"与焦小蕻久处生情之后,焦小蕻却因谋杀丈夫的行径败露在亦悔亦恐之下自杀,从而没能向读者在现实的空间中展示出"我们"(焦小蕻和标本师)之间相守相爱、忠于情诺的生命故事。虽然,"我"(标本师)要与焦小蕻防腐后的身体永远相守相爱了,但此时的焦小蕻毕竟不是一个正常的真实的生命了,因此,假如焦小蕻谋杀前夫之举并未败露,她并没有自杀,那么她会和飞蛾扑火般扑向她的"我"(标本师)相守相爱终生吗? 其实对于这个关键问题,夏商已经留下了一个如同标本最后缝合的交接点,这就是拾到日记的画家"我"的故事的伏笔与归结所在,在这个交接点,透露出些许特别的信息。

九

　　关于倪姓画家的小叙事穿越了现实的叙事和日记的叙事,或者说串联起了《标本师》讲述的直接现实空间和间接讲述的日记空间:日记中的"我"——欧阳晓峰——在米开朗琪罗咖啡屋见到的倪姐(倪瑗瑗),正是讲述的直接现实空间里的"我"(画家)——婕婕的父亲,即在班轮上捡到欧阳晓峰日记的人——的前妻。"我"(画家)与倪姐、郝晓凌本是美术学院的同学,才子郝晓凌成了"我"的情敌,在这场爱情的竞争中"我"成了失败者,他得到的惩罚只是在踢球时被"我"故意撞倒在地。"我们"之间的情谊一笔勾销了。然而毕业前夕突然传来郝晓凌杀人的消息。死者是一名写真女模,曾与郝晓凌好过。郝晓凌被判死缓。时间证明这是个冤案。真凶落网、郝晓凌被释放时,"我"早已和倪瑗瑗结婚,有了女儿婕婕。郝晓凌出狱后利用自家沿街的门面开了那家米开朗琪罗咖啡屋。此际,倪瑗瑗提出与"我"分手,唯一的理由是,她仍爱着郝晓凌,她强调说:"这么做,绝非出于怜悯。""我"意识到"女人是感性动物,尤其是倪瑗瑗这样的文艺女青年,喜欢耽于不切实际的幻想,组建家庭后她觉得我不如之前体贴了,特别是有了女儿之后,情感的重心向孩子倾斜,往返于家和单位,生活变得寡淡庸常。可对我来说,恋爱和结婚本就不同,前者浪漫,后者则是渐渐将浪漫毁掉……但我试图挽回这段婚姻,恳求她看在女儿的份上放弃这个念头",但这并没有改变她的决心。"我"最后认为:"一个对女儿都不眷恋的女人,根本不值得珍惜。""我"同意了离婚。于是,在返航的途中"我"挥起胳膊将标本师的日记连同他的爱情故事扔进了大海,"我"(画家)"鼻子忽然一酸,无论我们如何怀疑,世间总有一些飞蛾扑火的爱情"……

"我"(画家)投入爱情,虽在爱情的争夺中一度成为失败者,但终借"他者不幸成我幸"的偶然事件而得到爱情,踏实生活,将"爱情与婚姻"分开,并欲与爱人相守终生,但却不得。显然在"我"这里爱情并没有在现实中存在的永久空间。

那么在"我"的妻子倪瑗瑗这里,爱情是否在实现中有着真实的空间呢?

当初在"我"和郝晓凌的爱情角逐中,倪媛媛选择了郝晓凌,郝晓凌"杀人入狱"后,她接受了"我"的追求,但当郝晓凌洗冤出狱后,她抛夫别女又回到了郝晓凌身边,似乎称得上是对爱情有着飞蛾扑火般的决心和守望,但是从此,倪媛媛和郝晓凌只是维持了人生伙伴,甚至只是工作伙伴的关系,他们并没有真正结合一起,而是保持了相敬如宾的距离……这也是保持了对一种"能指"的距离,保留了对其"所指"可能的解读,因而留下了想象的余地。因此,他们之间的"爱情"实际上犹如标本师用孔雀、野雉等的羽毛骨架拼凑而成的凤凰标本,并不具有鲜活的生命!

《标本师》的其他多个小叙事,欧阳晓峰父亲和马淑红、敬师傅和羊一丹及查师傅,甚至包括与金堡岛作家等等之间红杏出墙般仅露一枝的可能故事,都折射出关于爱情的肉身与精神、外表与内心、欲望与情诺、形下与形上之间多重分离、多重滑动的可能情形。

或许,真正的爱情,就像标本师手下的凤凰,只有一个假壳;也或许,真正的爱情就像真正的凤凰和龙,并非完全不存在,只是有福一睹它们尊容的人太少!更有可能的是,爱情,最终就会像"我"(画家)后来所理解的,它将蜕变为现实的婚姻和生活,而曾经选择了相爱的人将因相守这份情诺而成就一种"爱情",相守一份标本师所言的爱的"契约"。而相守了这份爱的契约,就是给自己创造了一片爱情的"梦中飞地"。

十

当我们在谈论爱情时究竟在谈论什么?《标本师》的聪明就在于它似乎给了但又似乎并没有给出一个答案,就像凤凰只是一个标本,只是一个拼凑的辉煌的"能指",而它下面并没有实在的真实的"所指"。《标本师》的故事会随同那个日记本在现实生活的海洋中很快被波浪吞噬,然而叫"我"(画家),也叫读者鼻子一酸的是,"无论我们如何怀疑,世间总有一些飞蛾扑火的爱情"!这是人的符号性所决定的,也是人的悲剧所在吧。

日记内外的两个故事里，两个"我"的爱情命运可以互换，在这个"爱的几何学"图式或公式里，"我"可以是"标本师欧阳晓峰"，也可以是"画家"——婕婕的父亲，也可能是"标本师"的父亲或查师傅，甚或金堡岛作家，以至每个人！在这个"几何学"里，每个人都只是其中一个"能指"，一个符号，它们的"所指"是不确定的，因为一个几何学的公式里的符号可能是任何一个具体的事物。

但如果我们要像飞蛾扑火一样扑向爱情，我们只能如同倪瑗瑗和郝晓凌或标本师欧阳晓峰和焦小蕨的标本之间那样，保持肉体的距离或保持心灵的距离，或许还有一点点别的可能，因为我们似乎还可以假设：如果世阁自己结束了自己的生命，如果焦小蕨没有"帮助"世阁去结束他的生命，如果焦小蕨没有犯下致命的过错，如果没有警察要追捕她……那么，标本师能否与焦小蕨相爱相守一生？

"爱的几何学"的确是一道难解甚或无解的题。但有一点在《标本师》中是肯定的、有解的，那就是文本中幽灵不时出现，不时令标本师几欲昏厥的金瀑涛声所传达的信息——被伤害的生命永远无法被替代，伤害生命的罪过永难赎忘。这是《标本师》另一个强大的支撑点和根本性的叙事动力。这是不能忽略的！

《标本师》令人玩味！

第二章　作为浦东地理志的《东岸纪事》

　　在我所读过的不算太多的小说中,有两部以"纪事"或"记事"这一朴实无华的字眼命名的作品给我留下很深的印象,它们都堪称当代文学史上耐人寻味的名篇,近点的是汪曾祺先生的《大淖记事》,远点的是孙犁先生的《白洋淀纪事》。夏商小说《东岸纪事》,在我看来同样具有经得起时间磨洗的沉甸甸的艺术价值。

　　夏商在《东岸纪事》的"后记"里写道:"浦东幅员广袤,不可能写尽全貌,截取自身熟悉的一隅,以点覆面,让我心中那些'真实人物'在这邮票大的舞台上复活。"他还把自己这本书称作"上海之书"。显然,他是要把这本书写成一部以"浦东"这片特殊的土地为"样品"的文学版的上海地理志。但读罢全书,读者会说,这何尝不是一部生动深刻地描绘了 20 世纪七八十年代中国社会生活全局的"中国之书"!

一／两个女性的命运与主宰我们生活的关键力量

——《东岸纪事》里的"暴力叙事"

　　推动《东岸纪事》情节进展的直接动力来自不同人物的三次欲望的暴力。一次是小螺蛳对乔乔的，一次是尚依水对刀美香的。这两次暴力一次即时直接、一次滞后间接地改变了人物的命运轨迹，引发了小说中众多人物人生聚散沉浮的连锁反应。另一次欲望的暴力事件比较特殊，为了论述的便利，我们在后面展开，这里我们重点梳理、分析支撑了整部小说主体大厦的前两次欲望暴力对人物命运的影响。

小螺蛳的欲望暴力与梅菊乔生命认同的毁灭

20世纪70年代末,伴随着改革开放和高考制度的恢复,考取大学甚至中专一下子成了改变千万年轻人命运的最佳跳板,即使在上海这样生存条件优越的大都市亦如此。生活在浦东六里的乔乔(梅菊乔)正是这样的幸运儿,中学毕业成为了上海师院中文系的大学生。漂亮聪明的她可谓是父母的骄傲、全公社的名人。

然而没有谁会想到,乔乔的命运会急转直下离开原来令人羡慕的轨道。她接受花花公子小开——他是依靠在公社当副书记的舅舅侯德贵的权力而谋得了蔬菜推销员这一美差的——的邀请,与之相会,除了迫于纠缠以外,乔乔赴小开的约会这一举动里还带点上海滩"开化"女孩的好奇和主动。这次赴约的遭遇充其量只是一次小流氓骚扰下的青春萌动事件。然而小流氓小螺蛳以卑劣野蛮的伎俩对乔乔施暴则彻底摧毁了她的人生。那个年代人们对于贞洁的道德认同和想象在乔乔这里也破灭了。当她从迷药的作用下苏醒过来看到自己被毁的处境之时,"她头痛欲裂地睁开眼睛,第一个念头就是杀人。与此同时,一张卷发青年的脸浮现出来,他嘲讽地看着她,微黑的脸庞嵌着清高的眼神……"这里夏商以高度的敏锐准确地捕捉到了人物身份认同的深刻辩证法之所在。

改革开放先声的高考制度,原本以它强大的国家意志给了芸芸众生中普通一员的乔乔一个改变人生的大好机会,她跳出农门,未来还向她敞开浦西光环缭绕的现代都市生活,而且她不必再如同父辈们那样匍匐在肉体存活与欲望满足的生命底线上惨淡经营人生,而是可以沉醉文学艺术,享受高雅精神生活的同时,自己也投入这种浪漫光彩的艺术创造,获得一种理想的身份认同。

当乔乔意识到自己的人生价值与命运发生断裂的瞬间,杀了小螺蛳的念头不过是对一个毁灭自己的敌对力量的本能,而这一瞬间眼前浮现出“卷发青年”的脸庞和眼神这一突兀的幻象却意味着另一个深刻的念头,这是聪慧敏感、有着强烈生命主体意识的乔乔的一个我们常人不易发觉的念头,一个她的人生发生深刻断裂之始的价值意识、身份意识的反应。

作为一个生命主体,乔乔有着自己的信念、欲望、记忆、感觉、意识、“情感生活、对未来的感知……在逻辑上独立于其他人利益和功利的存在”以及“保护这个价值……不受伤害的权利”①。然而这种生命主体意识和内在价值是体现和实现在社会中的。除了生命主体自身对它们的选择、确认以外,在情感上、心理上更需要“他者”的承认、维护。这是生命主体在现实中的实际处境使然。如同巴赫金所说的“人实际存在于我和他人两种形式之中”②。人的生命主体意识和内

---

① [英]尼古拉斯·布宁、余纪元编著:《西方哲学英汉对照辞典》,人民出版社 2001 年版,第 961—962 页。
② [俄]巴赫金:《诗学与访谈》,河北教育出版社 1998 年版,第 387 页。

在价值诉求也凝结、聚焦在人的"身份"意识上,而这个"身份"意识正如文化学家斯图亚特·霍尔所指出的,更强烈地聚焦在主体对于自身未来的焦虑上:"不单单关注'我们是谁'或'我们从哪里来',更多的是'我们将会成为谁'"①。因此,尽管一个人的内在价值和权利在逻辑上是"他者"所永远不能侵夺、僭越、毁灭或藐视的,但往往又是难以超越"他者"的注视与评判的,事实上,人的社会身份、生命权利与自我认同的形成和赋予,面临着多重的"他者"话语的支配、评判,其中最为重要、也最为强大的两个支配性话语,一者为国家明确的政策法规,一者为人类群体契合而成的道德习俗等构成的文化。这就意味着,每个生命主体,他的命运除了受到国家的大政方针、历史议程、宏大叙事的主宰以外,他更受到包含着浓重道德伦理成分的文化习俗的锁链的规制、约束。故而,在意识到自己被毁的瞬间,未来原本像人间四月天一样展现在面前的乔乔——她的生命主体意识本是多么敏锐——她的那种对"自己未来的感知"不是瞬间麻木了就一定会是一片黑暗——今天人们怎么看待"我",明天人们将怎样看待"我","我"将怎样看待自己等一系列与"自我""身份""未来"有关的念头禁不住要涌现在乔乔的脑海,它们又投射、呈现在以邵枫这一异性的"脸庞""眼神"为符号的"他

① Stuart Hall, Held David and Mogrew Tony, 'The question of CultureIdentity', *Modernity and Its Futurees*, Stuart Hall, Held David and Mogrew Tony eds. Cambridge: Polity Press, 1992, p327.

者”的注视中——青春期的乔乔所在意的“他者”往往首先是一个异性——邵枫代表的正是命运原来许诺给乔乔的理想的、光鲜的、令人向往的社会身份与角色。乔乔原本和这个角色、身份是平等的，在这里原本有她生命主体精神的自豪的位置。然而这一切瞬间破碎了！这就是为什么身体贞洁的毁灭在乔乔这里也成为不再能面对邵枫的一个灾难性心灵事件，而当小螺蛳再次来到校园骚扰乔乔时，这个流氓竟然无耻地以占有过乔乔就可以理所当然，甚至理直气壮地认为乔乔天经地义地成了“他的女人”！这种匪夷所思的念头所体现的正是这样一种潜在的包围着我们的伦理—文化的话语逻辑！

原有的自我认同已然毁灭的乔乔是更迅速决然地投入自己曾经向往的爱的怀抱，还是在一种模糊的自我放弃下选择自我放纵？是为了用一个主动选择的行为掩饰伤害自己的那个被动行为，还是放手投入一个干净理想的爱来远离、抹掉那个卑污屈辱的记忆，甚至尽快建立一个体面的关系以迎接可能会出现的“舆论”的挑战？无法描述乔乔的心理动机和轨迹，她最终选择投入邵枫的怀抱——这多少有些“嫁祸于人”或自欺欺人、自我蒙蔽的动机，紧接着她“没有一丁点心理准备”地怀孕了，她甚至不能确定“是谁导致了珠胎暗结”。但这个事实引起的恐惧“甚至比小螺蛳的强暴还要强大”——“失身是打落门牙往肚里咽，怀孕却是家丑一夕天下知”。好在邵枫虽然不是一个对家庭很负责任的男人并且因为和老婆离婚而处在人生的一个低谷,但还是有一种男人的承担意识,敢于对自己的浪漫负责。他承担起了乔乔肚子里婴儿的父亲之责。但即使这样,流产依然是件棘手的事。对乔乔来说,"她不能将真实姓名留在医院档案里",因为"白纸黑字,像一匹阴影里的野兽,不知什么时候跳出来咬你一口"私人黑诊所条件简陋、技术拙劣,手术失败。乔乔昏迷在宿舍,最后被同学送往正规的医院抢救才保住了生命,但也让隐私彻底暴露。已花干了钱的邵枫只好偷偷卖血。最终,乔乔和邵枫被学校双双除名。

学校的除名,它摧毁的不仅是乔乔在社会声名层面上的未来、前程,而且包括她的肉体存活的依据——美妙无忧的"铁饭碗"破碎了。她的户籍重新回到浦东的乡下,并且跌得更惨,不仅道德名誉扫地而且因为黑诊所的不当处置,导致子宫摘除。中国传统道德,特别是对女性的身体伦理里,不仅渗透着男权主义毒素,而且有一个悖谬的分裂:对于一位女性,她的贞节固然成为她的社会身份、价值认同的核心方面,但另一方面,生育能力同样是她的一个重要的社会身份、价值认同的砝码,甚至对于底层社会来说,后者比前者具有更大的权重。这一点也体现在小说叙述的其他情节和几度出现的俗语"有假子、无假孙"的话语中。这些可以说是中国传统文化中的身体叙事、香火叙事。即使是大上海一部分的浦东,中国文化中的这部分核心叙事也同样牢固地传承、运转、"讲述"着。

乔乔的命运从此改变。社会主流文化认同虽然毁灭了乔乔原有的为主流社会所肯定、被人们艳羡的人生未来和社会身份,但历史的洪流给了她新的生命转机和社会身份重塑的机会:改革开放,允许私人发展个体经济。用今天的话来说,乔乔体制内的路塌陷了,无奈但并非没有希望地走上了另一种人生之路。

乔乔在熟食经营上的成功,自觉不自觉地让乔乔在同学圈里——这个曾经的"自我"所归属的"世界"里,找回了今日自我的某些自信。在大光明儿子的婚礼上,乔乔拍出天价礼金,她是在给母亲长脸,也是在以一种隐秘的方式展开自我宣示。当她的饭馆在浦东繁华的路段矗立起来,这在某种意义上也象征着在新的时代,在国家政策新的规制和引导之下,她在以新的社会认同话语重塑自我,重新找回自我的某种成功。以财富为中心的时代话语能否使乔乔的内心在当下的社会语境中重新找回自我,重新获得广泛的价值认同?显然不完全能。财富为中心的认同成为了新的时代认同的重要尺度,但生命中有些元素是世代如一的。社会的政治及物质生产方式等等的外在变革总是走在前面,而包含身体伦理在内的道德的、精神的社会文化心理的变迁总是迟缓的、滞后的。乔乔被打破的人生议程和生命认同,毕竟没有重新圆满,在生命伦理认同,乃至传宗接代这样的生命自然认同、家族香火认同方面,乔乔依然是失落的。在给父亲骨灰落葬的下午,与父亲的血肉亲情关系重新把母亲和自己紧密地联结在一起,在经过一段时间的怨恨与疏离之后,她们在亲情的引力下重新相近相依,她们不得不一起面对一个苍凉的现实,她们同意抱养一个孩子以养老送终,并加入中国人关于家族绵叠的悠久神话。无论如何,人不是孤立在世的,血缘亲情既是原始的,也是最长远、坚韧的认同依赖。这恐怕不仅仅是中国文化的古老基因使然。

欲望暴力与特定历史环境对刀美香命运的急剧拨弄

欲望暴力对刀美香人生的毁灭有一个潜伏期,或者说有一定的间隔性。刀美香的故乡在遥远的西双版纳。她的娘家本是大土司,她是土司家的公主,因为新中国的成立,土司制度成为历史,她也就沦为了普通人家的少女,只有他们土司家的竹楼还令人想起他们过去的辉煌。公社拖拉机手尚依水祖上也是土司,他在刀美香是个初中生的时候借刀美香搭乘拖拉机之机,诱骗进而又强奸了她。刀美香生下一对双胞胎腊沙和勐崴,只好留给生活在密林中的三姐当儿子。这对双胞胎尴尬的身世成为故事的重要伏笔,他们对刀美香后来的人生来说,既是一种幸运,也是一个祸端。说幸运很简单,他们毕竟是刀美香的亲骨肉,他们是两个让刀美香后来感到自豪的独当一面的男子汉。说不幸是因为,这对来路特殊的儿子最终导致刀美香生活的毁灭,人生追求的落空。

国家的知识青年上山下乡政策,曾经急剧地改变了千千万万城市青年人的人生道路和命运。

1968年刀美香初中毕业得到一个去景洪卫生局护士培训班学习的机会。毕业后她响应毛主席"知识青年到农村去，接受贫下中农再教育"的号召成为云南生产建设兵团一师的护士。在卫生站刀美香认识了来自上海浦东的柳道海。她喜欢上了这个心灵手巧的上海青年。在草木茂盛人烟稀的荒远边陲，他们在工余相会相爱在大自然的怀抱里，肉体和心灵相互碰撞、一起燃烧。刀美香为此在三姐家用土法打胎，后来又以三姐的名义在勐海医院流产——因为国家政策原则上是不允许知青谈恋爱的。这个恋爱禁令和乔乔在大学遭遇的恋爱孕育禁令虽然出于不同的动机，但具有几乎相同的惩罚威力——违背者将付出未来人生的巨大代价。为了逃避禁令的惩罚，刀美香一再打胎，从而丧失了生育的能力，这一现实和中国文化中的痼疾给她未来人生埋下隐患。当已成麻风病人的尚依水再次骚扰、侵犯刀美香的时候，不明就里的柳道海赶来和刀美香合力砸昏了尚依水，并一起把尚依水拖上竹排、推进了激流。他们当然以为他会葬身激流，而柳道海也并不知道这人到底是谁。对刀美香来说，惩罚这个恶魔天经地义，然而对于柳道海而言，这意味着什么呢？这是不是另一种欲望间接推动下的暴力行为呢——他是因为爱刀美香而成了一个"帮凶"！不管怎么说，特定的历史环境像命运之神把两个渺小的相隔遥远的年轻人成全在一起，禁令和欲望的暴力又一起让他们背上了沉重的精神包袱。

不过同样是特定的历史环境,给了他们改变命运的机会。刀美香协助柳道海重新回到了上海,她自己也冒着巨大政治风险逃离兵团并历尽千辛万苦找到上海,与柳道海重新团聚。然而户籍身份和生育能力的丧失让她难以获得柳母的认可与接纳。而她的户籍问题还不仅仅是柳家考虑到的外省户籍问题、粮油供应问题,还涉及因之伴生的身份上"低人一等"的问题——在当代中国不仅农村和城市户口之间有着巨大的身份鸿沟,不同城市之间的户口也伴随着巨大的身份差异。事实上,兵团因为她的失踪已经注销了她的户口,这就意味着她在哪里生活都将没有一个合法的身份。当姜初文、李英夫妇发现"失踪"的她并告诉她面临的身份难题的时候,刀美香才充分意识到问题的严重并决定重返建设兵团。户口恢复的刀美香又冒着生命危险以苦肉计的办法脱离了兵团回到勐海地方,二哥帮她在茶厂安排了一份正式的工作。这次她可以名正言顺前往上海了。

但柳道海想要先回云南,他想要知道那天他们推上竹排的那人究竟是谁。事实上当年柳道海离开云南的一部分动因就是希望忘掉那件事情,但它却成了他越扎越深的心病。得知刀美香过去一切的柳道海无法承受那些事实带来的冲击而只身离开云南。直到柳父去世,柳母患病,刀美香的过去才得到柳道海的某种原谅和接纳,她带着双胞胎儿子中的一个——崴崴——来到上海。虽然柳道海接纳了崴崴,但刀美香和柳道海的关系已经彻底变味了。那次在勐海领完结婚证后的拌嘴，把两人心里的隐秘完全撕开。她重返上海，但和柳道海也仅仅是搭伙过日子，两人都已心灰意冷，他们成了"死夫妻"。不过，刀美香的一个意外收获是，她竟然换成了户口，她的户籍从此落在了上海浦东，她成了真正的上海人并因此使崴崴的户口也迁到了上海。崴崴成为一名锅炉工，同时凭借在三姨家时和三姨夫从小练就的武艺成为操控赌场的隐身老大。儿子虽然只叫刀美香姨娘，但她还是有一种情感上有了依靠的感觉。特定的历史环境、欲望的暴力、现实的生存、传统的文化心理等因素一起三番五次地改变着刀美香的命运，有时伤害她，有时成全她，有时捉弄她。

　　想在孤独的劳作中忘却"害人性命"一幕的柳道海终于因为腊沙的到来，心灵的伤疤被重新揭开，折磨着良心的禁忌重新被触碰而刺痛。柳道海完全进入了一种精神心理近乎失常的状态，他终于主动到派出所自首，郑重地将自己和刀美香合伙"杀人"的往事和盘托出。虽然云南方面很快证实尚依水依然活着，他们"杀人"的事实并不成立。然而，刀美香不堪回首的人生经历通过这一插曲彻底暴露在了公众面前，她的人生认同和身份认同被打碎了，而且这一切还损害到本已成为自己精神依靠的儿子崴崴身上。特别是合伙杀人的罪过虽然已经被证伪，但她和柳道海之间的隔膜却并不能因此消除，反而可能因为这种被命运捉弄的戏剧性而增加。柳道海因为内心难以抹去的痛苦记忆而将过去对刀美香的爱转化成了怨恨、憎恶。

刀美香历尽千辛万苦拥有了上海浦东的户籍、身份，自己的儿子崴崴成为当地的一个"人物"，迎娶了娇美的厂花新娘，事业正走上顺风顺水的轨道，自己马上就要在动迁中分得梦寐以求的数套住房，但她自己的生命认同、情感认同却完全落空了。这就是尚依水的欲望暴力与特定历史环境等因素对刀美香人生命运的改变与支配。

在《东岸纪事》的最后，小说的高潮，刀美香失踪了。有人听见在侯德贵的尸体从井里打捞上来的夜里又有人跳进了井里。但崴崴力排众议，通过强势要挟外加金钱利诱，叫人又把已经填埋的老井挖了个底朝天却并没有找到刀美香跳井死亡的证据。然而，刀美香毕竟失踪了。或许，她像当年逃离农场、逃离版纳只身来到上海一样，又只身逃离上海，重又潜回云南，重回勐海，重回腊沙守护着的"三姐"的故园，还是在其他意想不到的地方消失或隐身？小说并没有给我们具体明确的答案。当然这个答案本身并不重要。

主宰我们生活的关键力量

夏商给刀美香命运安排的这个结局，处心积虑地给人们留下一个悬念，但这不是卖关子，而是让小说充满了对生命认同的迷思和怅惘，它不仅关系到对刀美香人生命运与生命认同的理解，其实也是对当代中国人的人生命运与生命意义的提问。不管外在的暴力，乃至特定历史环境怎样，作为个体生命的认同永远摆脱不了以自己生于斯、长于斯的父母之邦的引力，摆脱不了生命的记忆、亲情的维系等这些人生在世意义元素的奠基作用——在这个主题上，刀美香的人生具有更显著的话语功能与叙事意义，乔乔最终与母亲的和解，则在文化的意义上从正面呼应了刀美香生命认同中的文化皈依主题。

人依赖文化、认同文化，当然又受制于文化。人存在于和他人的交往中，文化成为一种维系共同交往展开的认同契约。这是夏商通过刀美香、乔乔等角色的人生轨迹给我们的一个生命启示。

对世人来说，他实际上生活在特定历史环境与这种特定历史环境的长久制约、引导及其折射而形成的软性行为规范和价值标准在内的双重规制、影响之下。这两方面的作用和影响放在《东岸纪事》所描述的年代，则典型地表现在人的"社会身份"和这种社会身份维系的核心因素"户籍"与"粮油关系"上面。因此，关于当代中国人的命运和情感的书写，无论作者描写的是什么地域的人与事，其基本的甚至是核心的环节恐怕都不可避免地是一种户籍与身份叙事。因为户籍和相应的身份问题曾经一直是左右我们生活的关键力量。

二 / 人物是永恒的诗学命题

——《东岸纪事》里的"众生相"

当代中国,总体上说来,特定的历史环境虽然决定性地支配着人的命运,但人终究不是完全的被动者,人是一个个自觉的生命主体,他有着自己的主动性、适应性。因此,描写刻画时代洪流和外在权力支配下的个体,写出个体作为生命主体的主动性、选择性及其人性的丰富复杂性是小说家的重要使命。

一

写好人总是大多数长篇小说获得长久艺术生命的关键所在。夏商对此有着非常自觉的认识。夏商曾说:"《东岸纪事》虽然骨架是一个时代的乡村记忆，但真正写的还是人，这才是文学最终要完成的使命。"并说他的这部《东岸纪事》是想写一部"群像小说"，"虽然里面的主要人物是乔乔和崴崴，但'主要'得也不明显，因为刀美香的形象也比较丰满。……我所关注的是时代洪流中小人物的命运。"①

《东岸纪事》作为一部记录一方水土上的风俗人情和社会历史变迁的长篇作品，成功刻画出了一系列鲜明生动的人物形象，这些人物既出自这片土地，又穿梭行走，劳作繁衍，受苦享乐在这片土地。这片土地是他们活动的舞台，同时他们的人生足迹、命运波折也成为了描写、刻画这片土地的一道道线条、笔画，甚至是我们领略这片土地的风俗人情的"路径"。鲜活、精确、传神的人物形象既是小说成功的关键，也是这片土地成功走进文字中的风俗画、"地理志"的关键。

就人物形象的分析而言，我们要观照外在因素对人物命运的影响，但还要从内观察人物，发现人物内心世界里丰富、隐蔽、微妙的东西，这样才能真正理解人物，公允、体贴地评价人物。

"一千个读者心目中有一千个哈姆雷特。"我不知道夏商写作这部小说时他头脑中的乔乔会是什么模样，我在阅读的过程中，有时会隐隐浮想到张柏芝或章子怡的形象，觉得由她们来扮演这个角色比较合适吧。这种形象联想在这个影

---

① 夏商、河西:《〈东岸纪事〉及其他——夏商访谈录》，载《西湖》2013年第7期。

像大行其道的时代或许是读者在阅读中难免会有的"互文"反应。

人的个性、人的性格、人的思想和内心世界既复杂又简单。简单在于人活在这个世界上其实是有很多共同的因素在制约着人。但在每个人的世界里有意义的元素并不完全一样,即使关键的元素一样,这些元素间的组合权重关系在不同的人那里也是不一样的。但一个成功的人物形象总是令读者感到一种个性的内在统一性、立体性和丰富性,我们感到这个人物形象是生动鲜活的,而且作者的挖掘是深刻的。《东岸纪事》里的一系列人物都能给我们一种信服感,让我们觉得生活中会有这样的人,他们就在那样的生活环境里存在、作为。这说明夏商笔下的人物有着扎实的现实基础。

二

乔乔是一个现实感很强的女性。在乔乔中学时光的浦东,总体上还属于上海的乡下,但那里毕竟不是偏远、传统的中国农村。虽然我们也不能简单地用这样的环境因素来阐释这片土地上所有人物个性特征的哪怕是一个方面的成因,但这样的地域环境因素的确是促成这里的人的观念形态的重要因素。或者说,小说中的乔乔,她的某些性格特征,特别是她对待异性的态度,她的道德观念,让人觉得很符合这样的社会环境。乔乔还是个中学生的时候,就属于这种环境中常有的比较自信、开放而又有自我把握能力的那种姑娘,她去赴流氓小开的约会这事就能说明这点。异性的吸引是促使她赴约的一个自然动因,除此之外,这个流氓小开是蔬菜推销员,能说会道,会讨女孩欢心,好几个校花都跟他约过会,有来往,这也勾起乔乔的虚荣心、好奇心。欲望和虚荣是常人都有的,但一个小姑娘如果没有自信、没有开放的态度的话,恐怕是不敢赴那样的约会的。这个小事件展示出了乔乔性格的基本面,为她后面应对人生的诸多行为铺垫了令人信服的基础。同时,乔乔不是一个脱离实际、易于陷入个人浪漫幻想或理想主义的姑娘。幸运地成为中文系的大学生后,她参加诗社,受同学感染也写诗,但她都不是很狂热。进修生邵枫的才华、热情和帅气对她不无吸引,但可能存在的户籍、就业等问题使她清醒地与他保持某种距离。正是有一种很强的现实感,在性伦理上相对开通的态度和相应的自我掌控能力,使她后来离家出走,最后走上商业经营而自立的人生道路有了前后一致性。除了乔乔的这些特点以外,最重要的是,夏商准确抓住了乔乔内心更复杂的一面。

不管乔乔有多强的独立性,她毕竟生活在现实的人际与文化环境中,因此,她如何应对人际和文化中与自己的处境和行为发生冲突的部分,往往更能见出她个性最真切的一面。比如,在遭到小螺蛳的蹂躏后,乔乔选择了另一种现实的态度——迅速与邵枫好起来,而且发生性关系。她还"虚伪"地倒打一耙,说这不就是邵枫想得到的吗?最后,她怀孕的责任顺理成章地归给了邵枫承担。当然,这里的一个特别的微妙之处就在于,她和邵枫发生关系并不是因为小螺蛳让自己怀孕了。她是跟谁怀的孕在她这里是笔糊涂账。小说的精妙性和显示出的小说家的洞察力与机敏之处也正是在这里。这一举动有很多阐释内容,比如,一种心理上的掩盖,用与邵枫理想的、光鲜的、帅气的爱和做爱,遮盖、抹掉小螺蛳强加的肮脏的一切,当然还有一种在贞节上的或许不自觉的、多少有点破罐破摔的顺势放纵,等等,可能还有别的阐释。就这一笔,足以看出乔乔个性中的泼辣甚至不择手段地应付现实的意志与能力。

最终,邵枫和乔乔一起分享了前途和名誉毁灭的苦果。她的自杀念头的出现和打消同样显示了作者精密地洞察人物内心世界的高超本领。她想着自己变成恶鬼将惩罚报复小螺蛳,这给了她一瞬间不再畏惧死亡的动力,而自己死后的可怕形象又是自己所不堪想象的,因而她又倏然放弃了喝农药自杀的念头。这一笔是作家在理解、猜想乔乔这个人物的行为甚至命运时不可回避的地方,这是一个人的命运处境和自己所在的文化,社会的价值观发生巨大冲突时必然面临的问题。夏商给出了符合乔乔个性和处境的、瞬息巨变又符合"逻辑"的处理,而且处理得虚实有度、干净利索。虚就在于作者只是写到乔乔被自己死后的惨象吓住了,因而很快放弃了自杀的选择。作者没有往实里写这是为什么。但读者凭着直觉可以有一种可靠可信的艺术感受和理解,并从中读出意味深长的内容。假如一个人选择自杀,他自己死了,他又如何看到自己死后的形象,他更又何必、如何在乎自己死后的形象?这是一个逻辑问题。但我们这里用的是生物学、医学意义上的逻辑。而乔乔,或者说夏商这里发生作用的却是一种生命主体在世生存的逻辑:每一个生命主体都不是孤立存在的,因此,乔乔即使在意欲结束自己生命的时刻,她的潜意识里也是装着父母以及其他与自己的生命密切关联的他者的,所以,那个看到、想象到自己死后惨象的乔乔,是生命主体意义上的乔乔,不是生物意义上的乔乔,而且可以说那个乔乔不仅是她自己,而且是她的父母及一切与她生命存在意义密切相关的众多其他生命主体,一切相关的"他者"。所以,乔乔顽强地放弃死亡,不仅有她自己的生存欲望,而且有对那些与她的生命密切相关的亲人们的在乎、关切、体贴的考量——她不是个完全任性、自私的人,尽管她看似任性地离家出走了。乔乔本来有过去南京追寻邵枫的叛逆家庭和社会现实的决断,但现实很快又将她拉入自己的怀抱,她放弃了追寻邵枫,走上了更自我独立的一步。

此刻,乔乔完成了自我认同的重新定位。生命的欲望和经营的成功这一世俗的时代话语成为她新的认同尺度。这既是一种无奈,也是一种面对时代潮流的自觉选择、主动顺应。知道父亲病危后,她毅然放弃在周浦的经营。感于马为东的憨诚与执着,也是抱着某种自我牺牲以挽救父亲生命的决然,答应了嫁给马为东。但最终,她的心志、品味又是马为东所难以满足的。另外,她还需要在流氓当道的底层社会寻求某种安全感,这种安全感的需求不是笼统的、泛泛的——它直接关系到如何对付小螺蛳的不断骚扰以及未雪的旧恨。她终于再次与世俗的、外在的道德舆论话语背离,心甘情愿地投入崴崴的怀抱,是因为在崴崴这里她不仅找到了安全感的满足而且找到了她所认同的某种男人的"腔调",这种"腔调"与她在大学的氛围中所追求的东西当然不再一样,甚至与一般底层社会所正面认同的东西也不一样。这是她的人生处境所决定了的。尽管她有时也不免怀想大学时代命运所曾许诺给她的那些关于未来的想象,任碧云们的顺利人生也唤起她的些许惆怅,但任碧云们现实中那不免拮据的,也不免凡俗的人生状态,也在不断地给她新的人生注入自信和宽慰。

黑白两道出入自如的崴崴终于放弃黑道经营,重归白道生活的安逸放松,也回归了世俗生活的规范。而乔乔是不符合这种规范的,崴崴离开了乔乔。但乔乔早就在生活的磨洗中有了自己的清醒,所以,她没有难舍。在时间的流逝中她终于懂得了父母亲是在乎自己的。她知道自己的面子和母亲的面子是相连的。她最终和母亲和解,在收养一个孩子的问题上她对母亲的建议没有任何异议。生命在最基本也是最原始的层面上有着它的意义根基和沟通、认同基础。因此,乔乔的人生终究有一层抹不去的悲凉落寞。这就是意外的暴力伤害和社会力量所施加给她的。有评论家说到乔乔这个人物的时候提出:"可以说这个人物是一个敞开式的问号,她问的是怎样在强大的命运之下过自己想要过的日子。"①即使是精明强干地在生活中拼打着的乔乔,虽然在经营上取得了成功,但她的生命主体所遭受的伤害是她无法抹去的,某些生命认同的问号也是不会得到满意答案的。

三

刀美香这个小巧玲珑的傣家女性饱受了命运的另一番拨弄。她原本聪明、活泼、热情,对生活充满了美好憧憬,欲望暴力给刀美香带来了伤害也给了她一对宝贵的双胞胎——足以让她后来引以自豪的双胞胎。这是命运对她的恩赏还是暴虐?特定的历史环境把她这个边陲乡下小妞和来自遥远都市上海的知识青年柳道海捏合在一起。柳道海本是一名踏实、勤恳、心灵手巧,很有知识分子气质的上海知青,他们在大自然这个动植物的天堂里相亲相爱,畅想未来,原本该是多么美好。但命运把他们聚在了一起,却又限制他们谈情说爱。而偷尝禁果的结果又会使他们遭到严厉的处罚,为了逃避处罚,结果只能是伤害刀美香的身体。他们在各项规定间像西双版纳密林中灵活穿梭的小鹿一样想计策、"钻空子",又得贵人相助,终于逃离版纳在上海团聚。刀美

① 王雪瑛语。见《夏商〈东岸纪事〉研讨会发言纪要》,《中国政法大学学报》2015年第4期。

香还把自己的户籍迁到上海，儿子崴崴也落户上海并就业，还在上海大显神通，黑白两道通吃，最后又成功金盆洗手脱离黑道回到社会正途并在商业上顺风顺水，发展良好。

然而当初遭受的暴力及其隐患最终导致她和柳道海成了"死夫妻"。她和儿子崴崴在世俗社会话语中不堪提及的身世经历暴露于光天化日和人们的闲言碎语中。云南经历使柳道海心里被无意中埋下了"邪恶"的阴影，这个阴影终于在折磨他多年后像一个定时炸弹一样爆发出来，把他们不愿示人的经历进一步抖搂出来的同时，也使柳道海的精神几近崩溃，给柳道海和刀美香之间留下难以消除、难以面对的隔阂，他们反目成仇。柳道海人生从此走进了更深的孤独、隔绝的状态。而远离了父母兄弟的刀美香虽然落户上海、拥有了在动迁中分房的大好机会，而且有一个双胞胎中的崴崴事业成功家庭美满地就在身边，但，面对这种尴尬的生命主体间的关系，她得到的那一切又有多少意义？最终，她是投井自杀，还是出离上海重回遥远的云南，还是另有下落？作者给了我们没有答案的悬念。但不管是哪个结局，那个曾经天真无邪、充满憧憬的傣家女孩已经成为遥远的过去，迷失在命运的无常中。柳道海这个勉力追求人生意义的上海青年，在他超乎常人的自首举动中，生命主体精神经历的磨难和现实处境得到一次翻天覆地般的展示，他个性中可贵的一面也迸发出令人痛心的惨淡之光。柳道海的生命主体精神以癫狂的悲剧形式揭示、绽放了出来。

特定的历史环境让刀美香和柳道海走在了一起,但柳道海要是能恪守兵团的政策,克制自己青春的本能,如果刀美香记住自己曾经遭受的暴力,谨守兵团的规定,他们不去违背禁令偷偷恋爱或掌控好自己青春的躁动而成功规避偷吃禁果的诱惑,那么,他们的命运将会是另外一番景象吧。在那样的时代和环境,那样的人不会没有,但那样的人生究竟会怎样呢?

四

生活在版纳丛林中的三姐和三姐夫的形象也可歌可泣。他们的生存条件很原始恶劣,充满了危险。但三姐夫是真正的猎人,耿直仗义而且勇敢,他自觉地以死于野兽的利牙为荣,而最终也正归宿于此。三姐与妹妹刀美香姐妹情深,三姐为了妹妹的前途牺牲了自己的一切。对刀美香私生的双胞胎腊沙和崴崴的疼爱胜似亲生。这个勇敢、勤劳、重情重义的三姐,她的故事始终刺激着读者的泪腺,他们一家的真情像版纳雨林的雨水,把整个小说浸润得生气勃勃,一如版纳的蓬勃自然。三姐和刀美香一样也是极聪明伶俐的女子。记得她去看妹妹刀美香,妹妹让她见了自己的恋人上海知青柳道海,小说叙述道:"柳道海便将家世托出,三姐听了,没作什么评价。三姐在刀美香那儿留宿一晚,第二天柳道海和刀美香去送她,她忽然改口'小柳'为'弟弟',视柳道海为家里人了。"在这样野草杂树完全掩盖人踪的环境,三姐对柳道海的一句改口,包含姐姐对妹妹多大的爱护支持和对妹妹未来所托之人多大的期许和多深的亲情!从这句改口中我们体会到人的渺小脆弱和亲情的坚韧与凄婉。我读到这看似不经意的一句的时候,不禁对人物深刻细致的感情和姐姐的聪敏与用心良苦泫然泪下,也为作者对人物的感悟之细而叹服。作者完全深入到了人物心灵深处,是真正如沈从文先生所主张的"贴到"人物的[1]。在这个艰难的世界上,若没有像刀美香姐妹之间这样亲情、真情的存在,人何以堪!

有关刀美香二哥的笔墨所着不多,但笔笔坚实有力。他在现实生存方面对刀美香的关怀可谓尽心竭力。

两个双胞胎儿子,性格恰成对比,崴崴不动声色、沉稳老练,可能是聪敏的他洞悉了现实生存法则中更为冷酷的一面吧,他把自己的感情完全冰冻处理了,包括自己的赌场经营,他能藏得很深,任何事情他都能冷静从容地摆平。最后他伺机从黑道全身而退,并且与乔乔理智地分手,建立起完全符合现实社会人情世故和道德价值标准的事业和家庭,俨然成为现实中的成功者。他是丛林里的生命情感人格与都市里物化了的势利人格的一个混合体。他内心的价值情感冲突只是被他处理得波澜不惊而已。而崴崴的双胞胎哥哥腊沙完全继承了忠厚拙朴的猎人性情,他重情重义酷似自己的养

---

[1] 汪曾祺:《沈从文先生在西南联大》,见《汪曾祺全集》(第3卷),北京师范大学出版社1998年版,第465页。

父。在三姐的情感浇灌和传统教育下,他的这种血性愈发凝重浓烈。如何说服双胞胎随刀美香到上海的整个进展过程,充满了情感的艰难抉择。在一番施展策略之后虽然腊沙终于同意与弟弟一起离开三姐奔赴上海,但在运货车载着他们向着昆明奔波了一天一夜之后,这个痴情恋土的赤子还是不能摆脱情感的牵系,他逃离了运货车,徒步穿越丛林重新回到了三姐的身边。腊沙这个看起来像野人一样的丛林人的后代,却传承着生存在这个世界上的我们内心其实最期盼渴望的东西,只是我们常人在现实的宰制下无奈地放弃了它们。

小说在写到柳道海终于还是写信让刀美香回到上海之时,有一句是这样的:"等柳父生了癌,她才又踏进柳家。柳母的眼睛永远是肿的。"事实上读小说下半部的时候,一定有很多读者的眼睛也始终是红肿的。小说笔触涉及的众生的生存处境和情感态度无不令我们心痛与悲悯,时时一掬同情的眼泪。刀美香娘家一家人且不必说了,就是她的婆婆柳母虽然一直对她有偏见,但那种偏见也是现实生存处境逼迫的啊,包括曾经以为她怀孕了而对她的态度好转起来,在她终因流产次数太多而不能完成妊娠时重又对她变得一脸冰凉,但毕竟容纳了她。柳母在丈夫死后最终精神失常走失了。她其实承受了多少人生的失望和无奈。柳家的爷爷,更是一个心灵手巧、宽宏厚道、慈祥和蔼、令人尊敬的老人,默默奉献,默默看护着柳家。也是在他这里,柳道海得到爱的照拂,寄人篱下的刀美香也获得了家的温暖感受。

五

马为东是个戆头，但也是一个本分、忠实的好人。他是乔乔发小，因着友情和爱慕，他在乔乔离家出走渺无音讯的情况下，把每天下班后的时间都投入了对乔乔的寻找。他的自行车踏遍了上海滩的每一条街道和里弄。他对一个人的在意和执着令人动容。因此，才有了乔乔断然许婚。乔乔和崴崴公开好起来，老实憨厚的马为东能怎么样呢？"他在熟食店拿啤酒当水喝，在六里电影院门口发酒疯。跟花痴似的，冲着过往的女人傻笑，脚步踉跄，大家躲得远远的，生怕嘴一张吐到自己身上。"最后，在高桥海滨沙滩，马为东终于为自己的名誉而战，但他不是崴崴的对手。其实他未尝不知道自己不是人家对手，但憨厚耿直的马为东别无选择。最后他和乔乔分手，显示了他痴情执着之外的另一面，自尊和认命。他最后和涓子结婚了。对他来说这是个不错的归宿。

涓子也是无可指责的。虽然她和乔乔是闺蜜，但她有权利过自己的日子，她没有侵犯谁的权利，她以友好得体的方式向乔乔作了交代。她的做法显示了一个普通女孩的内心里对别人的体贴和对友谊的珍惜。

马为东的姐姐马为青虽然脑子里多一根机灵的弦，她整天扎在娘家有她自己的小算盘，但她并非一味地自私，她无疑也是弟弟的精神保护者。在高桥沙滩为了弟弟的尊严她奋不顾身的出演虽然落得滑稽的效果并最终演化成了个人悲剧，但读者不会嘲笑她——如果我们嘲笑的话，将是嘲笑我们身处其中的文化——我们给她更多的还是理解和尊重。

马为东的母亲虽然坚决反对马为东和乔乔的婚事，但最终也开明地同意了他们姐弟的选择。她拒绝出现在婚礼上，显示了在传统文化和社会价值观念下一个农村妇女的局限，但更显示了她作为浦东人对荣誉与尊严的内心诉求与直率捍卫。她还是默认了他们的自由婚姻。她的行为在某种意义上也无可挑剔。

乔乔的父母，也都是令人尊重的普通百姓。乔乔出事，他们并不知道事情的底细，当时，乔乔觉得父母已经把她视同了陌生人，不再有一点亲情。其实，父母心里的血都要流干了啊。她的母亲对她和马为东结婚后又和崴崴好在一起始终是不堪忍受的，因此，她甚至狠心而无奈地在乔乔面前说出当下的社会"嫌贫不笑娼"这样尖锐而刻薄的话批评她，使她愤然离席。正像邻座大光明说的，一个母亲怎么可以用那这样的话说自己的闺女呢！是不可以这样说，但这里面的苦衷虽然表面冰冷却是可体谅的。最终乔乔和母亲梅亚苹在经过人生的颠沛之后重修于好。在乡间车站的路边饭摊上，母女关于抱养孩子的打算把读者对他们的理解深深地嵌在了人的肉体所依赖的现实生存法则和人的心灵所认同的社会文化、价值观念交织而成的无限网络之中。"香烟连绵不断从门缝飘出来，里屋静极了。一只蛾子被灯烫死也能听见,却连划火柴哧的一声都没有。说明是用烟头点燃了下一支烟。"这是乔乔出事后关于父亲她所看到的一幕。在父亲无声的连绵的吞云吐雾中,压抑的父爱和无可挽救的绝望随时都可能迸发为失声的痛哭。乔乔结婚了,回光返照中的父亲终于露出了淡淡欣慰和笑意。文质彬彬而疾病缠身的父亲是暗弱的,一辈子充满了无奈,包括从浦西倒插门到浦东这一选择,他的爱和希望本是寄托在乔乔身上的,而且曾经似乎如愿以偿看到了希望变成现实的美好开端。但命运于他有太多不公。女儿结婚了,在他看来,这也是女儿的人生迎来了新生的契机,这是做父亲最为欣慰的了。所以这个父亲所费笔墨不多,却也令人唏嘘。

六

在故事的编织中,针线更少的一些人物,同样留下了生动鲜活的身影。警察王庚林和邱娘混在一起,不免纵容了邱娘和儿子的胡作非为。他的家庭不幸也令人同情。他女儿的悲情个性和遭遇,为人父母者不免心生无奈和怨恨,但她那种感情投入至深至纯,信守感情至烈至绝,也令人肃然起敬。为了王庚林女儿殉情的老师,也许可以批评他不够现实和理性,也许不够遵守职业道德和社会伦理习俗,甚至批评他忽视了家庭责任、社会责任,但换在变迁后的时代背景,或许我们将更多看到他追求爱的权利的一面,追求爱的勇敢的一面。我们甚至看到他对感情至重至厚的态度的可贵。特别是他在以身殉爱之际，给所爱的人预留了生的出口和希望这一举动，让我们对他有了同情和某种敬赏。而周浦的唐龙根，他的欲望里有太多放任和畸形，因此最终导致了一个惨烈的悲剧。无论如何，除了这个成为结局的悲剧自身，唐龙根倒并没有为了自己的任何欲望或利益而以暴力或强权示人，因此，他作为一个普通人的命运，也令人同情。

大光明也是一个栩栩如生，过目难忘，有广泛社会现实依据的人物形象。这个人物的性格也是立体的、复杂的。大光明原本是工厂的推销员，各家分散加工的产品由他收上来统一推销，因此他的手里有一点小小的权力，周围的街坊邻居都得巴结着他好给自己加工的产品找到出路。大光明本就是个热情、能说会道、头脑活泛的明白人，因此既得到大家的抬举又得到不少实惠。大光明见多识广，潇洒大方，他虽不走黑道，但白道黑道都通，因此，他的做派连黑道上的小流氓也觉得有"范儿"。在男女关系上，他也算是风流人物。他结婚两次，最后还是因为他风流成性都散伙了。不过他不是抠抠搜搜的男人，在钱财上很大方，特别是对于女人。这种仗义、大度的男人范儿也给他增添不少男人的魅力。他好吹牛好揽事，既是好面子的表现，也未尝不是为人热心的一种表现。他能说会道、精通世故使他某种意义上成为了侯德贵权力寻租的掮客。当然，即使在不做推销员的日子，他也并不专以掮客为业。他主要还是顺应时代潮流积极经营正当的产业，比如，他曾养殖大量的安哥拉长毛兔，属于经营养殖产业的弄潮儿。在乔乔父亲去世后，单身的大光明又向乔乔母亲大献殷勤，最后与其暗里相好。在侯德贵危难之际，他出手相助，答应与老虫绢头假意结婚，帮他们度过政治和家庭难关，在这个看似纯粹仗义助人的举动中其实也暗藏着自己的如意算盘。当侯德贵自杀后，他又凡心大动，本性难改，想顺水推舟让老虫绢头与自己假戏真做，成为真夫妻，他甚至趁人之危对其发起性攻略，可惜因老虫绢头发生剧烈妊娠反应而不得不放弃。大光明就是这样一个在社会上混得如鱼得水的大俗人，在性方面他不免有些随便，在生计上也会因势利导，利用各种机会和资源。但他也算得上一个不坏的人，而且某种意义上还是一个慷慨仗义的人。他在社会上很吃得开，而在为人上也有着一种厚道，比如，在儿子的婚礼上，乔乔送上了贵重得让"拿赤膊工资的工人"吓死的千元礼金，原则上对这种主动送上门的礼金，简单客气一下尽收囊中也未尝不可，但大光明并没有这么做，他还是在婚礼后郑重、主动地将 900 元礼金退回给乔乔，只留下常规的 100 元。

七

莫言在日本举行的东亚文学论坛上发表演讲称："人类社会闹闹哄哄，乱七八糟，灯红酒绿，声色犬马，看上去无比复杂，但认真一想，也不过是贫困者追求富贵，富贵者追求享乐和刺激——基本上就是这么一点事儿。"①这当然说得很痛切,所以不免表达得很极端,但是也尖锐指出了芸芸众生在世界上最忙活的所在。人是生命主体,一方面他有肉身的欲望,另一方面他有精神心理的追求,总是自觉不自觉地处在与他人的对话结构中,有着生命主体精神上的诉求。在这里人的心理和行为显示或隐藏着更丰富的精神内容。因此,写出人物的立体性、丰富性,才是最重要的。而就写人的复杂性来说,写出人的品行的恶劣性,是一种犀利、明智,而写出人的品行的巧妙与优雅、善意与诚意的一面,需要对人更深的体贴与领会。贾平凹在谈到沈从文先生作品的魅力时曾说:"善良而宽容的作家才能写出温暖的作品。……沈从文以温和的心境,尽量看取人性的真和善。……如果在作品里人是好坏分明的,那就不是好作品。"②我想这里所说的写出好的"温暖的作品""尽量看取人性的真和善",也就是要发掘出所有人物内心每一点美好的意念、动机。这样做的要害就在于体贴、全面地理解和对待笔下的人物,把每一个人物当作一个独立的生命主体去平等地看待,视他如"你"地与人物展开"我—你"的对话。这才是沈从文先生所说的"贴到"人物的真正含义吧!因此,有时候恰当写出人物的恶固然不易,而要写出人物的善往往需要作家更加体贴、明敏的洞察

① 莫言:《哪些人是有罪的》,《法制日报》2015 年 1 月 15 日,第 10 版。

② 贾平凹:《沈从文的文学——在西安建筑科技大学的讲座》,见《关于小说》,生活·读书·新知三联书店 2015 年版,第 138 页。

力，当人物的善与恶、美与丑都展示出来的时候，才能展现出活的、立体的人物形象。因此，有时候能不能写出人物——哪怕总体上是一个坏人的"好"来，成为对写作者来说一个很高的艺术要求和衡量境界高低的尺度。

夏商的《东岸纪事》对人物的描写之所以如风俗画般有一种写实的、鲜活的效应，是因为他是深入地体贴到了作品人物丰富复杂、瞬息万变的内心深处，领会到了人物内心每一个层面。他不是居高临下，以一种简单的外在尺度去衡量人物，看待人物，因此他笔下的人物如何在为肉体生命及其欲望或惨淡经营，或蝇营狗苟，或随波逐流，他做出了全面生动的展示，但更微妙的是他写出人物"肉体"的诉求的同时，也展示了他们的主体精神内部哪怕不自觉地微妙一闪的善良与诗性。有论者指出："夏商写的是小人物的拼搏和挣扎。夏商的文字里有热流，有澎湃的荷尔蒙，这种澎湃的荷尔蒙就是旺盛的生命力，人物靠这种生命力来克服生活中所有的艰辛。他们就是这样'站'了起来。"①是的，夏商塑造的人物是建立在扎实的现实生活基础上的，因此，他笔下的人物都是俗世生活中可以想象到的真实人物，他们的行为总是不可避免受着肉体生命的各种欲望的推动、驱使，乔乔如此，柳道海、刀美香如此，小螺蛳、小开、大光明、邱娘、梅亚苹、老虫绢头，等等，每个人都莫不如此。同时，他们大多也有着生命的

---

① 朱光语。见《夏商〈东岸纪事〉研讨会发言纪要》，《中国政法大学学报》2015 年第 4 期。

另一面,令其他生命、其他主体感到温暖、美好的一面——哪怕是小螺蛳这样的社会渣滓,他虽然怀揣着荒谬卑劣的道德文化逻辑——乔乔打了他一拳,他说既然乔乔是他的女人了,他且饶了她的一拳——他也不是彻底地"无理"和毫无"宽容"之心地暴力相向;他也曾有过到日本去受苦闯荡的冲动和尝试。作者写大光明,这个普通人也透着那么些可爱——这也是他有"台型"的原因之一,特别是写他退还礼金的事儿,一定是煞费苦心安排的一笔。他写被糟蹋后的乔乔对小螺丝的态度,巴不得亲手杀之而后快,她给崴崴下了带着激将、挑战意味的要求,但崴崴的手下因为具体行动的时机问题而没有除掉小螺蛳,她对崴崴说:"算了,还算讲信用……"显然,随着时间的疗救作用,这句不经意说出的话显示了乔乔惜人性命的善良本性。小螺蛳最后被人算计,乔乔就不是直接的推动者了。

再说刘家三兄弟这样德行无状的"破落户",刘大裤子被追认为烈士固然荒唐,但也体现了大部分人的与人为善的态度,而刘大裤子在丑行之后的舍己救人,也算是显示出他人性底色里的几许明亮。

特别令人感佩的是关于三姐同学的文字。三姐要把双胞胎儿子过继回刀美香的名下,遇到了障碍正在犯愁,没想到一个小学同学帮上了忙。这个女同学已经久未联系,如果在街头相遇,她们该互不相识了。她从三姐家门口经过,不经意间看到门口的三姐,房子和岁月留痕的容貌帮她推测出这是三姐,于是她上前打招呼才又互相认识了。她恰在民政局工作,就顺利地帮三姐办好了过继的合法手续。这完全是灵机一动的一笔,随机而出的"逸笔",但它给作品又增加了无限的生机和意外的欣喜,就像一个旅行者忽然发现了一片不期而遇的美景。

八

当然,夏商笔下对人物美好品性的书写还有很多,一一点出是一件不讨好的事情。总之,你说出一个人的缺点、劣迹,他可能会点头默认,但当你看到、说出一个人哪怕是一个所谓坏人隐蔽的长处、善意的时候,他一定不仅仅是承认,还会有着深深的感动。而这才是真正生命对话的精微之妙。在这些善意之处,彰显着人物在欲望经营之外的生命主体精神的正面诉求,显示着人被现实压抑和遮蔽着的人性的光辉。这是通过夏商的《东岸纪事》可证悟的一个诗学命题。

三／"三叠屏"式的结构艺术及其背后的思想旨趣
——论《东岸纪事》的整体擘画

我们说过,推动小说《东岸纪事》情节进展的直接动力来自不同人物三次欲望的暴力:一次是小螺蛳对乔乔的,一次是尚依水对刀美香的。这两次暴力事件及其后人物命运的讲述撑起了《东岸纪事》小说建筑的主体部分。而另一次欲望的暴力事件比较特殊,它伤害、毁灭的首先是欲望诉求的主体自身——欲望的主体侯德贵在满足自身肉体欲望的同时最终毁灭了自己。这次欲望的暴力之旅,在小说中所占篇幅不大,但对小说的意义同样完成不可或缺,而且关于这次欲望暴力的叙事,事关小说整体结构设计的意图和小说整体思想旨趣的传达与理解。

一

　　小说重点叙述的第三个欲望暴力事件发生在老虫绢头和侯德贵身上。这个欲望的叙事也是小说中不可忽视的一环。这两个人物同样是《东岸纪事》的人物画廊中令人过目难忘、不可忽略的重要角色。老虫绢头丈夫是现役军人，长期在部队服役，很少回家，因此老虫绢头与他的感情不免淡漠。老虫绢头本在村办工厂上班。一次，县里来的领导到这个村办工厂巡视，老虫绢头当着县里来的领导的面，对工厂不合理的政策和工人们遭遇的不公平待遇等问题提出抗议。不想这一举动引起了陪同县领导的副乡长侯德贵的注意，除了问题本身，她的大胆泼辣、敢作敢为和她的言谈气质、衣着形象都给侯德贵留下深刻印象。过后侯德贵邀请她到乡政府当面交流有关问题，于是两人得以单独结识，她也从侯德贵这里嗅到了可资利用的机会。于是她傍上了侯德贵并在侯德贵的权力操纵下完成了工作和身份的步步升级，进而和侯德贵摩擦出了情感的火花。恰逢对越自卫反击战，老虫绢头的丈夫牺牲，这为她和侯德贵的来往扫清了一大障碍。不久老虫绢头怀孕，她和侯德贵都希望生下这孩子，而且侯德贵想到了一个两全其美的办法，让大光明来顶包，与老虫绢头假结婚，然后再离婚，这样老虫绢头生下的孩子就有了一个合法的身份，而老虫绢头和侯德贵就可以在私下保持"无名却有实"的夫妻关系。怀孕后的老虫绢头似乎有了一种乘胜追击的泼辣和勇气,她找上侯德贵的家门拿自己的大肚子直言不讳地向侯德贵的妻子说话,这不阴不阳的举动在侯德贵的老婆看来完全是一种摊牌、要挟。于是原本以"眼不见,心不烦"的策略放任侯德贵的妻子再也忍无可忍,直接找上了乡政府的"衙门",将侯德贵的丑事暴露在公众舆论之下。侯德贵因触犯党纪最终落得被撤职的下场。在 20 世纪八九十年代,因为男女关系而在仕途上翻船,可谓身败名裂。侯德贵选择了投井自杀,于是老虫绢头断然遗弃了儿子,也抛却大光明的追求而另走他方。这个女人对丈夫情感不忠,对儿子狠心抛弃,她和侯德贵的婚外情虽始于各有所图、互相利用,但后来也不无真情。这个女人的人生显然也是悲剧,这悲剧有自身的原因,也有社会的原因。侯德贵不仅是一个在道德上、家庭社会责任上的失范者,还是一个滥用职权,以权谋私,搞权钱、权色交易的腐败分子。当然,他也不是一无是处,他对外甥的疼爱虽然在做法上多有不当,但也有着温情的一面,他对老虫绢头的爱也有真挚的一面。最后,他在官场和社会上身败名裂,跳井自杀,是社会的悲剧,也是他个人的悲剧。

二

记得有论者谈到作品的结构时指出:"《东岸纪事》迷人之处还在于它使用散点透视法,即使用了全知人称的隐身叙事法。它移步换景，进退自如，却又板块和谐、线索明晰。"①这里的"散点透视法"的说法捕捉到了小说一些外在的形态特点，因为即使不提那些"旁逸斜出"的小叙事，仅就大的叙事来说，《东岸纪事》集中展开了三次欲望叙事。这三个叙事某种意义上是一种空间性分布，不是在时间上前后相接，逻辑关系环环相扣的连续性叙事，这三个叙事是以周家弄为中心空间，共时性地分布在浦东这片土地上，或者说这片土地是将小说涉及的人物聚拢在一起的纽带。这个说法的一个关键词——"散点透视"正好呼应了小说这种整体布局的面貌特征。另外，散点透视是现代绘画理论基于中西绘画艺术的不同特征而用以表征中国画艺术特点的一个名词。这个说法正好呼应了《东岸纪事》是描绘了开发前的浦东社会生活和自然风貌的"风俗画""地理志"的说法。但这只是对小说描写内容的一个宏观静态概括，事实上风俗画的小说毕竟不是绘画艺术，而是叙事艺术。小说艺术安排和思想旨趣的表达远比"散点透视"这样的静态描述要深刻、复杂。

读罢作品，我们看到，一方面，小说描写的空间并不仅仅局限于浦东，另一方面，人事的展开才是小说的中心。

这部小说的中心情节、中心故事如以上所说，实为三个欲望叙事。这三个叙事回过头来看，在复杂性和情节贯穿的时空幅度上各不相同，从文字笔墨的多少来说，关于刀美香叙事的分量是最重的，其次是关于乔乔的叙事，篇幅最小的

---

① 肖涛：《浦东浮世绘的文学重构》，载《南方文坛》2013 年第 5 期。

是关于侯德贵的。然而这三个欲望叙事的诗学价值却不能用篇幅大小来衡量。实际上，当我们将整个作品的叙事分辨出这三个大的板块之后，我们会发现，作者的叙事用心是极其高妙的。从静态宏观的角度来看，这三个叙事像是三面屏风，整个小说形成了一个美妙的艺术"三叠屏"形式。当然如果真是屏风，可能三叠屏显得还不够丰富，但小说毕竟不是屏风，另外在这三个大的叙事之中和之间，还有很多小的叙事。我们以"三叠屏"为喻只是为了整体观照小说艺术布局的直观和方便。关于乔乔的欲望叙事，主要安排在小说的上卷，充满了人生的跌宕起伏，但故事主要在浦江两岸展开；关于刀美香的欲望叙事主要在下卷进展，因为历史的调度，故事展开的地理空间远远逸出上海，人物的命运在空间范围内历尽跨越和播迁；在下卷的末尾，伴随着刀美香的传奇故事断断续续的尾声，又集中展开了关于侯德贵的欲望叙事。

这三个叙事形成了精妙的高潮不断，一浪叠过一浪的叙事效果。乔乔的人生故事本已令人唏嘘，充满命运的变数，不想柳道海、刀美香的故事更充满时代的诡谲和异境异域双重风情的凄惨和美丽（后一点，令人想起20世纪80年代张曼菱那篇堪称凄美的《有一个美丽的地方》），而到了侯德贵、老虫绢头的故事，虽然情节发生在当下现实，但具体过程的展开扣人心弦、充满变数，特别是这段情节的结局最为悲怆和激越。乔乔的人生充满了苦涩，她最终在现实中不仅"适者生存"，而且在新的时代潮流中重获另一种人生的成功；刀美香的人生最终充满了悲凉,在一切外在的东西似乎到手的时刻,她的内心却完全无所归依;侯德贵的人生最终最为惨痛,不仅外在的东西完全失去,现实中的尊严和存在意义也变得渺茫和荒唐,最终失去了存在的理由与勇气,连同整个生命葬送于一瞬。回首整个叙事,作者颇能"煽情"地以河中浮尸的异常情况开端,"虚张声势"地引出崴崴和腊沙(事关刀美香、柳道海),让故事一开始就由一个引起轩然大波的叙述漩涡来引领,很快以激流般的节奏展开叙事,但首先正面展开的却是乔乔的故事,中途又以回旋的方式重新展开对刀美香、柳道海故事的叙述,在他们的故事高潮将要到来的间隙,浑然不觉引入侯德贵的故事,让整个叙事在最高潮处戛然而止,实现了作者所说的"归于瀑布的纵身一跃"![1] 因此,这个讲述的流程安排显示了夏商高超的匠心。但要充分理解这个艺术安排的深刻旨趣,还需结合具体内容作进一步的分析。

三

虽然我们从描述的地域文化的角度对《东岸纪事》用了"风俗画""地理志"这样跨类术语来描摹,但长篇小说毕竟不是图画,也不是学术著作。我以为有时候我们把它看作一个建筑作品更便于从宏观上观察作者是如何构思,进而

---

[1]　夏商:《后记》,见《东岸纪事》,上海文艺出版社 2013 年版,第 606 页。

发现作品表达的深层秘密的。因此,从建筑作业的过程来说,有时我们看看一个作品是怎么"封顶"的,就能够透过"完成品"的表面而看到它核心构造的秘密所在。通观小说,我们可以看到,如下一段文字,其实正是《东岸纪事》的"封顶"之所在,就像一件毛衣,千头万绪最终收结于此处的一针一环:

> 柳道海平素是个不好闲事的人,他住在六里老街西头,和侯德贵家有段距离。但他每天买早点却要经过那个巷口……他看见大家都在往那个巷口赶,七嘴八舌说侯乡长跳井死了。人总有好奇心,便跟着走过去,院子里已有不少人,更多的人还在聚拢过来。……他最近好像有点健忘,倒是那个矮男人在意识中越来越清晰。这个琵琶鬼还三天两头敲开他的梦境,和他促膝长谈。奇怪的是,他们的话题包罗万象,却从不提及刀美香,也从不提及双胞胎兄弟。他们谈得最多的是云南的少数民族风俗,偶尔也谈麻风寨的凄苦岁月。谈到麻风寨的时候,柳道海自己也变成了麻风病人,四肢蜷缩,手指仿如鸡爪,说到苦处,两个人抱头痛哭起来,让柳道海醒来后一阵反胃。

我们看到,就整个小说来说,句号就画在侯德贵之死上,这个事件将所有人聚集在这里，特别是在打捞出侯德贵尸体的当夜，大光明还听到一声有人投井的巨响，这声巨响进一步引出了崴崴出场，他虽然没有见到母亲刀美香跳井的证据，但作者故弄玄虚、真真假假地把这件事和侯德贵自杀一事捏合在了一起，从而归结了小说，实现了整个小说建筑的"封顶"之举。他还从井底挖出一张浦东地图，进而给作为浦东风俗画的小说留下意味深长的尾声。

那么，我们要进一步追问的是，为什么作者要这么"封顶""合龙"这部作品？

其实找到作品的结构要害，离发现作者的整体思想意图就不远了。如上所述，侯德贵的欲望故事虽然和小螺蛳的欲望暴力、尚依水的欲望暴力乃至其他人物的欲望迁就行为一样，但在所有这些故事中，侯德贵的故事充满了公共叙事的意味。当然，乔乔依赖国家新的高考政策成为时代骄子，她因触犯公共性的学校政策纪律包括婚姻生育政策规定而又跌破未来，甚至因为现实的道德习俗而不仅被打回原形回到农村，并且成为了身处劣势的社会弱者——黑诊所利用了公共政策而毁坏了乔乔的身体，但这里公共政策的执掌者没有对公共权力随意支配。好在她的一部分人生价值、身份认同又在新的时代语境下得到了实现；在她这里，公共政策、公共话语的执行似乎没有人为的操纵，只是被严格执行而已；但刀美香、柳道海的命运就大不一样了。把他们两人弄到一起又把他们从云南边陲"空降"到上海浦东的每一步都充满了

144

公共政策和公共权力的施展。甚至姜初文大夫多年后来到上海看望柳道海时还纳闷他们返回上海的政策关节点是如何打通的：

> 姜初文之所以对柳道海印象深刻，是因为这个看似木讷的小伙子显示了上海人的活络，他是农场第一批办成病退的知青。直到今天，姜初文都不知道柳道海是从什么途径获悉了可办理病退。因为柳道海心脏病发作被队友送到急救室来的那天，姜初文也刚刚从内部了解到这个政策。……允许因病丧失劳动能力的知青病退回原籍，这个消息一旦发布，农场的稳定必然一夕尽毁。

我们看到在这里，国家政策发挥着显赫的作用。特别是姜初文医生乃至所有知悉这个政策的人都会想到一个看似奇怪的问题——"允许因病丧失劳动能力的知青病退回原籍，这个消息一旦发布，农场的稳定必然一夕尽毁"！这里的悖谬在于，既然制定了政策，为什么这个政策又不能人人知道？如果人人知道，为什么又会使农场的稳定毁于一旦。

显然问题就在这个悖论里，因为政策在当时的现实中往往并不是完全透明公开的，政策的执行往往操纵在权力执掌者的手中。因此，政策不是法律，它不是相对稳定与公开的。政策涉及的主体双方在信息的占有上是极其"不对称的"。政策的知悉者、掌握者、执行者拥有相当大的自由选择权、裁量权。"姜初文出于同情,给作假的柳道海开了绿灯。病退需要一次复查,有别的医生一起参加。姜初文让柳道海按减半的剂量服上次的药,只要有点心动过速就可以了。……柳道海就用这份病历去团部办理了户口及粮油关系迁移手续,他神奇地回到上海了。"当姜初文夫妇发现潜逃到上海的刀美香便劝她回兵团时,姜初文诚恳地说:"你李阿姨刀子嘴豆腐心,其实在帮你,你走后户口注销了,跟我们回去,趁我们还说得上话,抓紧给你补回来。"

最终,刀美香听从劝告回到兵团重新找回了户籍,最后在许多人的帮助下将自己和儿子崴崴的户口落在了浦东。整个刀美香和柳道海的故事里除了有着个人欲望暴力的书写以外,历史议程、法规政策在其中发挥着极端显著的作用。而且耐人寻味的是,在他们的命运被这些政策法规改变之时,就他们个人而言,除了使他们捏合在云南这一点以外,国家政策法规对他们的影响、改变对他们个人而言都是积极的、有利的。他们从这些政策法规中得到了好处、甜头,因为他们都在"贵人"和亲人的协助下,借助这些政策法规的渠道一步步实现自己的人生目标和价值追求。在这里我们不仅看到国家政策法规的力量,还看到政策法规在个人之间有着开阔的"空档",就是说,政策法规的执掌者、执行者拥有很大的权力支配自由和权力寻租空间。当有着高尚的道德和政治觉悟的,以姜初文夫妇为代表的政策法规的执行者运用这种自由空间时,他们帮助了刀美香这样善良的普通人。而到了新的历史阶段,在侯德贵、老虫绢头和大光明的欲望叙事中,无论是侯德贵和老虫绢头的相好相爱,还是大光明甘愿替侯德贵分忧,为他顶包"假结婚",里面处处盘结着谋求私利的公权滥用和权力腐败。

四

我们看到,整个小说中,缺乏有效监控的公共权力和公共政策法规执行的可资寻租的"自由空间"和相应的"自由裁量权"在深刻地影响着人民的命运。如唐龙根们利用权力经营买卖,以"正当"的手法谋取私利,"先富一步";王庚林与邱娘一定意义上也是在搞权色交易,他还凭借权力威势强买强夺他人财物;姜初文们虽然没有谋取个人私利,但也是违背原则地运用了公共权力的自由支配权;刀美香的二哥把刀美香弄进茶厂是以权谋私;甚至替三姐顺利办好过继手续的老同学也是在"高尚"地将公共权力自由地用于私人动机下的"善举";而到了侯德贵、大光明这里,公共权力已经被肆意运用于私欲和私利的蝇营狗苟。大光明这样一个乡村工厂的推销员都明白,"倒卖公文"才是来大钱的渠道,而他也是通过与侯德贵副乡长的关系才多占了盖房的地基,白占了公共场地搞养殖。而在动迁分房这样涉及重大财产评估分配的事情上,政策执行者手头可自由支配的权力更是大得不言而喻。所以大光明告诉梅亚苹:"你想,现在评估的房子,推土机一来,都要拆光的。就是说,以后死无对证,如果你跟动迁组关系好,多写点面积又有什么关系。"梅亚苹道:"说得也是,当初只晓得跟他们吵,怎么没想到和他们搞好关系。"而崴崴这个白道黑道皆通的"时务俊杰"则早就明白这点,所以很快和拆迁办的主任搭上了关系。

我们看到,人们的命运和境遇总是直接间接地和身份、户籍、粮油关系等基本的公共政策及其执行联系在一起。

至此我们再来看,为什么夏商把整个作品的叙事归结于侯德贵的自杀这一事件了。在 20 世纪 90 年代男女关系问题的话语力量已经很弱小了,但和政治腐败、政治权力的争夺联结在一起的时候,它的话语的力量就放大了,因为"等他落马的人多着呢。背后去县里使绊的不会是一个两个。把他撂倒了,副乡长的马鞍就腾出来了,觊觎者就有机会了。别看此刻会场噤若寒蝉,隐在其中的奸细正在窃喜呢"。因此,侯德贵的身败名裂对他的人生固然是个重大打击,但令他更加遗恨的是在权力争夺中被人不动声色、因势利导地暗中击败。所以在组织宣布对他的处理结果那一刻,他显得很轻松:"对不起,我外甥今天生日,一大家子都在等着我呢。"回过头补充一句:"各位,先走一步。"这里的先走一步,就不仅仅是指迈出乡政府的这一步了。他的投井就是对这句话的一个"谶语"般的注解。

因此,夏商选择的"封顶"设计,蕴含着深刻的社会现实批判的艺术动机。这种批判,指向社会腐败更深的根源,指向那个公共政策执行、公共权力运用中的随意性或自由空间,指向当代中国历史中的身份区隔、户籍规制以及与之如影随形的"粮油关系"制度。尽管到了基本物资不再匮乏的时代,这些身份、户籍、粮油关系的相关制度似乎退出了生活的地表,其实它们不仅没有完全退出,而且它们的影响力已经深深地嵌入中国历史的当下以及未来的进程中——如动迁中的补偿与分房的资格与权利。就这个意义而言,一切当代中国的叙事,往往同时是一种身份叙事、户籍叙事、经济权利的叙事,根源还是在于这个极其顽固的症结——公共政策执行、公共权力运用中的随意性或自由空间。

这个症结的危害性和荒谬性其实在小说中也有两笔值得深思的描述——这两笔堪称是在为这一艺术动机的表达"补强""背书",一笔是叙述到侯德贵之死时交代了他所住的街区,那里的住户多是城镇户口(这也是一个不经意的但不可忽略的"身份—政治地理"描述)。然后作者交代:"侯德贵死后,被定性为因公意外死亡,按党员干部的政治身份开了追悼会,组织上给予他一生高度评价,悼词当然没有提那桩男女烂事。"——这里,实事求是这一基本原则没有了,组织出于无原则的同情与偏护,将事情的过程和性质进行了组织化的篡改——可能算是"善意"篡改,而正是基于这种善意篡改,事主得到的评价和经济抚恤等待遇也将与应该得到的很不一样。另一笔是说:在热衷于塑造英雄的年代,与人偷情

149

而引发连锁事故的刘大裤子在事件最后为了营救邻居孩子而溺水身亡后,也是被一种近似善意的逻辑追认为革命烈士。

五

事实上,就大多数长篇小说而言,若它的叙述仅仅停留在一般社会风俗和道德人性层面,其实是浅薄的,长篇小说作为一种现代叙事艺术,它的艺术核心必须触及社会运转的深层肌理,揭示出它所描述的时代生活的内部核心结构。因此,现代长篇小说的杰作往往既是生命主体的叙事,也是政治历史的叙事。夏商在这方面显示了他作为一名优秀小说家的清醒意识,他这部长篇巨作,将虚构的人物精确地纳入以真实的历史事件为标志的时间序列——如小说所描述的历史时段,上海真实地发生过码头踩踏、枪支被盗、甲肝流行等事件,使他的整个叙述建立在扎实的现实基础上,始终没有忽略对主宰我们生活的公权力量的揭示,作品中有些看似闲言碎语的笔墨,其实同它在实际社会生活中存在的缘由一样,传达着生活的重要秘密,如大光明和饭馆老板的下面一段闲聊,同样体现着夏商对现实生活的重要发现:

> 大光明夹住狮子头:"听说最近大领导在上海?"戴经理道:"我耳朵里也飘到过一句,上海现在

被甲肝搞得一团糟,人家来露个面,也算是稳定军心。"大光明道:"这你就洋盘了,他这几年都在上海过年,烧龙华寺的头香。"戴经理道:"一听就是野狐禅,中国这么大,要烧头香,九华山五台山普陀山不烧,偏要跑到上海龙华寺,龙华寺算老几?"

大作家孙犁在谈到长篇小说的结构的时候,很有见地地指出:"创作长篇小说,感到最困难的,是结构问题。结构一词虽通用于建筑,但小说的结构,并非纸上的蓝图。布局也不是死板的棋式。它是行进中的东西,是斗争中的产物。小说的结构是上层建筑,它的基础是作品所反映的现实生活,人物的典型性格。在典型环境和典型人物的矛盾、斗争、演进中,出现小说的结构。因此,长篇小说的结构,并非出现于作者的凭空幻想之中,而是现实生活在作者头脑中的反映,是经过作者思考后,所采取的表现现实生活的组织手段。"①因此,要深入理解《东岸纪事》艺术创造的成就和整个小说的思想旨趣,必须充分理解小说的整个结构安排和"封顶"设计的奥妙。

---

① 孙犁:《关于长篇小说》,见《人民文学》编辑部编:《作家文牍》,陕西人民出版社1986年版,第70页。

六

小说的写作或阅读过程是一个线性的展开过程,那么我们最初在《东岸纪事》的叙述之流上得到怎样的感受,看到了怎样的风景?

我初读小说的若干部分以后的第一个感受可用一句话来描述——冲播下诗意涟漪的叙事激流。河中漂来的女尸、关于崴崴的传闻和他被派出所带走的情况,与眼前的画面生成了富有联想的波澜,小说就在这个故意"虚张"的声势中顺势而下如山间激流,节奏快捷,引人入胜。随着人物命运的转折,丰富生动的生活画面不断展现面前,而到了关于西双版纳的叙述,故事的时空跨度和人物命运衍生的情节可谓咫尺千里,跌宕起伏,无论自然事物还是社会生活景象都异彩纷呈。侯德贵的叙述因为时代的变迁也别开生面,基层政坛的秘闻轶事,人物出人意料又合乎情理的悲欢离合,特别是侯德贵、柳道海、刀美香不寻常的爆发式人生,使第三幕的叙述不会因为时代的贴近而令读者失却不断窥探的动力。小说的几股洪流终于在六里老街的这口古井汇合,完成荒谬、悲凉和惨痛混合着的五味杂陈的最后一跃,叙述之流至此走完历程。小说显示出作者机智敏捷、犀利简洁的叙述才能,这种才能成就了小说"叙述的激流"的美学特征。

另外,作者的叙述在情节的曲折性和情节展开逻辑的严谨性上达成了较完美的结合，而做到这一点显然依赖于作者对生活、历史、人性、现实的深刻把握。这种严谨性还表现在作者对于小说叙述描写涉及的自然知识、社会知识、历史知识认真学习、恰当运用，使这部作品具有了"纪事"的质朴性、准确性，就像一幅优秀的画作，它的生动传神、流光溢彩，是建立在高超的素描技能之上的。

小说中的知识性笔墨连同作者机敏灵活地插入的小叙述，使作品枝叶纷披、色彩缤纷以外，也使小说的节奏显得张弛自如，让人领略到作者写作时在法度严谨的总体意识下运笔的灵活和写作心态的放松。

而小说显在的语言创新也被读过小说的论者充分肯定，对此可以从文化语言学、方言学、词汇学、修辞学等角度去进一步总结，而我这里想强调的一点是，作者的语言常常显示出卓越的哲思睿智和诗意情怀，作者精彩的、充满意蕴的锦言秀句常常自然地融合在叙述的过程中，提高了叙述的效率，更增加了小说的诗意和令人欲辨忘言的丰富意味，如柳道海的母亲曾坚决不同意他和刀美香的婚事，因为与傣妹结婚就会失去返沪的机会。但亲事还是定下来了。这时柳道海返回兵团路过傣家小村，作者看似随意地点染几笔道："这乡村的舞台，正是人间的戏台，沉默的山峦，树，河流，拉磨盘的盲驴，拄拐杖的老妪，不知怎样的来龙去脉，经历了怎样的枯荣，一起均是未知数。"这里叙述、描写中融入人物感受到的诗意和基于其人生经历、处境而领悟的哲思，情境与思绪水乳交融,在完成叙述功能的同时,增加了小说的意义新空间。

在语言方面特别值得一提的还有作者对 20 世纪 80 年代诗社大学生日常语言特别是其诗作的精妙拟制,作者替人物所做的几首诗歌,在内容、风格、语言各个方面都做到了"形神毕肖",这几首诗作与人物身份的绝妙相称,使小说的这一部分叙述变得极其生动传神,对人物形象的刻画也起了画龙点睛的作用。这些都显示出夏商作为一名小说家全方位的良好修养。包括邵枫将卖血所得的钱请同学转交给乔乔时的自我反省和自我反讽,显示了作者对人物言行心理的精微把握。将这些精确传神的语言呈现于描述,看起来是语言的事情,其实更是作者作为小说家,心灵智慧丰富的体现。

七

作者的睿智和小说的丰富内涵其实也体现在小说的命名——"东岸纪事"——上。表面上"东岸纪事"是个质朴的、写实指义的名称,小说就是写黄浦江东岸未开发的浦东的"前史"嘛,然而,作者没有采纳"浦东"这个具体、响亮的名字,而是选择了一个外延更为广泛的指称——"东岸"。实际上,作者自觉不自觉地把握住了小说实际潜含着的更为深远的哲学意蕴。夏商曾坦言:"为什么较大篇幅写了刀美香在云南的生活,是因为想对现代化进程中土著和外来人口进行深层剖析。……刀美香从一个云南土著成为一个新浦东人的过程充满艰辛和坎坷，更像是一个传奇，这种镜像是对整个移民群体的折射，也是对大陆人口迁移制度的反思"。其实这句话除了印证我们前述的关于当代中国的叙事实质上也是一种身份叙事、户籍叙事以外，还有一种更深远的哲理性、宗教性意味："浦东"—"浦西""东岸"—"西岸""此岸"—"彼岸"在这里有着同样的隐喻结构，"浦东"正是大上海的乡下、农村，而"浦西"正是大上海的本体、本位所在，是现代都市的部分、真正城市的部分；因此"浦东"—"浦西"的结构不仅隐喻着上海自身的社会结构，而且通过刀美香的故事指涉着整个中国社会的"城市"—"乡村""农村户籍"—"城市户籍"的二元社会结构、公民身份区分结构。这种二元式的结构，在终极意义上，与"此岸"—"彼岸"的哲学、宗教隐喻一样，"浦西"的"现代的""城市的"是一种令人向往的、憧憬的所在！

　　而正是在这里，作者巧妙地通过井里打捞的一张地图——一张百年前的手绘地图，一张不谙物质财富经营而颇多浪漫情怀的"不肖"的"知识分子"所绘制的地图——在重新出世后的风化和消失，隐喻了诗意的理想生活的失去，就像那个浦东地图的绘制者的早逝一样！至此，通过这张地图，作者不仅归结了开发前的浦东"风俗画""地理志"的写就，而且将整个小说的叙事话语安置在了传统与现代，这样关于人类生活"现代性"的思考。

"已经是真正的夏天，赤膊男人在傍晚的光线下端着饭碗串门，或围在街灯下打牌。穿着睡裤的主妇们故作神秘地凑在一块，不知又在搬弄什么是非。小孩最开心，挥舞着打过肥皂泡的面盆，嗷嗷乱叫，向半空中的蚊子发起进攻。"——若干年后，浦东、浦西的历史—风土人情和人们的生存状态—生存结构的一切差异逐渐在人们的视野中变得模糊，在人们的记忆中淡化得不见踪迹的时候，夏商的这些描述，将成为人们想象和回味浦东原生样貌、人民生活的重要依据，也将成为理解20世纪浦东乃至浦西和整个上海、整个中国社会历史的生动、深刻的形象"纪录"。

第三章　中短篇小说合论

　　作为小说家,夏商无疑对中短篇小说也颇为钟情,写下了不少耐人寻味的作品。夏商的小说,尤其是他的中短篇小说,常常表现出一种戏剧性的艺术特质,这在一定的意义上既反映了现代小说的特点,也显示着夏商在小说的思想性与艺术性两方面、全方位一丝不苟地竭力探索的先锋姿态,因而,也是其小说话语的一个综合性的个人特征的表现。从小说涉足的社会生活领域或题材方面而言,夏商小说又常常迷恋于人生的青春时光,显示出"成长小说"的鲜明特征。人生的戏剧性,特别是青春期的迷离变幻与对小说艺术的执着,使夏商的小说写作成为了一种极其自觉的叙事学思索与实践,他将对现实社会的刻写、人生意义的反思和艺术形式的构想紧密融合在一起,使作品显示出设计性的特征,而夏商就是在纸上沙盘推演着人性的各种面相和人生的各种可能情境。他的小说当得起"虚构"之名,而在他的笔头总是饱蘸令他迷恋不舍的青春生活酿就的"浓墨",使读者可以从作品的字里行间领略到人生与生命的丰富滋味,常常不禁生出种种沉思与感叹。

一／夏商小说的戏剧性
——小说话语的一种个性特质

夏商的小说,特别是他的中短篇小说虽然重视情节性,但并不追求对一个故事作从头至尾的和盘托出,而是善于截取生活中富有戏剧性的情境或心理事件来构筑作品。人物的那些从萌生某种感觉到产生激烈的欲望和行动的心理过程以及因为自己和别人的行动而在精神心理上引起某种结果等内在体验[①],常常成为他作品的核心叙事构成,这使他的小说往往表现出因为某种内在的冲突与压力而具有张力与强度,小说的篇幅减小了,但它的容量反而更大,更有艺术冲

[①]　古斯塔夫·弗莱塔克:《论戏剧情节》,上海译文出版社 1981 年版,第 10 页。

击力。黑格尔曾经"把悲剧看作一切艺术形式中最适合于表现辩证法规律的艺术"①,稍作变通,可以说作为对生活的一种想象与透视,戏剧或戏剧性的小说也在某种程度上意味着对生活与人生领会的巧妙与犀利。夏商小说的这种戏剧性是他追求小说艺术的整体品质所取得的成果,它不是单方面的事情,正像有的评论所指出的,夏商笔下的作品"已经剥离了对于纯粹形式上的游戏与个人的自娱自乐,让精致叙事的技巧成为致力于表现人类共性的文学本质的手段"。因此,戏剧性也只是我们评论夏商小说整体思想艺术成就的一个角度。

对生活片段的截取与对人生百态的浓缩

一般来说,艺术作品的情节或者故事往往是由"事件"构成的,戏剧和一般的叙事类作品如小说的最大区别就在于对生活流中的"事件"的呈现方式有所不同。戏剧必须在有限的时间和场景场次中展开情节,它可以包容"不在场"的时空,但它所能直接展开的时空受到很大的限制。这就意味着戏剧对于"事件"的展现、讲述是极力截取与高度浓缩的。而像戏剧似的裁截、呈现"事件",可以说是夏商小说"戏剧性"的一个特点所在。这是夏商小说的一个普遍的艺术特点或审美基因,它散布在夏商的绝大多数作品之中。其中给人印

---

① 汝信、杨宇:《西方美学史论丛》,上海人民出版社1963年版,第156页。

象最深的作品之一是完成于 1999 年的《零下 2 度》。从情节的戏剧性和思想的深刻性而言,《零下 2 度》堪称一篇戏剧性小说的杰作。

　　原本在县城轴承厂当钳工的马德方,猛追厂花、食堂售票员李芹。结婚后才发现她实际是一个很普通的女人,除了模样,说不出别的好。当年厂里还有几位追求者,其中一位去了日本,但没有和李芹断过联系。儿子三岁那年李芹突然去了日本。马德方听不得别人的议论就辞了职干起了个体,结果本钱也赔了。没想到李芹又回来打了一场官司,被收买的法官以马德方不具备抚养能力为由把儿子判给了李芹,今天她要把儿子带走了。父子一场,马德方在火锅店给儿子饯行。小说的情节就从一家三口从火锅店出来分手后开始。马德方在儿子的哭声中意识到刚才把棉风衣落在火锅店里了,返回的结果是钱包与棉衣一起不翼而飞。他只好用手上的结婚戒指为资来打车,最终一位三十多岁的女出租司机让他上了车。这位女司机也正在人生的最低谷,她在中午的时候才无意中知道自己的丈夫竟将他们夫妻共同财产之外的其余部分和保险赔偿赠与他们科室的一个狐狸精。尽管这个遗言因为飞机遇到意外而立,又因为危险解除而不再执行,但对女司机的情感打击却并没有因此而减少分毫。开着车在路上漫无目的游荡了大半天的女司机遭遇了被离弃和剥夺了儿子的马德方,于是两个原本不相识的、被生活抛弃的人在无家可归和有家难归的人生黑暗时刻同病相怜、心照

161

不宣地"同谋"、选择了抛弃生命的悲剧方式来结束人生：马德方和女司机连同所开的汽车冲进了寒冷夜晚的野河。小说在一个旁观化、镜头化的情景中结束，充满了丰富的、无尽的悲凉情调。

两个主人公的遭遇完全是戏剧性的，这种戏剧性是外在的，因为他们完全互不相识，这个遭遇没有多少生活依据，但这个契机却有力地把两个人的戏剧性人生浓缩、集中在了一个特殊的、极其有限的时空，两个家庭原本的戏剧人生已经充满了内在张力，而两个家庭戏剧性的巧妙结合又形成了新的蕴含了深刻思想的"戏剧键"，推演出新的戏剧情节，从而把关于人生意义、生命情谊、家庭婚姻等盘根错节的问题，通过新的碰撞作出了新的衍生：女司机还有心问县城哪里有打胎的地方，当时，她直觉中想的可能还只是切断自己与丈夫的纽带；同样，马德方与妻儿散伙后想以戒指相抵打车回县城，原本只是要回到自己人去室空的家里，并未对人生的未来作出新的考虑。但与女司机的意外相遇，某种意义上使他与她关于人生、关于婚姻家庭的悲观看法和情绪在这个漆黑寒冷的夜晚里产生了新的"共鸣"，只是这"共鸣"并没有在两个生命主体间发挥正面的人生意义，却相反地使他们无意中领受了消极后果。因此，当车到了马德方所在的县城，女司机问他家的具体所在时说，还继续往前开吗？马德方说，这么冷的天，屋里没暖气，我回去干什么呢？正像马德方在路上曾说过的："一间没有亲情的房子还能称为家吗?"他的屋里没暖气的"冷"并不仅仅指向天气,更指向情感和心理。于是,女司机心领神会,"共鸣"地把车开向了黑暗冰冷的河流。

马德方和女司机的相遇和同行、同归,其实只发生在短短的两三个小时里,但却浓缩了他们各自几十年的人生。除了马德方自己人生的戏剧性之外,女司机人生戏剧性地展开其实更加偶然,如果她的丈夫所乘航班没有遇到紧急情况,或者没有让顾客写下遗言,或者她的丈夫没有一时疏忽而忘掉将那个不再有意义的遗言留在衣袋,那么女司机人生的戏剧性很可能就一直处在一种隐蔽的秘密状态而不会在生活中马上暴露或发生作用。在此,我们不得不佩服,夏商对人生问题思考的深入,对戏剧性情节构思的精妙。

当然,他们的相遇和共鸣如同他们的人生故事那样虽然充满了蹊跷,却也具有充分的生活依据或行为逻辑的支撑,这次相遇和共鸣并非没有走向正面、积极结局的可能。他们命运的一致和心思的互相倾吐,已使他们之间具有一定深度的"情意"相投,在各自故事的讲述中,也能看出他们原本珍重生活的态度,两个同样遭到伴侣抛弃的人并不意味着如马德方所言是彻底"被生活抛弃的人"。因此,他们完全可以因同病相怜而互相取暖,逐渐建立友谊甚至相濡以沫,走出生活的阴影,共同开启新的人生乃至有可能成为懂得生活、珍重情感、相亲相爱的一家人的。小说虽然不是为了引向这个结局,而完全是为了一种对人性与人生把握的立体与准确,也有意无意书写了这样的可能。其实，女司机如果不是刚刚经历了自己人生悲摧的戏剧，如果不是因为揽活的习惯（而她此刻当然是没有心思揽活的），她未必会注意到马德方一家散伙告别的一幕，她注意到马德方家的情形，在一定的意义上也是因为自己的遭遇；而当马德方没有打车钱、女司机不接受他的戒指而他准备离开时，女司机又主动表示可以用戒指抵押，这其实也是出于对马德方不自觉的同情，在某种意义上也是对自己同情的外溢。于是，马德方上了她的车，从而这两个同中有异的"戏剧"就被"键合"在了一起。而且，她没有直接进一步表示不需要戒指、免费送他回去，也是出于现实的见识，怕令他觉得莫名其妙而不敢上车，进而失去他，使她自己的同情心理不能得以展开。这里也可以看出夏商对人性体会的深入、细致与准确。因此，让这两个偶然相遇的男女最终真正走到一起成为一家人并非不可能，这只是需要夏商对小说展开更多笔墨的构思、想象与情节的落实。那么，夏商为什么没有选择这样一种可能呢？显然，这只能说明，在面对人生、婚姻、爱情、家庭问题时，夏商更愿意采取一种悲观态度，如同小说的结尾那样。

当然另一方面，小说毕竟不是生活本身，对小说家来说，展开关于生活的思考，比给出生活中问题的答案更重要，这不是一个讨巧不讨巧的问题，而是一个艺术选择的问题。小说重要的是呈现社会人生乃至家庭婚姻的底色和深处，而关于人生与生活的答案则充满了各种可能性，作家不必穷于应付,而将问题引向深处、引向深刻、启人震省这才是最重要的。标题《零下2度》透露的像是客观的自然信息,无关人生社会,然而既给出了情节发生的一个重要背景,也暗示了作者对有关问题悲凉的态度。

叙述、戏剧与现场感

小说本是在时间中流淌的讲述,但戏剧化的小说却给人造成强烈的现场感、舞台感,读者阅读故事像是在一个剧院现场目睹故事直面展开,给人以强烈的冲击感,当然这种感受与故事内容的戏剧性也密切相关。

短篇小说《开场白》在一个狭小的篇幅里容纳了极具戏剧性的多个人生故事。它的叙述视角就富于戏剧性,让一个杀人犯在短暂的火车旅途中讲述杀人的故事。这个杀人犯果然在为人处世的态度上异乎寻常,讲话口吻惊世骇俗,令人生寒,比如他把另一个杀人犯之所以称为自己的兄弟只是因为"他杀人的手法与我相似,手起刀落"。而他所讲的"游戏杀人者"概念因为其故意避开了任何情理的正当性乃至人际的关联性,更令人觉得其不仅嗜血成性而且狡猾冷酷到了荒谬绝伦的地步。这个短篇以快刀斩乱麻、手起刀落的"生铁"作风所讲述的几个故事,凝聚着更为强烈的内在戏剧性。先不说他此刻称之为"兄弟"的人,而来说说由这个"兄弟"的神色让他联想到的人——李伟,李伟也是个落魄的人,他的

"表情和脸色像枯萎的秋叶"。

李伟曾是一名技校生,为了一个女生令情敌致残,刑满释放后,在小区搭了一间屋子出租,居委会制止,他用刀把自己的手指剁掉了一截,用它换了那块地皮。三年以后,另一个人如法炮制,一只警犬吞掉了那人掉下的手指。那人的屋子与李伟的一起都被推平了。李伟的老婆王晶晶,先以色相诱,又留下把柄而把为首拆房的警察宋成东告成了强奸罪,然后李伟的屋子又造了起来。但这件事令李伟名誉上成了乌龟。在这一系列行动中,李伟的每一个行为都是极端的、有悖基本情理的,换句话说,也是"戏剧性的"。在他自己身上有着更深一层悖论:如果说致残情敌是违背伦理的极端的"青春莽撞"行为的话,他为了生存、为了得到自己的生财之路而把自己的手指剁掉的举动,可谓是以自残成全"自养"之举,其悖谬性在语言中即可见到:一旦自残即意味着"不全",但这却是为了"成全"!我们暂且撇开社会道德的伦理评判,李伟的举动里蕴含着多么深刻的悲剧性疼痛!李伟的妻子王晶晶,以女人的特殊方式完成的其实也是一种悖论性存在。她的方式不仅有自我的付出与回报,也有对别人的损害,于是受到了别人的报复。宋成东出狱,第一句话告诉李伟,自己把李伟老婆杀了。宋成东自然被绳之以法,他的人生也可谓是一个悲剧,自然包含着戏剧性。而得知老婆王晶晶被杀之后,李伟却哈哈大笑,说正好摘掉了"我"的绿帽子。这里既可见李伟"反社会"人格的无赖逻辑"级数"令人惊叹,又折射出他们夫妻关系的荒谬性、悲剧性。当然，从人性的角度而言，即使是李伟这样心肠冷酷的人，宋成东说出那样的话，他心底里未必不掩藏着悲苦和哀痛，他未尝不是在说装腔作势的大话、硬话。沉淀于人性最深层的悲剧性在一封信里：宋成东临死给李伟写了一封信，说"我"知道你是阳痿，所以你的儿子是假的。虽然李伟对故事讲述者说自己不是阳痿，但因为那封信他真觉得儿子成问题，他的儿子后来还是溺水而亡，死因不明。其潜在的话语可能是，李伟的性功能多少存在些问题，否则他不会在乎这句话，但可能也并非完全有问题，否则他的儿子也不会到现在才出现暧昧的意外。宋成东和李伟故事的尾巴无疑蕴藏着很深的悲剧性、戏剧性和人性深处的悖谬。

在另一个杀人故事中，一个下岗工人，偶遇多年不见、如今事业有成的同学，被邀请去了后者的家里叙旧。下岗工人看着同学家奢华的环境，心理变得阴暗、毒辣，杀了酒后昏昏欲睡的同学。这次事件中偶然的"戏剧性"中蕴含着某种必然性。在一个社会问题中扭结着人性的某种玄机，社会公共问题和个人尊严问题也是这个戏剧显在的主题。

叙述者在火车上遇到一个长相粗鲁的人，很像他的邻居强强。强强是李家的二女婿，李家大女婿两口子出于嫉恨和敲诈钱财的目的竟然"杀熟"把强强女儿绑架了。强强赎回女儿，大女婿两口子也失踪了。强强终于找到他们，杀了大女婿，却被其妻色诱一起生活了数月，直到东窗事发，强强被处决后，大女儿回到自己的城市，生下强强的孩子后，吞金自尽。这里的戏剧性蕴含着极其复杂的人性与伦理的尖锐冲突与纠缠。

像强强的人向叙述者讲了程培龙的故事。电焊工程培龙追求厂花杨芯，婚后却没有孩子，检查后大夫说杨芯打过胎，卵巢受损。程培龙逼杨芯说出那人是谁，程培龙找到那人将他废掉了。那个人就自杀了。自杀者托梦给杨芯，她就不断上告。她和程培龙的婚姻也解除了。不久，杨芯肚子大起来，程培龙想着是自己的孩子就想复婚，杨芯却说是那个死人托梦怀的孕，生下的孩子果然与那人很像。后来一天，程培龙在车间干活，突然倒地，身上一点伤也没有但那儿却空了。这个故事不仅仅是离奇，在离奇之外，是人性与社会或自我与他者之间的某种矛盾与冲突的深刻，只是以极其尖锐的方式被演绎了出来。特别是性的问题与人的尊严的关联，性的自私性与社会伦理和他者权利的碰撞可谓狭路相逢，表现得尤为激烈。程培龙的偏狭和杨芯的道义良知都得到了极致化展示。

还有一个故事。一个叫单真的人在酒后强暴了女儿。但女儿并不知道那人是谁，她和男友结婚。但愧疚的单真杀死了女儿却没有勇气对自己下手，他告诉女婿希望假手于他，但女婿是个懦弱的人，一怒之下他把女婿也杀了，他成了一个游戏杀人者。这个故事无疑是弗洛伊德作过郑重发掘的"俄狄浦斯"故事的一个翻版。其实质是把人的动物性诉求与人的道德伦理诉求的冲突通过一个巨大误会落实在具体的个体身上,从而演示了这个禁忌性逻辑的内在冲突性力量和毁灭性效果。这也是以假设或虚拟为手段而展开的对一种人性问题的拓扑呈现,生与罪、性与命的迷思在这个游戏杀人者的故事中不仅是一种抒情性的忏悔。这个游戏杀人者不断地杀人,其实是在以无尽的杀人来扑灭自己内在残存良知的煎熬、悔恨,其结果只能是抱薪救火、适得其反,他的狂悖行为直到他被一个勇敢自卫的无辜小伙子杀掉才算终结。

最后那些和叙述者交换故事的人,包括摸过叙述者裤裆的人都瞬间消失了。这不过是暗示了这些故事的虚拟性。但作者的戏剧性表演并不想结束,他说:现在,"我"已经下了火车,来到了人群的中间。杀人者、游戏杀人者不是像恶魔那样被收进了宝瓶,相反,他此刻来到了人群中,这里正好呼应了小说的"开场白",言外之意"故事"还在后面!一个游戏杀人者来到熙熙攘攘的人群和城市中,意味着什么呢!读到这里,似乎杀人者正朝着读者扑面而来,这完全是一个戏剧性的时刻、令人胆战心惊的戏剧性时刻!最后,我们终结、凝固在这个场景,一个新的戏剧空间向我们展开。

《口香糖》就是一场三幕短剧,两幕发生在酒吧,另一幕发生在好友的房间。许明洁、罗雪芝原本是幼师的同学,后来许明洁远嫁新加坡富豪,罗雪芝先在幼儿园,后来下海搞传销、开商店，都不太成功。她的丈夫丁佑已从船厂财务下岗，现在当了水站送水员。如今许明洁开了这家酒吧，她准备请好友罗雪芝将来接手经营，现在罗雪芝先来做普通服务员熟悉酒吧的情况。她第一天上班就发现自己的丈夫竟然也坐在酒吧的一角，他并不消费，显然只是悄悄地监视妻子的工作。前任服务员留下的旗袍不合身，罗雪芝准备请示一下拿去改小一点。两个昔日学友畅聊了起来，许明洁坦率告诉罗雪芝，其实当年她最先认识了丁佑并有过约会，后来丁佑才认识罗雪芝并转而追求她的。而她自己完全是冲着新加坡人的财产嫁给他的。不过罗雪芝还是夸她一直是最风光的。第二天，改后的旗袍衬出罗雪芝像花瓶一样迷人的身姿，连调酒师亚诺都惊呆了。丁佑再次来到酒吧，他甚至大大咧咧要了一杯免费的柠檬水。过了一会儿来了一位四十多岁的男人，他把亚诺叫到一旁小声带比画地说了一通，看得出来跟罗雪芝有关。那人走后，罗雪芝发现自己的丈夫也不知何时离开了。嚼着口香糖的亚诺用手帕擦着高脚玻璃杯，看着罗雪芝，似乎在笑，也好像没什么表情。通过酒吧和女友房间，丁佑、罗雪芝、许明洁和新加坡富豪之间的关系形成对于爱情婚姻以及我们所追求的"幸福生活"的一种戏剧性对比。另外丁佑、罗雪芝和调酒师亚诺之间也形成了一个戏剧性的"性"与"情爱"的戏剧。小说以"口香糖"为标题正是对这一层特殊戏剧性关系的一个暗示，那个和亚诺连说带比画的男人似乎正是丁佑请来的护花使者，或许正是要警告一下丁佑想象中的情敌亚诺。因此，这个双重戏剧蕴含了关于婚姻爱情的多重内在关系在主体自身内部和主体之间的纠结与冲突。

与《口香糖》近似，极具舞台感的同类问题剧小说是《猫烟灰缸》。炒股发了财的老靳，在城西一家酒吧认识了一位小姐米兰朵，他迷上了她，她的租屋的雅致和美丽更打动了他。米兰朵顾虑自己的底细，他却穷追不舍。米兰朵的梦想是开一家花店，他帮她开了。他们终于成了双双出入的情侣。米兰朵怀孕了，提出结婚，他却反悔失踪了。她到处找他，半路上羊水破了，胎儿没有保住，米兰朵被医院救下但疯了。她的电话通讯录里只有一个老公的电话。医生用另一部电话打通了，但她空洞的眼神认不出老靳了。老靳承担了一切费用，并在精神病院旁租下房子开了这家阿朵酒吧，为的是离医院近一些。在夜里，他能从众多病人的尖叫中分辨出哪个是米兰朵的，尽管疾病和药物已经让这个二十多岁的美丽姑娘变成了丑陋的老太婆。这个作为背景叙述的故事虽然发生在有一定跨度的时间过程中，但它却是在一个戏剧性空间中呈现的。实习医生在这里听说了这个故事，现在他第一次单独走进了酒吧。一会儿就被前来搭讪的瑟琳娜迷住了。瑟琳娜对他提出挑战，只要他把茶几上的猫烟灰缸偷出去，她就跟他走。他终于想出了办法，把它带出了酒吧。这个城乡接合部的酒吧和精神病院本身构成了一个奇特的戏剧场面，背后的故事也更有悲剧性。现在,实习医生在这个舞台上重新上演那个悲剧性的故事。当然也可能演成喜剧或正剧,但作者的迷思在于人性与人生的戏剧性本身。

《正午》的标题给出了戏剧发生的时间,而地点就是正在举办的一年一度展销会会场。舞台上演了三幕,第一幕出场的是陈明和她的男朋友严小晚,他们在逛展销会,在摊位前买小零碎,吃小吃,但严小晚关心的是女朋友陈明到底怀没怀孕,他担心真的怀孕了,但陈明没有给他医院的诊断,她说看着诊断书心烦就把它撕掉了。第二幕的主角是郦东宝、他的女儿嘟嘟和前妻任嫣。郦东宝带着女儿逛街的时候巧遇了任嫣,他们有四年没见了。他们的闲谈让我们知道任嫣现在不教书了,她刚领养了一个女婴。郦东宝夸了任嫣现在的丈夫,更反思了自己不该因为任嫣没有生孩子而离婚,觉得自己当初太自私了。他甚至问任嫣能否原谅自己。任嫣说:“你自己都不能原谅自己,我怎么原谅你呢?”不过任嫣最后说:“我不原谅你,也不恨你,要知道你想要一个孩子的要求并不过分。”第三幕,首先出场的是瞎子阿财。一个歹人用一碗饭敲诈,抢走了阿财碗里要来的钱。一个仗义的小伙子吼叫着站出来为阿财说话,歹人的同伙拿刀子逼近小伙子,乱打起来。郦东宝把女儿放在了一边,援助小伙子。混乱中有人踩坏了陈明被挤落的刚买的太阳镜。等晚来的警察赶到,歹人们早跑了,而郦东宝放在地上的女儿也不见了。出于某种自私——尽管受到伤害的人也承认了他的这点自私“并不

172

过分"——因为妻子不能生育而离婚,但现在因为无私的仗义之举而丢失了女儿,这无疑是一个双重的婚姻家庭悲剧。而陈明和严小晚的未婚而"性"的烦恼,也折射出情爱婚姻在不同主体之间的另一种价值冲突。至于瞎子被抢,主要是用来为这个戏剧的上演提供背景和契机的,也表现了人性中自私与仗义的双重可能性的纠缠。展销会的会场的确是个人生大舞台,正午的阳光下正好展示人类生活与人性戏剧性的一幕。

尖锐的主体间性冲突或人性分裂

将故事和社会生活内容截取或压缩在有限的时空场次——这是戏剧性的重要特征,即使我们不必如法国古典主义的"三一律"戏剧观那样苛严地看待这一问题。这一时空要求,当然是外在性的,而戏剧的内在性则在于戏剧所展现的主体内在的人性分裂和主体间性的情感价值与权利冲突,以及政治或宗教观的冲突等等。

《沉默的千言万语》这篇小说表现了一种人生的"戏剧性"时刻和人际的戏剧性场景,但之所以有这样的时刻与场景是因为主体间性的情感价值、社会伦理及权利利益的冲突。桂小龙和刘永原先都是刘永父亲的徒弟,一起学习裁缝。桂小龙看上了胡菊花,他以先强奸后求婚的手段使胡菊花和自己结婚,他们生了个儿子桂岗,小日子过得顺顺当当的。他们原先希望小区搬迁后住个新的地方以便摆脱刘永，也抹掉过去暧昧的人生经历。但刘永却被提前释放了。刘永就是听了桂小龙的经验，模仿不成而坐牢的。于是桂小龙一家又不得不面对刘永。第一天的拜访，胡菊花早早和儿子进卧室回避了，桂小龙带刘永去了外边他们过去常去的饭馆与刘永叙旧。很晚回到家，胡菊花问刘永要借多少钱，桂小龙告诉她，刘永没提钱的事情。胡菊花说，他回来肯定要借钱的，就直接送给他一千块，别答应借钱。第二天桂小龙直接去刘永家，只有师娘在。几天后的傍晚，刘永来了，胡菊花做了一桌子菜算是接风，饭桌上推给他装了钱的信封，一会儿就留下他们哥俩喝酒聊天，自己带孩子又进了卧室。刘永说起了那个让他坐牢的女人，桂小龙连忙把他拉到了外面。原来刘永去找了韩莉。他原本想找到她再把她强奸了，但她现在又瘦又黑又丑，离婚后自己住在一个一居室。他很容易地脱光了她的衣服但自己的身体却毫无兴致，而那个女人并没有反抗，于是他又离开了。他问那个女人，假如当初自己不暴力对她，而是耐心地追她，她是否会嫁给他。那个女人只是摇着头、泪流满面。这时刘永才对桂小龙说其实自己原来喜欢的是胡菊花，但是却被桂小龙抢先了。桂小龙告诉刘永自己并不知道刘永也喜欢胡菊花。刘永终于咆哮了：你不过是碰到了一个不愿意告发你的女人！至此，刘永一直隐忍的千言万语终于脱口而出。因此，胡菊花、桂小龙、刘永之间，韩莉和刘永之间都构成了微妙的纠葛和冲突。从社会意义上说,爱情婚姻的程序正义和实质正义的同一与背离问题在这个多角关系中得到了一次形象的展示,而桂小龙夫妇与刘永之间的纠结也展示着主体与主体之间利益的冲突与人生处境对比而生的甘苦差异,显示了人性与现实的戏剧性一面。另一个很微妙的地方就在于,当初桂小龙和刘永都想借助人们的道德心理而劫持女性、成就自己的婚姻,当然结局是一成一败;而现在,刘永又在以另一种道德心理敲桂小龙夫妇的竹杠,至于他对韩莉再次施暴,更是一种粗野无知的报复行为和心理发泄。

《日出撩人》里四男三女相约去海滨游玩。姚红的小腹已经微微隆起,由李果安相陪坐郊区公交,其余两女三男骑自行车前往。两男两女在热闹的海滨打起扑克,另怀心思的丁乙选择了独自游荡,无意中挖出一枚巨大的海龟蛋。丁乙回到同伴们跟前,他看到姚红托着隆起的小腹在东张西望,丁乙知道她是在找自己,于是又悄悄溜开了。他下水游了一会回到岸上,看到姚红不知何时出现在那里。他坐在那只巨大的蛋上,她向他摊牌了,是答应过不提那事了,但是情况出现了变化,她怀孕了。但丁乙说,那时她和李果安吵架了情绪那么激烈,难道除了和他在一起过就没和别人在一起的可能性吗?姚红说了一句,你这个无赖,眼泪夺眶而出。丁乙说:"退一万步,如果你肚子里的东西是我的,也是你的原因。"说完他就离开了。不久他们再找到姚红,她已经出事了,大出血,等救护车接走,在路上已经没救了。白昼的沙滩上开始流传一个新的传说,一个女人分娩了一只巨大的蛋,蛋壳上沾满了鲜红的血。这是一个关于"情变"和"性爱"的戏剧,结局凄绝残忍,折射着年轻人无知浅薄的冲动、颠顶与草率。

《集体婚礼》写季有城和蒋怡琴参加一场百对新人的集体婚礼。季有城发现一个盘着堡式发髻的新娘正是自己大学同学荆一丁曾经好过的饭馆女员工,荆一丁得手后不要人家啦,但不久荆一丁就被一辆饭盒车撞死了。从眼中看得出对方也认出了季有城,在跳舞环节他邀请她跳了一支,然后就像谁也没见过谁似的礼貌而别。"对这两个原本就是陌生的人来说,永远别见面是避免难堪的最好方式。"但他们却在这个集体婚礼上再次邂逅。这就构成了一种跨时空的戏剧情境:对于爱恨的对立与转化给出了尖锐的对比呈现。原本喜庆盛大的集体婚礼在两位参与人的心中投下了血腥凄惨的暗影。令人进一步深思的是,婚礼上的自由邀舞虽然是一个既定的环节,但季有诚并非必须邀请堡式发髻的新娘跳这尴尬的一曲,他去跳这一曲是要给她过去的过分残忍一个提示与谴责,还是通过这一举动表达一种坦然和豁达。也许作者更倾向于前者,因为季有诚在洗手间的泪流满面让我们有理由相信这更合情合理。不管荆一丁和堡式发髻的新娘各自的错误或恶有多么严重,但欲望与爱情、权利与尊严、道德和生命之间的同一与错位以及主体间性的冲突与一致,更是一个永恒、难解的问题。

一种人类生活无法逃避的悲剧性基因——偶然与无常

如果说主体间性的冲突和人性问题,更多牵涉个体的道德把握的话,有些人生或社会的"戏剧"特别是悲剧的发生,却是源于偶然性,常给人以人生无常的感叹,在某种意义上类似于希腊戏剧中的命运悲剧。

《今晚》也是一篇短小精悍,甚至可以说空灵迷离的戏剧性小说。主人公企伟中年娶妻,因为种种原因特别是经济方面的顾虑,妻子还不准备要孩子,于是他们的夫妻生活少不了一个塑料胶套。原本一直从工厂的医院免费领取这个东西,但新换的年轻厂医令企伟不好意思开腔。今晚妻子没有从抽屉里摸到东西,于是企伟在午夜时分犹犹豫豫走进了对面街边的这家门口有个大大的霓虹"爱"字的商店。由于羞怯,他抓起自己所买的东西转身出门的瞬间慌张地踩到了一个年轻女人的脚,交涉的结果是他拿出两张十元的纸币了结。企伟原准备赶紧回去,别让妻子等久了。但身后传来了高跟鞋的声音,他转头看到就是刚才那个女人,他放慢了一点脚步,那女人超过了他走到了前面的桥头,她抽着一根烟,显然在等他。他假装没有看见,从桥的另一侧走过去,但女人叫住了他。她只是伸出左手握住企伟的一只手,把他带入了无边的暮色中。"爱"字店的老板不会知道,他再也不会看见企伟。这完全是一个生活中的意外,一个原本可能短暂逸出常规的瞬间,然而却成了一种永远的人生结局。小说的结尾透出一种诡秘、腥艳的悲剧性。那个女人固然是一个特殊的谋生者,令人对她产生不寒而栗的感觉。但企伟自己在这个夜晚意外地"偏离正轨"也无疑是这个悲剧发生所不可缺少的元素,虽然他假装没有看见而从桥的另一边走过,但他前面放慢脚步无疑给悲剧的点燃露出了"引信";再说被握住一只手的他完全可以把女人的手甩开的。但他没有,而是随着这只手的牵引走进了无边的夜色。

《今晚》的偶然悲剧也源于鸡蛋的裂缝给了苍蝇一叮的机会,但《飞车走壁》就不一样了。小说的情节也是戏剧性的,巧合与突然的举动、变故产生了强烈的冲击力,以悲剧性的形式展示了男孩内心维护自己的权利和尊严、保护家人财产的强烈责任意识和冲动情感。悲剧形成的内在因素有其必然性,但悲剧的具体发生又是极其偶然的。

《一个耽于幻想的少年的死》这篇小说里,情思懵懂的少年和一位心仪的女生心惊胆战地看完电影《画皮》后,路过只有孤灯在亮的深夜校园,怀着莫名的好奇窥探屋中亮灯处,看到那位对自己当众抢白、无意中伤害了自己自尊心而自己其实又很喜欢的女教师正在灯下专心地用镊子修饰眉毛,这一幕与电影中女鬼的一个镜头发生了奇妙的重叠效应。少年惨叫一声,仰面倒在窗下的水泥地上,放大的瞳孔里充满了恐惧。这个小说里的戏剧性某种程度上是一种隐蔽的冲突,人与人之间生成的自尊和爱慕因为青春期的幻想被放大了,这种幻想还造成少年神智的恍惚与心理的脆弱，以致在特殊的时刻和场景中，导致恐怖的误读而失去了生命。少年的死亡弥漫着一种人生的"无常"之感。

《金色镶边的大波斯菊》写从北京出差到上海的谢文和当地朋友江术临时起意到了一家夜总会。江术和夜总会的莉莉先唱歌，在下面宾馆开了房，叫临时约来初次见面的薇薇去陪客人谢文。谢文和薇薇上床后看到她背上有个漂亮的文身——一朵漂亮的镶金边的大波斯菊，接着发现那是贴上去的，他执意撕下来的时候才知道里面隐藏着一个秘密——一条很长的刀疤。然后薇薇就不声不响起来穿衣服，流下了眼泪，说声对不起，拿起包走了。谢文也没有兴致再和江术推荐的莉莉在一起。他们就去找饭馆吃饭聊天。这时他们共同的朋友，成都的方小方打来电话，得知方小方得了癌。他们安慰一番，方小方希望江术和谢文再去成都相见。有一家饭馆看着不错，但和他们一起的莉莉希望换一家，因为这家老板是她的前男友。他们掷钢镚决定同意换一家，这时江术的手机又响了起来，他听到了方小方女友的哭诉，就在刚刚方小方从十六楼跳下去了。江术和谢文在街头抱头哭了起来。在短暂的场景转换中，表面"百无禁忌""时尚华丽"的"社会布景"背后展开了几重人物的悲剧性生活经历。在华美的生活外表之下是人生的历险与无常。所拼的出租车上设置了一个剧场，一只受伤的鸽子结构了一场相逢，一个忽然响起的电话跨越距离形成一个巨大的把北京、上海、成都三个大都市连接一起的剧场，还有一个没有展开的小剧，除了被标题暗示的薇薇的悲剧之外，莉莉与前男友的饭馆也暗示着一个伤心的剧情。旧日的朋友与萍水相逢的男女，展现了当代生活的一种偶然性景观，而方小方转瞬而来的悲剧更透出人生"无常"的灰暗基调。

《一人分饰两角》的题目透露了主人公"分裂"的生存状态，作品展示了人物人格与社会角色的分离与冲突，表面是人物个性与道德的自我内在的冲突问题，但它是社会问题的表征。桑蚕是职业保险推销员，与常羽见面前遭到劫匪的轻度伤害和威胁，被迫交出了自己腕上的手表。他并不知道常羽也叫雪莉，后者是她做小姐工作时的名称。告别桑蚕后常羽回到雪莉的身份与葛娜、尤丝露会合，葛娜、尤丝露正与两个男同伙刘保、成卫东在等她。葛娜她们已经见到了刘保腕上新戴的手表，但也警觉到了一个家伙衣服上的血迹，知道他们干了"要死"的事情，雪莉见到两个女同伴，她们向雪莉示意得摆脱那两个家伙，她急忙钻进出租车开跑，但没有及时进车的尤丝露落在了两个可怕的男同伴手里。雪莉说，刘保那家伙戴的手表不是他的。这个小说只是两个生活片段的展示，但已经刻画了都市里的一种特殊风景，而在风景里包含着严肃的社会问题。小说只是展示了这片"问题风景"：尤丝露会被怎么样？两个歹徒会不会被抓住？桑蚕还会见到常羽吗？常羽会告诉桑蚕自己的真实生活吗？这些都戛然而止，叙述被截断而成了场景。一个偶然性事件促成耐人寻味的戏剧性场景连接,呈现了众多女性的戏剧性生存状态,也微妙折射出不同人物的道德原则与分寸。

如果说《金色镶边的大波斯菊》《一人分饰两角》透露的主要是社会性的悲剧问题,《美丽幼儿园》的旨趣倒不在社会的批判,它也算不上一个悲剧。令陈小山追求万欣欣的梦想破灭的原因在于一个意外的相逢。这个意外相逢使警察介入了读书会活动,暴露了陈小山刑满释放人员的身份,他追求万欣欣的梦想随之破灭。这个戏剧情节奇妙地折射了那个时代的社会管理情况和社会青年们的思想、追求和心理情感问题。

《刹那记》也无所谓社会批判,但它的确是个悲剧,也是一篇蕴含丰富的精悍之作。车祸令技校生蓝帕尔失去左腿,这使若干年后最靠近成功的婚事也归于失败。紧促的作品中形成了几对戏剧冲突或元素:蓝帕尔突遭车祸,满怀期待的蓝帕尔没想到白玫跛足,大失所望的蓝帕尔转向秋香而秋香顾虑于自己的身份经历最后拒绝了蓝帕尔。一个偶然事件造成了蓝帕尔一生中的种种悲辛与艰难。

小 结

尽管我们已经尝试从多个角度去观照总结夏商小说的戏剧性,但这种戏剧性的表现也并不限于以上这些,尤其是表现了某种戏剧性艺术特质的夏商小说更不限于以上这些,穷尽性的追索并不讨巧也无十分的必要性。而更值得我们考虑的是，夏商小说何以具有如此浓厚的戏剧性，或者说夏商小说的这种戏剧性特质具有怎样的艺术旨趣或价值。

小说本是故事或以故事为本，然而戏剧也是叙事体，也是以故事为本的，不同的是小说是直接用来阅读的，或者通过朗读给他人听的，这就意味着小说并不太受时间空间的限制，而戏剧首先是用来舞台演出的，这就意味着它的传播受到时空的限制，必须在有限的时空之中完成一个故事，而且这种有限的时空必须落实在有数的几个场次的人物言行中，这就决定了戏剧对人物故事的展开，往往选取当中的关键性环节，这就意味着戏剧对人物故事或社会生活必须截取，所截取的往往是最能表现人物性格或内心的部分，来展现人物之间及社会生活的重要本质，而这样的环节就是所谓内心或人际冲突或社会矛盾最集中尖锐的时刻和场合，因此，如果我们忽略戏剧和小说的故事性展开的区别，而观照它们"戏剧性"的"异"外之"同"的话，会发现它们都指向一种情节的紧张或激烈，人物内心或人物之间（包括人物与群体或社会之间）冲突的深刻或强烈触及与揭示问题的复杂与尖锐，或者体现着作家所关切的肯綮之所在，也是作家所要表达的思想情感的核心和深度之所在。换句话说，当夏商将小说构筑为富有戏剧性的一种特征的时候，意味着他的小说拥有了小说话语的自由性之外，还形成了戏剧般的精练特征和浓缩效应。因此，夏商小说的戏剧性特征体现了他对生活表现和人物刻画更注重思想锤炼,更注重艺术形式删削改造和重组变形的探索精神和艺术追求,体现着一种感性与思考、诗性与哲性的统一,也即荷尔德林存在论诗学所说的"美与真的统一。"①。

20世纪的文学大师弗吉尼亚·伍尔芙在著名文论《班奈特先生和勃朗太太》一文里曾对传统小说不厌其烦的环境描写以及人物之外种种事物的细致刻画给予了彻底的否定,她指出"透辟的一言两语要胜过所有这些描述"②。一句话,现代小说追求着更深刻、精练的展示与表达形态。尽管追求"戏剧性"不是现代小说达到这一艺术目标的唯一手段,但是追求小说的"戏剧性"品质正是现代小说的一个重要艺术追求。夏商的小说正是鲜明突出地体现了这一艺术趋向。因此,我们在上面针对夏商小说的内容或形式所进行的归纳,都表征着夏商小说突出的戏剧性特征。这显示着夏商在小说的思想性与艺术性两方面,全方位一丝不苟地竭力探索的先锋姿态。

① 田艳:《荷尔德林存在论诗学中的美真统一》,《中国政法大学学报》2021年第3期,第271页。
② 弗吉尼亚·伍尔芙:《班奈特先生和勃朗太太》,见伍蠡甫主编:《现代西方文论选》,上海译文出版社1983年版,第117页。

二 / 如何记住我们的青春期

——夏商笔下的成长小说

成长小说或许不是一个十分严格的术语,它主要指向一种题材含义,但显然也涉及主题。法国当代批评家茨维坦·托多洛夫的一本重要批评理论著作的副标题取作"教育小说",中文版的译者对此作了疏解:"'教育小说'源于德语'Bildungsroman'一词,又译'成长小说'。它对谙熟德语小说传统的读者并不陌生,歌德的《威廉·迈斯特的学习时代》和《威廉·迈斯特的漫游时代》以及凯勒的《绿衣亨利》便是教育小说的典范之作。教育小说一般叙述一个人的发展及成长过程,具有某种教寓和惩戒性质。"①而罗多洛夫之所以把

① 王东亮、王晨阳:《译后记》,见茨维坦·托多洛夫:《批评的批评——教育小说》,生活·读书·新知三联书店 2002 年版,第 199 页。

自己的批评理论著作称为教育小说,不过是一个比喻,表明自己在书中叙述的几位批评家的理论一步步给了自己很大启发和思想哺育,因此它们象征了自己批评思想成长的历程,这种谦逊的态度正好呼应了他自己对"对话"批评的召唤。而中文译者对"教育小说"概念的阐释正好可以用来作为我们对于夏商一部分中短篇小说题材与精神关切的特征描述。相比而言,对于夏商的一系列小说,我们更愿意称之为"成长小说",因为和那些古典的同类小说比较起来,这些小说似乎将"教寓"和"惩戒"的古典"教育小说"的教义悬置了起来,它们只是在关注那些少年、青年在成长中的稚嫩、懵懂、冲动与盲目,以及由此使他们自己所经受的生命的艰难与伤痛。因此我们用"成长小说"来概括夏商这一类小说的话语特征似乎更为恰切,同时可以看到,"教育小说"有一种居高临下将作品的主人公置于对象的客体地位的意味,"成长"则是立足他们自己的立场和角度。成长小说其实是小说中的一个大类,在中外文学史上不乏此类篇章,就外国来说,除了歌德、凯勒的上述作品,狄更斯赫赫有名的《大卫·科波菲尔》和《远大前程》,前者虽然常常被描述为"控诉了19世纪英国儿童所遭受的虐待和剥削"[1],但从另一个角度看,它和后者一样都可归为"成长小说",而认真梳理起来,世界文学史的这个名单会是很长的。在中国,即使在现当代,成长

---

[1] 《简明不列颠百科全书》(2),中国大百科全书出版社1985年版,第403页。

小说也是琳琅满目,比如鲁迅的《故乡》《在酒楼上》,铁凝的名篇《哦,香雪》和《没有纽扣的红衬衫》,莫言的《枯河》《透明的红萝卜》《欢乐》等等都也可以说是成长小说的优秀作品。如果我们把成长的概念放得宽泛一点,新时期以来影响巨大的路遥的中篇《人生》和鸿篇巨制《平凡的世界》都是可列入成长小说的阵营。也许从小说归类命名的角度来说,作家有时并不那么留意这些,但关于其作品的内涵和所关切的重心,作家往往是很明确的。

夏商自己和莫言一样,是较早辍学的,很早就接触了社会的现实,经受了人生的磨炼,这种社会生活经验和人生体验无疑给他留下了难以磨灭的记忆,也使他对成长题材具有了敏感,同时也得天独厚地拥有了丰富的素材,这些经历和体验凝结成为他笔下的一篇篇成长小说,从少年、青年成长的视域记录了一个时期的社会生活和一代人心理情感的历程,其中也倾注了夏商自己对人的成长过程的感慨和关切。

小小少年们的精神追求与成长

《飞车走壁》写了一个少年的责任激情和捍卫自己权利的强烈意识,而这或许是与他小小少年的尊严密切相关的。美术课黄老师又带三年级同学到植物园写生,自由活动时间,石俊辉同学发现装在内衣口袋里的父亲的手表丢了,这只手表在那个年代是一份沉甸甸的财产,少年的责任意识不会麻木无视的。他和另一位女同学一起得知那块手表被正在园内马戏场表演飞车的一个外地演员捡走了，于是在临时搭建的筒状建筑里通过警察的介入，手表完璧归赵。但又出了一层波折，在返回集合点的时候，少年要上厕所，就一个人进去了，却在那里意外碰见这个表演飞车的青年，他把少年劫持到厕所后面的树林，最后又抢走了手表。因为他们是从厕所另一面出去的，女生久等不见少年出来，于是自己回到了集合点，告诉了老师刚才发生的事情，老师同学一起来找少年。路上小女孩看见了那个捡了手表的青年，他正洋洋得意戴着那块手表往另一边跑去，而他们没有见到少年。于是老师最后又回到了表演飞车的筒状建筑，他想找到他的学生。少年其实也重新找到了这里，他在等候那个骑手，这时少年看见了东张西望的老师，他低下身隐藏了起来。循环表演又轮到那个青年了，很快少年看到这家伙飞车进入场地，在筒壁上旋转飞驰起来，父亲的那块手表在他的手腕上熠熠生辉，突然少年把自己弹了起来射向了飞车和骑手，人群中突然一声惊呼。作品不仅再现了那个年代少年们的生活场景，而且以一个特殊事件生动展现了少年幼稚但坚强的意志以及某些自觉的人生意识。这是一个悲剧，幼稚、罔顾结果是促成悲剧的重要因素，但少年其心可感，其情神圣，令人痛惜。小说在事件发生的瞬间结束，也是把这种感慨放在了创作意图的核心位置。

《一个耽于幻想的少年的死》在常见的情节之外加了一

点诡异的东西。这是 20 世纪 80 年代初的故事。有个少年在课间玩球，一声铃响，怀抱皮球的少年匆忙间冲进年轻音乐实习女教师的怀里，没有经验的女老师脱口而出："皮死了，搞得这么脏，看看你，鼻子像一只爱冒汗的小蒜头。"对于少年鼻头的无意刻画让敏感的少年不惜花去一大笔零花钱买了一只口罩在夏天里戴上，这是为了遮丑，还是对女教师的无声抗议，没有人能说清。少年变得有点恍惚，妈妈带他去医院，大夫说可能是缺钙。其实女教师很喜欢这个学生，他很像自己的弟弟，母亲改嫁时弟弟被带走了。她后悔自己的话要成为少年的一个绰号，"最终成为少年人格的一部分"。她能感到少年本来也喜欢她的，因此还有一种说法也可以成立："他之所以戴上口罩，是因为伤害自己的是心中的偶像。"过了几天同学们并没有再提那个绰号，一天女教师甚至用手去摸了摸少年的黄头发。少年就把头抬了起来，眼睛里充满了亮光。这天夜里，母亲发现少年哭了。第二天，少年经过音乐老师办公室的时候看见她的背影，她正在把一头长发梳好用橡皮筋扎起来。少年很难过，他知道再过几天她就要离开学校了。他喉咙里的一声咳嗽惊动了办公室里的老师，音乐老师的目光有一瞬间和他接触，"在那短促的目光交织中，他看见惊愕之情从音乐老师瞳仁中像飞鸟一般掠过。少年再也没脸去上音乐课了，那声咳嗽从何而来，他被这个问题纠缠得头要裂开了"。这天少年在电影院偶然坐到了原来同桌的身边，这个同桌的笑靥曾经令少年迷恋，但她却喜欢另一个父亲是镇长的高个子男生而且主动要求调整了座位,这令少年的自尊心受到了伤害。尴尬之后,他们都投入了剧情。《画皮》的恐怖剧情使女生在观看中突然紧紧抓住了少年的手臂。影片中最恐怖的厉鬼出现,"女鬼对着镜子,仔细地画着眉线和唇红。少年闭上了眼睛,睫毛长长的女生一头扎进了他的怀中"。散场后,女生提出让少年送她回家再让爸爸送少年回家。路过校门,他请女生陪他到学校去看一下。他们蹑手蹑脚走近亮灯的窗口。一位女教师正在灯下专心地用镊子修饰眉毛。窗外的少年突然一声惨叫,仰面倒在窗下的水泥地上,放大的瞳孔里充满了恐惧。女教师手中的镊子跌落在地上,她永远不会知道,少年眼睛中看到的是什么。这个作品中聊斋元素的掺入固然超出常规常情,但它的骨干情节所诉及的事情却是很常见的现象,可贵的是他没有把少年懵懂复杂微妙的心理和想法简单化,而是原汁原味地再现了出来。少年性意识的萌生,自尊的敏感,心理意识的懵懂与脆弱有时候对他幼小的身心来说就是难以承受之重。于是特殊情境和时刻,影视的内容、现实的经验、夜晚时刻的氛围与看到的情景,种种特殊巧合在一起导致了少年的惊愕与死亡。少年的死是个悲剧,但实习教师也没有什么真正可以问责的过失,这也不是小说的用意所在,无疑这一切都只是为了一声感叹,都只是在关切一个问题:性的意识与幻想、想象、错觉、敏感等在这些青春期的少年们心里与现实生活一道酝酿着任何可能,青春期的生命充满着历险。

我们通常给孩子的责任划了范围,常说的一句话是:"大人的事少管。"但孩子常常并不以为某些事只与大人有关。《孟加拉虎》的小雄告诉爸爸常景自己今天什么都没看见,其实这是"此地无银三百两",反倒暴露了他午间隔着玻璃看见了爸爸被同学李朝的爸爸训斥的情景。尽管常景对儿子的追问没有得到正面的回答,但小雄无疑认为他的爸爸被那样训斥有点窝囊。一天小雄说自己揍了李朝一顿,因为他说小雄家欠了他们家一条人命。这句话使一贯忍气吞声的常景忍无可忍,他来到李朝家,喊开门把比自己矮半截的李朝的爸爸李大兵质问一通,一拳将他鼻子打破,眼镜跌落地上。李大兵当上动物园领导之后,就一再找碴儿,还把常景从人事处调到了虎山去当驯虎员,但常景一直忍着。李大兵说自己没有对儿子说过那样的话。两个警察要把常景带往派出所,迎面常景的妻子仝菊和儿子小雄走来,小雄乘人不备把李朝一把拽到了路灯下,他一手拿着一块砖,要求放了他爸爸,否则他砸烂李朝的脑袋。李朝的爸爸说,两家的事情自己处理吧。警察就放开常景走了。但这件事情并没有过去,一天小雄放学后好言好语外加礼物把李朝骗到了操场,用沙子把李朝埋起来逼他说出"命案"的原委,原来李朝是听动物园其他人说的,说李朝的爸爸有一个双胞胎兄弟,当年他们一起在动物园玩耍时被小雄的爸爸不小心挤下去让一只孟加拉虎吃掉了,因为现场没有别的人。但小雄也私下打听了,他告诉李朝他叔叔的死和自己爸爸没有一点关系,而且当时在场的还有一个人,就是李朝的妈妈陈翠萍,她亲眼看见李朝的叔叔在护栏旁一下子不见了,但他的妈妈从来不出来做这个证。小雄不知道自己闯了祸,李朝回家后就发了烧,医院检查后说有可能变成傻子。李朝的妈妈请假带李朝去北京治病,小雄家先拿出两万。若治不好,一次性赔偿十万元,这是小雄父母十年的收入。半个月后,小雄一家三口失踪。这篇作品还有一个暧昧或者说微妙的结尾,暗示长大后的陈翠萍其实爱上了小雄的爸爸,但小雄的爸爸对自己的不白之冤深深记在心里,于是他尖锐指出了陈翠萍当年没有站出来说出实情,而李大兵是极力阻止她说出来的,后来李大兵还和陈翠萍结了婚。不过从成长小说的角度而言,小雄父辈之间的事情可以不必做更细的究诘,小说的重心和微妙之处在于小雄对大人事情的介入。显然小雄的爸爸是想把大人之间发生的事情尽量抹去的,他并不想让儿子介入也不希望这事给孩子造成心理负担,然而在孩子看来,人命关天,一个涉及人命的不白之冤又如何可以轻易抹去呢。于是当父亲被警察带走的时候,小雄竟然采取了劫持和威胁的做法,最终解救了父亲。更重要的是,他还要洗去加在父亲头上的冤屈,这就有了后面操场逼供的一幕。小雄最终给李朝一家带来灾难性的伤害,这相对于他的年龄有些令人意想不到,而给自己家里也带来了巨大的损失,这当然也是他所想象不到的。因此恰是这种后果衬托出了小雄在懵懂无知的状况下对于父亲、家庭和他自己的清白荣誉坚决捍卫的决心与勇气。也许对于人类来说，一些基本的精神或心理价值是生而有之且会生死捍卫的。显然在某些方面小大人们的内在精神诉求和大人们是一样的，甚至有时会"不切实际"地有过之而无不及。

大男孩们的青春苦恼与自我追寻

孔子在回顾自己的成长经历时说过"三十而立"的话，后来这句话被广泛用在了一般人的身上，既是一个描述，似乎也暗含着某种要求。如果我们以此为尺度，放开一点视域来看待"成长"问题，那么我们可以把更多的人生阶段、人生故事摆放在这个题目之下作一考察。

《刹那记》是一篇与成长紧密关联的作品。它是对欢乐的少年时光的回忆，更是对成长苦难的饮恨之慨的表达。张雷和蓝帕尔曾是同学、朋友，技校二年级的夏天，他们横穿马路去追赶两个漂亮女生，发生了一起车祸，蓝帕尔被一辆车撞翻在地，他失去了左腿。好朋友张雷后来结婚生子一切顺利。蓝帕尔则开了一间烟杂店维持生计。到了而立之年，他的婚事却毫无动静，这也成了张雷夫妇的心病，他们终于碰到一位觉得合适的对象介绍给蓝帕尔，没想到见面时蓝帕尔看到女方也跛着一条腿，敏感的蓝帕尔立即中止了见面。少年青春时期多么无知又任性，又多么"疯狂"与欢乐，但生命又何其脆弱！而和尊严比起来，欢乐有时显得多么缥缈、虚妄。

《刹那记》里突降的事故夺走了少年奔跑的腿，而在《十七年》里，一个偶然的发现让一对大男孩大女孩折断了翅膀。史希无意中发现的秘密给自己带来了毁灭性的灾难，使她一时激愤，过失杀死姥姥。原本出类拔萃的飞行苗子、男友骆默受此影响也失去了驾机翱翔天空的未来。骆默私驾直升机英雄救美被击落。对身世"纯洁"的过敏以及少年的幼稚、懵懂和畸形的社会说教合力造成了悲剧。单纯如幼蝉般的一对青年没能走过自我认同、自我追寻的青春期的严酷考验。

《美丽幼儿园》写了另类大男孩寻求自立而不得的故事。陈小山是"我"初到船厂时的师傅。陈小山是个问题青年，但不是文盲加流氓，他读过几本文艺小说。青春期的青年们或多或少都有着为"性"所迷的心理问题。这个师傅没教"我"多少应知应会，更多把"我"当成仆人使用。不过吸引"我"的是他善于讲各种泡妞故事。他很早赚了一笔小钱就买了录像机，弄来黄色录像带向"我"炫耀、招"我"观看。"我"那时是车间团支部书记，他给"我"支招以团支部名义联合周边的幼儿园、纺织厂搞青年联谊会，他的目的是物色女友。他后来因小事被以流氓罪关了三年，而"我"也调到了另一家单位做工会工作。他出来以后又找到"我"，想故伎重演，这次支的招是和幼儿园一起办读书俱乐部，他迷上了幼儿园团委书记万欣欣，而"我"也对幼儿园老师欧阳佳佳很有好感。办读书社在那时是个光明正大又时尚前卫的事情，几乎和幼儿园团委一拍即合。通过另一位真正好读书的朋友秦叔宝,已经约好了周围一批好学上进甚至读书有成的朋友届时参与。在布置现场时,"我"巧遇了多年不见的同学的姐姐,这个意外促使我在转天去拜访了老同学一家,因为当年"我"是他们家里常客。在饭桌上聊天时无意中说了一句周末读书社的事情,没想到说者无心听者有意,同学的姐夫正是附近派出所的片警,他嗅出了读书社似乎属于社团的范畴,于是他随后到幼儿园调查了参加者的底细,陈小山的前科经历一下子露了底。周末,幼儿园外的一批读书爱好者陆续到幼儿园门口之际才知道,读书社已经被派出所取缔。小说从一个独特的角度展示了青春期青年的心理和情感需求以及他们追求自我心愿实现时所经历的挫折和艰难。也许陈小山算不上端正,但其实也并非多么坏的青年,一些性的懵懂、冲动与想象,通过录像来满足自己的心理需求都并非多严重的问题,但在那个特殊的年代里,人们和社会看待这些的目光和现在是不一样的,法律法规对此做了严格的要求和限制。小说有趣地再现了那个特殊年代里青少年的青春期心理诉求和所处时代之间发生的碰撞磨合的情景,也对如何度过青春期和应对相关的青年问题表达了关切之情,向社会如何对待这些问题提出了反思的诉求。

《雨季的忧郁》这部作品的题目就暗示了夏商对青少年成长问题的惆怅与执迷。而这部作品在他小说生涯中出现得如此之早,让我们看到个人经历就不同常规的夏商关于成长问题的思考和写作真是由来已久。这是那个特殊年代一部关于青年问题的小说，它并没有以某个人或事情为主线，作为小说有点散文化，因此它关切的不是某一个问题或某一个、某一类青年，而是一群青年某种普遍性的青春的迷惘。站在自己房间窗户前"我"就能看到朋友羊羔房间里的情景。羊羔和小毕是恋爱的状态，然而青春期的情感有时并非有意地要出现偏差，而是充满了难以把握的不确定性。现在羊羔和小毕之间就是这样。因为黑豹的怂恿，"我们"也开始去健身房，就是在这里羊羔迷上了健身女教练稻子，但稻子对他没有想法。羊羔失踪了。一天收音机里传来他从深圳给稻子点歌的声音。而这段时间小毕却常在羊羔家的窗户里显出孤凄的影子。一天她敲开了"我"的房门，她怀孕了，她也听到了羊羔为稻子点歌，她想托"我"帮她打掉孩子，"我"说羊羔不在帮不了这个忙，但她心意已决，说打掉了她就与羊羔分手。过了轮渡，小毕却有了退意，又想把孩子生下来。一天傍晚，黑豹带着唐朝来了。唐朝是"我"儿时的同窗伙伴，与父母住在深圳八年。他现在当广告片导演，回本城拍一个广告。"我们"说起从前的伙伴，"我"也说起父亲晚年灰暗孤独的生活，"我们"父子在母亲去世、父亲再婚的一段时间里关系糟糕——以至于再婚的妻子意外去世以后，父亲也不愿搬回来和"我"同住，直到他彻底病倒才说："等我病好了，搬回去我们一块住。"然而没有这一天了。唐朝说，听了"我"父亲最后的话，"我"应该感到宽慰。雨季，羊羔回来了，坐在轮椅上。他去深圳机场打工，失足掉下舷梯被送进医院，花光了积蓄才给唐朝电话。唐朝给他买了轮椅，送他回家。正遇到有人喊抓贼，唐朝迎上去，被小偷刺中倒下了，鲜血从他捂着伤口的指缝淌下来，羊羔在轮椅上喊着，求人们快送唐朝去医院！后来有一天，羊羔等在稻子上班经过处，他拿着一只苹果和一只布熊，他告诉一个小男孩，苹果是给他的，布熊交给那个阿姨。羊羔戴着唐朝买的墨镜，他不愿意让稻子看见。这篇散文化、意象化的小说弥漫着青春期的感伤、孤独和挫败感，"我"自己虽然没有因男女之情受伤，但也有着情无着落的孤清，何况糟糕的父子关系和父亲的落魄与衰病，也给"我"的生活涂抹上浓重的晦暗。唐朝本是阳光进取的，但最后还是倒在了血泊里。这个雨季的最后，羊羔在遭受了身体的灾难之后似乎淡定和成熟了不少，然而几个青年的人生似乎还是走不出雨季的忧郁。成长对他们而言不是一件容易的事情。尽管这只是小说，但是我们依然感到面对青春，作者夏商那时的忡忡忧心。

《出梅》可谓是一篇描写青春期少年懵懂性意识催动的青春故事的杰作。一年一度的梅雨季节在七月光临这个城市。公共电话间里打完传呼的男生甲、乙惊艳于一个烫着大波浪，胸前纽扣上别着一枝栀子花的漂亮女人。随后他们奔进雨中尾随而去，他们超到前面，几步一回头，但女人对此视若无睹，头一偏拐进了岔路。他们互相埋怨对方胆小，心里有了某种怨气，于是在女朋友们被传呼来之后，他们将无名火泼向她们,其中乙还情绪失控地一巴掌甩在长脚女友的脸上,于是,两位男生中的另一位也受到株连,他们都失去了女友。但这似乎不重要了,他们的心思现在全在那个女人的身上,他们又在电话间那里守株待兔,这一次在女人打完电话后他们再次尾随,甚至超到了前面去,一个漂亮的转身,拦住了她的去路。但女人只是把头微微偏离,加快步伐离开了。暑假里学校举办活动,两个男生和前女友们都来到了学校操场,他们去搭讪甲的前女友,乙的前女友长脚女孩始终没有吱声。一会儿他们又去和别的女生打闹。不知什么时候长脚女生站在了乙的后面,她旁边站着一个人高马大眼睛细长像蚂蟥的年轻人。乙被叫到了旁边的树林,被教训了一顿,打出了鼻血。很快甲知道了事情,他赶来一把推向蚂蟥眼的年轻人,后者撞到了树上,被撞得不轻。这两个男生虽然占了上风,但从此变得战战兢兢,不敢再单独出门。这天他们在阳台上又看见了那个漂亮女人,他们准备再次下楼跟踪。乙要先上个厕所,他晚了几分钟下楼,但他再没找到甲,几天后甲被发现死在了操场外的树林,他是被人用水果刀扎死的,而别栀子花的女人却并不知道这一切。这篇小说就是这样,以羚羊挂角无迹可求的叙事技巧把几个青春期少年的心理和行为作了微妙生动的呈现,它虽然涉及道德问题,但是小说的中心和用意又并非在道德问题上,而在于感慨青春,复现青春期少年们在懵懂性心理的作用下经历的虚幻、荒唐但又甜蜜的举动和体验,当然这种行为和心理不好说是多么高尚,但它们毕竟是生命的一种灵性和本能的表现,也是有着生命的正当性的,如果有什么要提示乃至教导的,只不过是我们经常冠冕堂皇说的:对青春期的这些事情应给予适当的引导,我们不应该抹杀这些青春的经历,它们也不能被抹杀掉。最后其中一位少年因为他们青春期的莽撞(尽管也是基于"义气""友谊")而付出了生命的代价,这既是可惜的,又进一步反衬了青春期幻想的"迷惑力"有多么强大,它使我们看到青春期既充满了生命的美妙,又充满了危险,这种危险在他们自尊心、义气感的幼稚作用下时常更甚。有一个时期,作家苏童也写了大量有关青春期的成长小说,他的一个集子还取名为"少年血"。《出梅》也正是一篇可以用"少年血"作为其标签的作品,血的颜色是鲜艳的,但也有着抹不去的阴影和某种对生命来说残忍的意味,这是生命的悲壮所在。《出梅》表达了夏商对于成长问题的关注和对成长艰难和痛感的理解、怜惜。

从长者和环境的角度注目成长问题

《高跟鞋》这篇作品篇幅不大,内容不太复杂,但它却可以从不同角度归入不同的问题小说类别。它的笔墨也涉及年轻人如何成长的主题。

五十出头的机修工老鲁的妻子去世四年了。早上他在街心公园嬉鸟的时候,楼下负责公用电话的老王一路跑来叫他接了个电话,是派出所打来的。他的女儿鲁茹本是一名老师,但是却学坏了,她经常深更半夜把陌生男人带回家,终于被警察盯上、抓住。老鲁说,我要是去见她,不就等于承认自己是女流氓的父亲了嘛。但警察说还得麻烦老鲁送生活用品和棉被去,因为天就要冷了。平时并不沾酒的老鲁拿起了酒瓶。傍晚他醉眼蒙眬出门了,他遇到一个熟人,熟人说起上回老鲁中了一套房的事情。然而老鲁心里想,要不是多出这套房子,女儿不单独居住,或许就不会有现在的丑事。老鲁与熟人分手后,不知不觉走到了附近的简易发廊,他把老板娘李凤霞叫到门外告诉她自己打算给她买一双高跟鞋。这个女人不向男人收钱,她收高跟鞋。她刚到城市的时候喜欢上了别的女人穿的高跟鞋。她不缺钱,发廊的其他女人要给她交份子钱的。他们一起去买鞋,然后老鲁被李凤霞带到了住处,但老鲁不知什么时候起开始忍不住打嗝,他也再没有了心情,想先走。李凤霞叫他把鞋拿走,想来了再带来。但老鲁没有带,在楼道里他遇见刚才熟人的儿子从他背后跑下楼来,显然这个青年刚才在另外一个房间和某个女人在一起,而他的父亲还在到处找他。

这篇小说并没有正面讲述年轻人的成长问题,然而在写老年人的寂寞孤独和生活的无趣之外也折射出了年轻一代成长环境的污浊,他们在到处是欲望陷阱的社会环境中难以把握自己,易于踩入社会泥淖的现实状况,体现出作者对普通大众如何保持一种健康的生活,青年人如何成长的忧思。

《雪》是以一个叫丁德耀的人为引线讲述的故事。丁德耀和倪爱梅是一对恩爱夫妻，但一直没怀上孩子。在他们小区附近有一个菜市场，那里有个摊位一家三口经营，冬子和母亲主要摆菜摊，冬子的父亲老潘兼做洗大厦外墙的"蜘蛛人"。丁德耀常来冬子家的摊位买菜，成了老熟人，而且他很喜欢这个聪明、热情、活泼、礼貌的男孩。丁德耀觉得冬子不去上学太可惜了，但冬子认为无论上学与否，将来都是老婆孩子热炕头，还不如帮父母多卖些鱼虾呢。这是冬天的春节前了，老潘夫妇说起要去码头进一批不错的海鲜，又聊到了天气，据说这个城市要迎来一场多年未见的大雪。冬子说他听妈妈说，他出生那年冬天很冷，可他还没见过下雪。冬子说，要是雪积起来，叔叔就陪自己去堆雪人吧。丁德耀说怎么不叫自己爸爸陪呢，冬子说爸爸要去码头，不知什么时候回来。丁德耀答应了。第二天果然下了一场罕见的大雪，丁德耀如约来到冬子家，他们一起去绿化山，他们快乐地堆起了雪人并一起聊天，丁德耀对冬子感慨他父母真辛苦，冬子说，劳动人民哪有不辛苦的。冬子说他爸常说自己是劳动人民，等他再长大点，父母就不辛苦啦。冬子还忍不住说道："我告诉你一个秘密，其实我很想读书的，但那样我爸妈就更辛苦啦。"雪越下越大了，他们回到菜场，塑料帘子一碰就断了。丁德耀取了买的菜就往家赶，走到桥塅，回望时看见菜场那边一间老旧的瓦房被积雪压塌了。这篇小说笔调闲适，一个中年人与一个外来卖菜娃的交往关系当然不应该有什么紧迫或压力,既有相当的信任又没有其他负担或瓜葛的两代人之间才可能建立这种友好关系。作品巧妙地通过小孩自己前后的言行,通过小孩一家的生活情境的衬托,告诉我们城市外来儿童的生存状况和成长环境问题,对小男孩的聪明、灵活、乐观乃至达观和勇于承担责任的性格和精神表达了赞赏的同时,也对城市外来儿童失学和过早分担家庭重负等成长问题表达了关切。冬子目前是快乐、乐观的,然而未来呢?就像菜场边那间老旧瓦房,在没有积雪的情况下可以站立如旧,然而一有积雪则轰然倒塌。在这个知识和技术越来越重要的社会,放弃了学习的冬子们能在未来社会中安然挺立吗?这是读过这篇小说的人不禁要问的一个关于成长的问题。

与冬子的故事相似,《八音盒》也是一篇关注城市外来儿童成长问题的作品,里面的小主人公春花的处境是很艰难的,她可不像冬子这样幸福。春花甚至不知道自己的父母在哪里,她跟随的大妈很可能是个人贩子,她把春花当成要钱的工具。春花流动在这个巨大的城市,不停地向路过的人伸手要钱,而那个对她严厉又吝啬的大妈就站在不远处监视着她,春花挣来的钱都得交给她。度假回来的海员欧阳亭在一家三口外出游玩的归途偶遇春花,春花的遭遇一步步引起了他的同情。他本以为自己在街道工作的亲戚可以帮忙把春花送进政府办的正规孤儿院,然而出乎他的预料,春花的外来身份使她没有资格被收养。他把春花带给独住的母亲,让春花享受了一点城市儿童的幸福生活。然而送回春花的路上不承想春花跟随着他过马路时却出了车祸，其实是春花故意造成了这个事故。于是欧阳亭又只好把她送进医院治疗，偷偷花掉了本来给自己女儿买钢琴的积蓄。原本应该单纯善良的春花，为了推迟甚至逃脱回到大妈那里继续过乞丐生活的命运，她甚至忘恩负义，反咬一口说自己胳膊被车压伤完全是自己为了照顾欧阳亭的安全才导致的。她甚至把欧阳亭跑了很远专门买来安慰她的崭新的八音盒使劲砸在欧阳亭母亲家门口、欧阳亭的面前。这个故事的主题当然不是忘恩负义、碰瓷打劫的人性或社会批判问题，作者着意的正是春花这样城市流浪、乞讨儿童的生存与成长问题。关于此篇小说，有的评论或许一时忽略了这一成长关怀问题，而对小说作了令人诧异的阐释，比如认为："《八音盒》我们不妨这样理解，对待一个在寒冷中冻僵的小鸟，我们不是不应该去施舍，而是不该把它放到火炉上。……其实，夏商也许在这里诘问的不是'该不该有善'，而是'怎样施善'。"无独有偶，另有论者也对此篇作品读出了近似的看法，认为《八音盒》传达的有"善良在邪恶面前是无力的，在弱者面前是有害的"这样一层意思。我们觉得与其这么看待这篇小说的意图或思想观点，还不如退一步不去确定具体的道德训诫内容，而如这同一论者所言那样来看待这篇小说的用意或许更具有合理性："夏商的《八音盒》《休止符》在叙事方面的全部实践，是对现实生活中人性的反思。"这样虽比上述结论显得宽泛，但更为中肯,也敞开了反思社会的可能。实际上,为了突出成长这一主题,《八音盒》还写了另一个插曲,欧阳亭母亲乘坐的公交车被几个外来青年劫持,其实他们是一时起意,劫持的目的并不清楚,对如何通过谈判达到自己的目的等预案毫无准备,他们只是在走投无路之下临时模仿媒体上看到的劫匪故事而上演了这莽撞的一幕罢了。因此,这一笔与其说是在反映社会治安问题,不如说是在进一步申说外来流动年轻人在城市、在社会如何成长和安身立命的社会问题,对特殊领域的青少年成长问题展开了描述和思考。

夏商的中短篇小说,涉及成长问题的不止以上提及的这些,他的那几部长篇小说中,成长问题依然是重要的构成元素,如《乞儿流浪记》同样书写了春花一样的城市流浪儿童的生存问题,比起基本生存问题来,他们的成长教育问题甚至还谈不上是最迫切的。他的长篇小说《东岸纪事》中,乔乔、崴崴们的成长故事形成了小说最重要的构成板块之一,那些离开上海远赴西双版纳的上海知青们的人生故事同样是特殊年代里青少年成长故事的一个部分。可以说,很早踏入社会的夏商有着比大多数同龄人对社会人生更为敏感、深入的感知、了解,无疑也经受了更多成长的艰难,因此,这就促使他始终不断地把成长问题作为他小说的一个重要关注点,从而写下了有关青少年成长的众多故事。换句话说,夏商把笔触不断指向成长小说,其实也是不断使自己的生活记忆走进文学,如同莫言当初不断地让故乡的记忆走进文学一样。① 另一方面,成长在一定意义上形塑着一个人的未来,对一个人的生命有着非同一般的重要性。路遥在他影响广泛的重要作品《人生》的开始,专门截取了前辈作家柳青的一句话作为小说的"题记",郑重宣示了《人生》对于成长的关切和理由:"人生的道路虽然漫长,但紧要处常常只有几步,特别是当人年轻的时候。""没有一个人的生活道路是笔直的,没有岔道的。有些岔道口,譬如政治上的岔道口,事业上的岔道口,个人生活上的岔道口,你走错一步,可以影响人生的一个时期,也可以影响一生。"②而他的至今影响不衰的长篇《平凡的世界》同样也是一部成长小说的巨制。从精神心理角度而言,一个人的成长过程有时就是充满了不为外人所知的艰难历险,他的内心经常可能经受着看不见的不安、冲动、矛盾、孤独、迷惘和伤痛,它们有时甚至给自己带来灾难。苏童在一篇文章中说:"如果要记住人生,一定要记住自己的童年,如果你热爱文学也热爱童年,记得在文字中挽留你的童年。"③如果我们稍加变通可以说,苏童、夏商们的成长小说,也正是在文字中挽留我们的青春期,在记住我们的青春期,而使我们记住人

① 李彦文:《作为文学新人的莫言与 20 世纪 80 年代初文坛》,《中国政法大学学报》2020 年第 6 期,第 205 页。
② 柳青语。见路遥:《人生》,《1981—1982 全国获奖中篇小说集》(上),上海文艺出版社,第 332 页。
③ 苏童:《童年生活在小说中》,见《小说是灵魂的逆光》,人民文学出版社 2017 年版,第 152 页。

生,因为青春期是我们人生中的关键时刻。夏商的这些作品无疑将唤起读者对这些成长问题的关注,而对于已经成熟的读者来说,这些作品还会使他们对自己曾经历的成长中的欢乐与辛酸产生一种迟到的宣泄和共鸣,而在"问题"之外,夏商作品对成长中的儿童青少年们内心深处的自尊、自强和他们对公正、友谊、情爱的梦想与追求所作的生动、有力的呈现,对我们正确看待和理解儿童青少年也具有巨大的启发意义。

三 / 叙述是人性的探访与故事的设计

——夏商小说的叙事学实践

　　读夏商小说,会让人觉得,夏商小说是设计的作品,夏商就是一个情节设计师,或真正的小说家就是一个情节设计师,他就是在纸上沙盘推演着人性的各种面相和人生的各种可能情境。一言以蔽之,小说家就是情节或故事的设计师,小说就是如此当得起它的另一个名称"虚构"。话说回来,绝大多数小说,都是虚构的,是一种想象的、非纪实的产物,只不过夏商的小说更加凸显出小说的这种品质,它们让人更强烈地想到"虚构""设计"这种精神智力行为的力量或魅力,就如同我们见到一幢新颖、独到、精美的建筑物,一个图案时会意识到的那样。我们欣赏这小说,我们为其中的人物感慨,为渗透的思想警醒,被某种情调所感染,但同时我们不由得赞赏起它艺术设计的独创和奇妙。如尽管文学理论中有源远流长的模仿说、写实说,对最独创的文学包括艺术作品来说,"模仿"和"写实"依然是须臾难离的思维、想象与表现方式,对夏商的创作来说也无例外,但这和我们指认夏商小说强烈鲜明的"设计性"并不矛盾。

重返写作的启蒙方式:"看图说话"

卖关子本是说书艺人或小说家惯用的策略,夏商却反其道而行之,"金针度人""说破机关",直接将自己的一部中篇小说命名为"看图说话",其实这就是给自己的写作或说话一个由头、一个展开的方向,这一度是一种小说言说的当代时尚——所谓的"元小说"的策略。夏商的《看图说话》就是这么开始的:20 世纪八九十年代很多城市流传过这么一张图片,一个天真小男童拉开小裤衩,一个可爱的光身洋女童伸头往里看,这张图被称为"金童玉女"。夏商说:"'看图说话'是小学启蒙教育时所用的一种作文方法,看一幅或数幅画衍生出它的故事。如果用这种方式来作一篇小说,肯定是趣味盎然的"。[①]"看图说话"的确是儿童说话训练或作文启蒙的方法之一,似乎和幼稚联系在一起,但未尝不可以成为小说

① 夏商:《看图说话》,载《猜拳游戏》,华东师范大学出版社 2018 年版,第84 页。

的写法,甚至小说创作也不过是一种更成熟、高超的"看图说话"。尽管这样的方式可能容易让人朝"通俗"的方向联想,但如同夏商说的,"通俗的小说家"这个词组在今天可以有新的理解与定位:"如果放在今天,如果你说我是一个通俗的小说家,一个煽情故事的传播者,我不但会欣然接受,还会向你致谢。可是如果在当时,我也许就会因此和你割袍断义……那时我非常迷恋于小说形式,简直到了挖空心思的地步"。不管如何,《看图说话》用一个启蒙的说话作文方法完成了一个并不通俗,反而相当先锋的中篇作品,恰恰彰显了小说作为艺术品背后所隐含的"设计"思维踪迹。

上面提到的"金童玉女"图,如何补充画面以外的信息并在其基础上让这对金童玉女在现实社会的场域和一定的时间跨度中"走一遭"而成就一个有意义的"讲述"或构建一座小说的"言语建筑",就成了夏商的兴趣和面临的挑战。

大约半年前,"我"骑车偶遇原来一个好朋友的爱人方苇,方苇曾为了这朋友打过胎而不能生育后又离婚了。看她现在神采奕奕的样子,"我"知道她从婚变的阴影中走出来了。她现在舍得投资于锻炼。道别时"我"给了她一张名片,"我这样做完全是一种客套和完成对她的尊重罢了"。就是这张名片因为一个偶然被和方苇一起打网球的外交官的女儿金发蓝眼的夏娃看见了,她正想认识一位中国的作家,以了解汉语作家对自己国家文学的看法。于是,夏娃和"我"畅聊中国文学又一起晚餐,在闲聊中方苇告知,她前夫家墙上挂的那张金童玉女照片上的女童就是眼前的夏娃。至此,夏商巧妙地以作家的名义把自己编进了小说并得到一个快速走近主人公之一,图画上"玉女"的机会。

现在"看图说话"的真正机会来了,面临的真正挑战却是必须对画面的来源作出合情合理的交代。这就可以借助夏娃之口来进行了:夏娃说,那时她的父亲在加州当律师,还没做外交官。邻家小男孩叫亚当,他父亲也是律师。街区的小男孩都怕亚当,趁亚当不在的时候就欺负夏娃,于是夏娃决定不理睬亚当了。他俩可谓青梅竹马,两小无猜。后来亚当父母因意外离世,亚当成了孤儿,被夏娃家收留,但亚当变得沉默寡言,于是夏娃父亲决定来一次度假好改变他的心情。一天夏娃撞见了裸体下水的亚当。亚当为了报复,偷拍了夏娃洗澡的镜头,在家庭放录像时,全家人都发现了。夏娃气哭了,觉得亚当太小心眼,父母则忍不住笑了。有一天亚当云游在外的叔父来了,叔父知道了他俩闹别扭的事情,拉他们到一起要给他们拍合影,两人终于站到了一起,夏娃"半依半推时,鬼使神差一把扯住他的小裤衩往外拉,眼睛朝里张望",其实她什么也没看见,只是想对他偷拍她洗澡的行为报复一下,却被叔父抓拍在了镜头里。叔父接走了亚当。有一天,亚当回来了,站在夏娃跟前,说给她看一个好东西,于是他将小裤衩拉起来,夏娃情不自禁去看。这时夏娃才发现自己是赤身裸体站在亚当面前。几经周折,两个天真无邪的孩子克服了各自的害羞心理、自尊敏感与报复心理,而交往出了"图片"上的相处情景并被亚当的摄影家叔父捕捉在镜头里。再过了一段时间这张印刷品便在街上出现了。至此,一个高难度"圆满情节"的构思想象被夏商又一次顺乎情理地完成了,剩下的事情是要对他们的未来人生进行展望或想象,最终使小说获得情感思想上的意义生成与表达。

现在夏娃在本市的一所著名大学就读,她开一辆小型汽车往返学校和使馆区。夏娃的父亲本杰明为了向"我"给夏娃论文提供的帮助表示感谢,希望"我"的文化公司代理、组织美国蓝皮鼓魔术团来本市演出一事,"我"又邀请夏娃做翻译,她乐意做义工。一切准备就绪,在中美双方工作人员演出前的晚宴上,夏娃父女意外重逢了失去联系很久的亚当,原来亚当叔叔去世后就把他托付给了魔术大师汤姆逊先生,亚当跟着大师很快成了童星,从此走上演艺生涯,但他始终思念着夏娃。第二天,夏娃和亚当一起出人意料地出现在"我"的办公室。夏娃见到"我"的第一个动作是上来亲吻。"我"知道了夏娃使用这个行为是在拒绝亚当的爱,而"我"顺势表达了对夏娃的爱慕,尽管夏娃半信半疑。当晚,"蓝皮鼓"首演,"我"和夏娃以情侣姿态出现在前排。一晚上本杰明先生仿佛在思考什么难题,眉头始终锁着。演出在亚当的精彩表演中进入高潮。"我"看到本杰明先生离开的背影,忙追了出去。本杰明先生正要过到马路另一边,他让"我"随他过去,脚步慌乱的"我"不慎踩落了本杰明先生的一只鞋子,在他去穿好鞋子的瞬间,一辆出租车将弯腰的本杰明先生撞飞了。"我"本该把细节都告诉夏娃,但特殊的心理让"我"隐瞒了。原来夏娃的父亲愁眉不展是因为就在这个夜晚他要赶往机场和夏娃的妈妈签署离婚协议,眼下他们暂不打算告知夏娃。但意外事件发生,夏娃的妈妈最后来到了丈夫的遗体边。夏娃向"我"和本杰明太太分别提出了一个问题:本杰明先生出事时"我"怎么在一旁? 本杰明太太来本城为什么没让夏娃和父亲一起去机场接? "'还是我尝试来替他们说出答案吧。'忽然人群中传出了一个陌生的男声。在场的人自然而然去找那个说话的人。然而左顾右盼,只闻其声不见其人,却有一口流利的英语从人群中飘逸而出。如果转译成中文,大概是如下的内容……"就这样一个隐身人帮着给出了圆满回答。这时夏娃冲进了一个房间,哇地哭了。演出结束,蓝皮鼓魔术团也走了,亚当来过"我"的公司可惜"我"没遇见,夏娃也消失了。到了这里,夏商终于在合乎生活逻辑和中美文化惯例的基础上想象、设计出一个有意义的小说所需要的故事、情节内容,让照片上的主人公亚当夏娃后来人生的故事基本"兑现"为了文字与小说的形式,成功实现了一次小说版的"看图说话"的艺术创造流程。

夏娃的人生设计原本是按照生活的常规构思的,亚当则因必须完成那个照片的情境要求而走向了一种异乎寻常的人生路径,他们的失散和重逢在他们共同的背景上又成就了一种传奇。尽管亚当一直心心念念在夏娃身上,但生活优裕、成长顺利的夏娃毕竟生就了很多不一样的生活理念和记忆,因此,当亚当再次突然降临身边,夏娃还是一时不能接受他的求爱。而夏娃这个有着丰富的中国生活经历,热爱文学又精通汉语的青年学者,接受"我"这个年轻的中国作家为爱侣有着更大的合理性、可能性,而且透着一种跨文化的浪漫情调。然而,变故总会出现在生活中,长期与夏娃的父亲相远离且有着自己事业追求的夏娃的母亲,决心和丈夫离婚开启自己的新生活,但又不想此事影响到即将毕业的女儿,但这毕竟对丈夫是个令人郁闷的变故,于是事情连锁反应,导致"我"的误解和紧张,进而因小小的慌张促使夏娃的父亲蒙受意外的灾难。

这个灾难所造成的伤害和阴影很自然地将"我"和"夏娃"还未真正生成的恋情吹落,尽管夏娃也不会马上答应亚当的求爱。至此小说生成的关于人生契阔沉浮的叙述,已经生成了丰富的文学意义。但作者不想仅停留在这样的感叹,他似乎想给出关于人性和人生意义更丰富的思考与推测。

"我"在事故后到夏娃就读的大学、其父曾供职的领事馆寻找夏娃,得到的答复是那里没有我要找的人,甚至方苇也没有夏娃的电话。于是"我"的相思成了一筹莫展的等待。很多年后,方苇和一位叫胡仁的人来了,他们是两口子,还带着个上幼儿园的儿子,这个小男生还学舌来安慰"我"这个失恋的人,"我"问他有没有女朋友,他说起幼儿园的女孩,说不喜欢她们,她们还拉他的裤衩看他的小鸡鸡呢!方苇这次也给了"我"夏娃的地址,虽然她劝"我"不必再找。地址就在本市的远郊,"我"找到目的地,门上有一块牌子:伊甸园魔术学校。《看图说话》至此对"我"、夏娃和亚当的后来都作了必要的交代,还通过方苇儿子的趣事让"金童玉女"图的内容作了照应和又一次的轮回衍生,使小说的意味更加深长。而"我"的等待与寻找,也呈现了关于"金童玉女",关于真诚爱情的美好情感和人生期许的肯定和赞美。至于"伊甸园魔术学校"作为一个特殊的"目的地",暗示了夏娃和亚当的最终携手。这一笔使那张"金童玉女"的照片有了美好的归宿,它也具有很强的现实合理性,变故之后的夏娃不免对过去,对来自他者(这里是亚当)的一往情深有了更大的感怀与珍惜,命运的缘与似所生成的某种认同如作用于自由落体的引力在左右着他们,因此夏娃和执着的亚当走到一起是近乎自然的选择,他们两人的人生背景引导他们在"魔术学校"安下家来,是各种力量促成的结局。

当然,这个远郊的位置和旧时"发小"的最终结合给小说无形中涂抹了一层夕阳返照般淡凉的情调,也让人联想到生命在落叶缤纷的秋天暮色里总是有一种归根惆怅的倾向。小说终结处的悲凉孤绝之境与小说开始那张天真无邪洒满阳光的"图画"的情调构成了一种人生的对比,某种虚幻与孤独乃至无常之感在小说故事的前后回环中淡淡渗出。

因此,《看图说话》是"明火执仗"的编造、虚构,也是完成了一次别出心裁的小说设计。

自然的奇迹与"情境"的触发

《十七年》是一部关于如何走过青春期的中篇小说。

骆默和史希是在一个弄堂长大的发小,他们成了一对恋人。骆默十九岁那年考上飞行学校,他把消息第一个告诉了史希,但她却笑都没笑一下。因为她知道飞行学校不在市区而在一个偏远的岛上。过了几天史希接到了戏曲学校的录取通知书。史希原本喜欢生物,特别是对小动物她有着说不尽的喜爱。那一年史希喜欢上了蝉,因为她读到了一段文字:"蝉的幼虫生活在土中,吸食树根的营养,经过十七年酝酿后,才破土而出,它攀在树枝上……它必须守在风中,等待翅膀被吹干,它就可以飞起来了……"她对骆默说:"你看它们其实和我们一样大,简直让人匪夷所思。"骆默问史希记不记得他的傻姑姑:"她活了十七年,可是毫无意义,就像一只被风吹落的蝉。"骆默的姑姑是误吞了橡皮筋而死的。因为学生物要解剖动物的念头让史希改变了主意,最后选择了她同样喜欢的戏曲。他们决定一起到郊野公园好好玩一次作为中学时光的告别。晚上史希提议他们一起住一晚上,但他没能完成最后的仪式。报到前他们约好相聚但那天史希却不能来,所以他们还是没能完成那个仪式。但这点遗憾对他们来说并不算什么,折断他们青春翅膀的是一个意外的发现。

史希原本以为考上戏曲学校的消息会令相依为命，对她一直疼爱有加的外婆开心，不承想外婆大吃一惊，恼羞成怒，对她破口大骂。但更大的灾难发生在后面，史希在学校读到了一本没有正式出版的书，上面的一张照片令她吃惊，照片下写着一个名字：王玉茹。史希突然发现现实中老实巴交的外婆原来是一名风流一时的明星。这本书进一步确证当年社会上关于王玉茹有很多风流传闻，诸如她有一个青梅竹马的情人，被人砍死了。她虽想自尽，但多次都被抢救。后来她振作一点，算又取得了一些成功，又和一个金融家相好。再后来她嗓子坏了，随着社会的动荡，一步步沦落到妓院……史希是一个为脑子活着的人，她为外婆当过妓女这件事痛不欲生，一贯清高的史希精神支柱塌了，"自卑感像旋风把她卷起，使她再也看不起自己，继而对人生感到失望、恐惧"，她眼中的外婆变得下贱而卑微，她异常平静地对外婆吐出三个字：王玉茹。史希被杀人的欲望控制住了，她把一团橡皮筋塞进了外婆嘴中，等她醒悟过来从外婆嘴中取出时，已经晚了。就这样，史希成了囚犯，她被关在了距离飞行学校不远的女监。

一水之隔的骆默得到消息就去探望史希，她的眼睛如同蒙上了一层灰尘的灯一样变得暗淡无光，骆默不忍心去打量她。他听到非常轻的声音："我要出去，求求你，救救我。"不幸的事情也落在骆默的头上，他在一次训练中受了伤，最后不得不退出了飞行训练队伍，只能成为一名机械师了，但他已经掌握了娴熟的驾驶技术。他在探监的时候告诉史希,他会驾驶一架直升机在某个雾天趁她们在监狱农场劳动的时机把她救出牢笼。这一天到来了,不幸的是骆默没能顺利带走史希,他的直升机被击落在江中,而史希不再被允许到室外干活。她偶尔还可以孵上片刻太阳,她嘴里常念叨着蝉的故事,但她却不再是为脑子活着。

　　读到此处,我们不免会想到,一定是蝉的故事打动了夏商,才促使他苦心孤诣地构思设计了这一篇章。"蝉的幼虫生活在土中……",这或许只是一段关于动物的科普知识,但很多人可能并没有读到过,并不了解,了解的或许也仅仅止步于此,但夏商读到了,却不免产生了深深的震撼,这是一定的,并因此萌发了创作这么一篇小说的动机。显然,蝉从一只幼虫,到钻出泥土在风中吹硬翅膀而独立生存在世界上,的确是一个超乎我们想象的生命的壮举。这使夏商将此艰难的情境移植、联想到了人的成长,一个年轻人走过儿童少年和青春期、成长为独立于世的个体的艰难历程与蝉的艰难成长产生了强烈的共振效应,激发出作家夏商的深刻感触和创作冲动,当然还有设计灵感。而且"命运般的"是蝉这漫长的十七年正好应对着一个人的青春期! 这也是令人不免感慨的巧合。显然,他没有把这个蝉的生命故事直接付诸文字,像法布尔那样写成一篇艺术性的科普寓言,也没有把它写成像屠格涅夫的《麻雀》那样寓意深刻的散文诗,而是将这个故事镶嵌在小说里。更重要的是,还把这个故事里艰难的生命轨迹移植在人类世界,安置在青春期的年轻生命身上和他们的人生历程中,最后完成一篇思想深刻、感情浓郁的青春小说。

显然这里的挑战在于如何将一个有意味的"情境"转化、挪移、生发为一部小说的问题。

弄堂里青梅竹马的故事,外婆抚养孙女的无微不至,考入飞行学校,戏曲学院的求学经历以及飞行学校和女监位置的安排,这些都是完成小说设计必不可少的元素,难的是把这些元素部件想象并组合在一起,特别是史希外婆人生前史的安排和发现,这是这部小说设计是否成功的关键。关键之中的关键在于如何让史希产生杀人的念头并成功付诸行动,显然作者很成功地完成了。有了犯罪就可以有骆默驾机相救和直升机被击落的情节安排,从而完成一次悲壮的"十七年"历程,让小说的情节实现"完形"。但显然,止步于此并不能寄托、容纳作者被触发的情感与思想的全部。于是我们看到,作者对史希的品学兼优、心地善良作了充分铺垫的同时,还进一步对史希和骆默勇于主持正义公道的道德勇气作了精心展示,显然骆默和史希不仅聪明、勤奋,也称得上是胸怀理想、追求远大、积极向上的好青年,他们有着高尚纯洁的期许和追求。用小说的话来说:史希是一个为脑子活着的人。这是她的悲剧的根源,也是所有人类悲剧的根源。作者所说的她为脑子而活,正是这样一种为了纯洁、纯粹的精神而活。换句话说,在青春期的史希心目中,她的自我"镜像"是那样的完美。但这个世界充满了污垢和缺陷,它很可能打碎你的完美理想、期许或"镜像"。史希的外婆就是这样,而史希也无辜地受到了连累,这种自我形象的毁灭引起惊慌失措乃至疯狂的举动就变得可信而令人唏嘘、痛心。显然,史希和骆默就像两只刚刚钻出泥土、攀上树枝却未能在风中吹硬翅膀而掉落的"蝉",而且他们和蝉一样有着"洁净"品行和志向。骆宾王在《咏蝉》中写到"无人信高洁,谁为表予心"。"蝉"是纯洁的象征,它所象征的纯洁和它艰难的成长过程,用在史希们这样的青年身上,是多么恰切,又是多么令人哀痛。与"蝉"的洁净相关,"蝉""禅"音通义连,隐喻着人生的哲悟和精神的明澈境界,因而禅诗中也有以蝉为题的作品,如《归义寺题震上人壁》写道:"溪鸟投慧灯,山蝉饱甘露。"[1]这也相契于《十七年》的深层旨趣。

在《十七年》中,蝉的生命奇迹似乎就是一个来自自然的微型神话,它就深深埋藏在《十七年》的文本深处,整部小说的故事是"蝉"的这个"神话"的人类版本,它们在《十七年》中互相映照。

一个似乎微不足道的动物生命现象被夏商成功构筑为一部令人深思的小说,蝉作为一个"功能性动物"[2]在《十七年》里发挥了重要的叙述作用。

---

[1] 《全唐诗》卷二百三十六,中华书局 1980 年版,第 2621 页。

[2] 刘艳:《严歌苓创作中的动物叙述及其嬗变——从〈小站〉看严歌苓动物叙述新探索》,《中国政法大学学报》2021 年第 2 期,第 279 页。

与此作类似的是短篇小说《金鱼》。

50多岁的乐团风琴手宋方文定制了一只鱼缸,养了20多尾金鱼。在他看来金鱼不能算宠物,只能算观赏物,因为金鱼不能主动与人互动。他在女儿初二那年和她妈离了婚,后来和一个离异带着女儿的调音师一度相好,然而女方总觉得不结婚自己吃了亏,就一切结束了。这天出门要买鱼食的宋方文发现信箱有封邮件,打开是个意外的通知,有人在银行保险柜存放了给他的文件。它是几个月前重病临危的诸葛蒙瑜寄存并留给他的。原来是一盘录像,内容是诸葛蒙瑜和宋方文在一起的做爱情景。那时他们刚20出头。他们俩一见钟情的时候其实诸葛蒙瑜有一个男友,是她大学新闻系的同学,她和男友住在外婆留下的一间老屋。那是一个很听话的男生,以至于诸葛蒙瑜不忍开腔提出分手,而等了四个月零七天的宋方文终于质问她为什么"还不能跟他结束",她哭了。一年多后,从她表姐那里宋方文知道诸葛蒙瑜去了日本。而那盘录像是她那时有意或无意录下的,宋方文才第一次知道。宋方文看录像,就像在看着另外两个和自己无关的人的故事。似乎24岁的诸葛蒙瑜就站在一旁和他一起欣赏金鱼,他说:"确实很漂亮,不过金鱼挺笨的,记忆只有七秒。"她说:"要是人的记忆也只有七秒那该多好啊。"

显然,这篇小说的构思与《十七年》相似,是一种动物的生命特性激发了作者的人生感触,从而设计构造相应的故事情节,以寄托自己对生命的感悟、感慨。诸葛蒙瑜临终留给他的录像带,无疑言说着对宋方文的真爱,不管这种爱是以情趣相投为基础,还是以性爱相投为核心,或是二者兼有,显然它对诸葛蒙瑜来说是刻骨铭心的,可惜当初她过于心软。"金鱼只有七秒的记忆",这是一个自然知识,不免引起人的感慨,在这感慨里,传递出了关于情爱、人对人的记忆和生命意义的思考。在这里"金鱼的七秒记忆"其实做了反语。或许正是记忆(特别是对他者的记忆)才使我们走过的人生、经历的生活具有了意义。

形式的诱惑与设计的孤诣

《轮廓》这部中篇小说开门见山,标题就指向一个形式的存在,哪怕是对一件绘画或雕塑作品来说,"轮廓"二字所指也是一个很形式的东西。读罢作品我们就会知道,这篇作品的构思完全采取了一种以"形式"为中心的策略,在形式内容的处置上,一反常规,不是为了内容而找形式,相反,作者似乎是在为了一种形式的尝试而想象、安置内容,因此小说显示出十足的设计"痕迹"和用心,也使我们看到一种"内容与形式相互征服"的激烈情景。①

这部作品最大的特点就是,为了形式——一种轮廓,作者完全退到了小说之外——讲述在这里隐没,描述将隐在的旁观者所看到的事情"轮廓"客观地呈现出来。没有了叙述

---

① 童庆炳:《谈谈形式征服内容》,《语文建设》2009年第5期,第53—57页。

人的穿针引线和说明,读者只好根据故事或场景的轮廓来理解、想象"事情"的具体"真相"。小说完全由密码般排列的阿拉伯数字引领的 6 节组成:在 1、2、3 的每个序号后面各插入 0 为序号的一节。这就使它的序号组合也显得有些神秘,有些形式化。它的每一节都只是对一个"旁观者"看到的情境、听到的声音的客观化描写,因此要理解、讲述清楚这些人物的经历和他们之间的故事,我们必须像侦探一样进行猜测、想象和思考推断。为了简便,我们不妨对这些诡秘的片段进行串联和讲解。

一个叫庄嫘的年轻女人得了和她母亲一样的某种疾病将不久于人世,她来到城市的边缘,租住了村妇韩嫂的一间屋子。

这几天一个穿青灰棉衣的瘸腿男人找到了这里。这个男人叫宋大雨,他曾经和叶子是青梅竹马的邻居,他们互相友爱,然而一天宋大雨跌坏了腿,这使他们的未来不再可能走到一起。村子里来了一个能说会道、手艺巧妙的韩木匠,他终于俘虏了叶子的心,但他不愿意留下来与叶子居家生活,他过惯了走州过县的手艺人的生活,除非叶子愿意和他私奔。一天,盯梢的宋大雨在林中偷听他们的谈话,他听到叶子对木匠说:你要像他一样待我该多好。木匠说那你为何不嫁给他呢? 叶子说:总有一天我会嫁给他的。宋大雨受到这句话的鼓舞就冲了过去,但他哪里是木匠的对手,得到的只是轻蔑。叶子还是跟木匠跑了,最后落户在了这个城市的边缘。叶子在家，木匠长年出门在外。附近药店的王大夫偶见叶子，被她的形象打动。有一天叶子来抓药，他却做了手脚。吃了这付药的叶子在夜里沉沉睡去，翻墙而入的王大夫占有了叶子。年底木匠回来，怀了身孕的叶子让木匠大吃一惊，妒火中烧的木匠破了叶子的相又弃家而走。从此叶子带着生下的儿子艰难度日。

宋大雨因为叶子的一句话而执着地寻找她，现在他终于找到了这里，但叶子早已不是当年的叶子，他的到来给叶子带来的只是痛苦的回忆。于是她暴怒而起要杀了他，结果伤着了宋大雨的额头，他昏了过去。

庄嬛艰难地把宋大雨背到自己住处，她请来了王大夫给他包扎。醒来的宋大雨，也认出了穿绿毛衣的庄嬛，他看到过庄嬛和王大夫相随的诡秘情景。事实上庄嬛经常坐公交去城里，她也在做着暗娼的生意以维持生活。在庄嬛房间的一面墙上挂满了布娃娃，她们的眼珠子都被庄嬛漫不经心地抠挖出来扔掉了。宋大雨要热水，庄嬛去附近的茶馆打开水，她在茶馆再次见到那个瞎子。庄嬛很小的时候父亲就抛弃了她和她的母亲在外混世。在母亲病重的日子她就学着码头上的女人卖身，因为她知道有比贞操还宝贵的东西值得她牺牲。一天一个醉鬼带走了她，后来这个醉鬼偶然知道了庄嬛的身世，他抠瞎了自己的双眼。很久以后庄嬛也知道了这一切。现在瞎子走出了茶馆，庄嬛跟在后面，走进了河边一片茂密的槐树林。

庄嫘小时候曾经有一个邻居,她是一个富豪的遗孀,她的身边有一个和庄嫘年龄相近的小女孩,这个小女孩的眼睛坏了。但她知道庄嫘家很穷,她甚至因为遗孀把好吃的给了庄嫘而对庄嫘恶语相向,她的话深深伤害了幼小的庄嫘。直到很多日子后,遗孀带着零食来请求庄嫘妈妈原谅,而庄嫘的母亲回答早忘了这些。不久这个遗孀把整个房子捐赠给了国家,说她要乘船去旅行,再也不回来了。第二天才知道,她掐死了瞎眼的小女孩,自己也服毒自尽。

现在王大夫过来给床上这个男人宋大雨注射了一支针剂,一支普通(但致命)的镇静剂。他很庆幸自己来的时候,庄嫘不在。

河边,那个钓鱼的老人当年深爱一个叫蝴蝶的姑娘。那时他是挖河队的领头人,蝴蝶却投在这条河里死了。

这就是《轮廓》这部小说的基本故事,或者说基本"轮廓",也许它还不够清晰,但实际上这里已经是透过原文的"轮廓"对其描述的内容作了梳理、勾连。显然这部小说对夏商来说,是基于对一种"轮廓化"形式的追求而展开想象、设计情节,从而一步步落实完成的,这是个极其特殊的叙事文本。要说的是,尽管采取了"本末倒置"的创作顺序,但是《轮廓》容纳了多个人物的多重人生故事,对人生中的重要事情和命题如情爱与婚姻、生存与尊严、道德与禁忌、身体和心理的健康与残缺等作了深刻细腻的探索和展示,透出了作者对人性复杂构成和诡秘运行逻辑的深入挖掘和思考,比如,王大夫为什么要给苦苦找来的宋大雨注射一支镇静剂谋杀他呢？是一种特殊的嫉妒，还是出于一种帮韩嫂除掉隐患或拖累的同情心，还是想除掉撞见过他和庄嫘暧昧关系的嫌疑人？其实按照法国古典文论大家布封的观点，"轮廓法"正是文学创作本然采取的基本方法之一："在寻找表达思想的那个层次之前，还需要先拟定另一个较概括而又较固定的层次，在这个层次里只应该包含基本见解和主要概念：把这些基本见解和主要概念安排到这初步草案上来，题材的界限才能明确，题材的幅度也才能认清；作者不断地记起最初的轮廓，就能够在主要概念之间确定出适当的间隔，而用于填充间隔的那些附带的、承转的意思也就产生出来了。"①显然，通过布封的精妙描述我们看到，文学创作中形成"轮廓"既是构思中的一步，也是整个创作过程中的"风向标"。夏商这里"轮廓"勾勒的独特手法和章节安排，使小说表达效率极大提高，而且具有了戏剧化的效果——阅读像是变成了一种观赏，当然也增加了对阅读者的挑战。

另有一部中篇小说《嫌疑》，虽然标题指向不是一种"形式性"的东西，但它也不是一个普通的标题，因为它指向的是一种心理的状态，从这个角度而言，它也是一种"空箱"、一种心理的"动态图式"，即一种广义形式性的东西。我们可以把

① 布封：《论风格——在法兰西学士院为他举行的入院典礼上的演说》，范希衡译，见伍蠡甫、胡经之主编：《西方文艺理论名著选编》（上卷），北京大学出版社 1985 年版，第 217—218 页。

它当作一种心理的"形式"来看待。无疑《嫌疑》也是一部因"形式"而生发、想象、编造、设计来完成的叙事作品,更何况作品还采取了"元小说"的手段,把小说构思者"作家自己"安置进了小说,在自我解构中建构作品,它突出了小说构思的炫技性,或者说小说作为一个"设计"的特点通过这部作品给人以很深的印象。

"我"坐了两天的长途车到了一个偏远的小镇缺月找一个电影放映员池水。但到了电影院放映室却被一个小伙子告知他失踪很久了。一个曲线突出的姑娘坐在了"我"的邻座。散场,"我"尾随这姑娘,正在犹豫的瞬间,"我"看见了池水,很高大,站在一盏路灯下,接着闪进了一条胡同。"我"追进去,却迷失在里面。回到旅馆房间,床头柜上一张纸条写着:我在隔壁。隔壁敞着门,淡绿色的灯光下一个放大了轮廓的女子:她就是电影院的邻座女子梅妮。第二天晌午,梅妮又出现在离我不远的小桥上。桥那边的树林空地上有一间很大的木屋,漆着光怪陆离的颜色,这是梅妮画室,木屋中央安置着一只巨大的牛的标本。

小镇上小丑汉斯高中毕业后成为闲逛于市的浪荡子,另一个浪荡子维特是小镇为数不多的大学毕业生,他为了心爱的姑娘与人决斗,在毕业前被开除,还有一位浪荡子是盖茨比。他们三个是朋友。他们都爱上了梅妮,于是定了个规则:谁摸中写着梅妮名字的红桃皇后谁先在三个月内去追梅妮,失败了别人上。小丑汉斯首先得到机会,但他只会苍蝇般在梅妮身边转,一天终于得到背画夹的机会,梅妮还答应了一起看电影。他壮着胆子触碰了梅妮的手,但一个脸上蒙着黑布的高个子用麻袋套住了他的脑袋,他被暴打一顿扔在了雨地里。梅妮在一瞬间认出了脸上蒙着黑布的人是她的父亲。不过这是一次误会。还有六天,小丑汉斯却不愿放弃而把机会给盖茨比。盖茨比同意等他用完时间,他还给小丑汉斯一句见识:"你知道征服梅妮这种女人的最好办法是什么?那就是,征服她的肉体。"盖茨比称得上是情场高手,他懂得去了解女人,早早作了情报准备:梅妮的父亲是放映员而她的母亲早死了,她喜欢画画读书之外,喜欢吹泡泡糖。盖茨比对画画也猛补了一通,所以逮着机会就对梅妮的画作一番品评,这征服了梅妮。他还准备了足够的泡泡糖在梅妮作画的间隙陪她搞吹泡泡糖比赛。维特终于让两个朋友重新聚首,但盖茨比姗姗来迟,而且身边跟着梅妮。他俩坐了没几分钟就走了。羞愧、嫉恨像虫一样咬噬小丑汉斯的心。第二天一早,当从维特口中知道盖茨比被杀死在桥边树林时,小丑汉斯还是惊呆了。盖茨比也被套在麻袋里。出事那天池水没有上班,办案人员闯到他家,他早已失踪。梅妮在父亲潜逃不久嫁给了小丑汉斯——镇卫生院院长的儿子。在这场金钱与婚姻的交易中,真正作出牺牲的是小丑汉斯。他与家庭决裂,并提前获得了自己的一份房产和钱财。盖茨比的阴影注定了这不是幸福的婚姻。小木屋是和小丑汉斯婚后造的,如今买了下来,他俩只是名义上的夫妻。"我"在半夜离开木屋,快出树林时被麻袋套住,遭乱打之时,梅妮赶来,最终"我"和梅妮制服了对手,将他装进麻袋时发现他不是池水而是小丑汉斯,梅妮一下子想到了原来曾经强奸过自己的蒙面人也正是他。小丑汉斯失踪了,"我"想他是被人杀死后劫走的。"你想让人捉奸成双么"的提示让"我"离开了小镇,"我"得到梅妮给"我"画的一幅肖像。长途车开了,池水竟然也在车上,半道又消失了,成了一个自由的人。

《嫌疑》的首先一个"嫌疑"应该是强奸了梅妮的蒙面人。池水当然曾经承受着被"嫌疑"的压力,于是他把第一个追求梅妮的小丑汉斯当成了"嫌疑人",尽管他凭借的证据并不正确。他自己也以蒙面的形式惩罚嫌疑人的举动,让此次于一瞬间认出了他的梅妮把他当成了更可怀疑的"嫌疑人"。直到"我"在夜晚的树林边被蒙面人击倒,赶来的梅妮和"我"一起击败蒙面人,发现是小丑汉斯,才算找到了嫌疑犯的正身。谁曾经强奸了梅妮,谁以蒙面和套麻袋的方式抓走并杀死了盖茨比的真相也才算明朗。谁是最后杀死小丑汉斯的嫌疑人呢?显然是池水。被怀疑的池水一段时间以来失踪但并没有走远,他不仅要洗刷自己身上的嫌疑,更要除掉祸害自己女儿的真正凶手。最终,他了了心愿才真正远走高飞,逍遥于失踪中的自由。这篇小说通过"嫌疑"设置了一个侦探小说的讲述形式,又加入、融合了"元小说"的技法,因而充满了形式设计的趣味,悬疑小说、侦探小说的形式元素与青春故事型小说的内容元素奇妙地结合在一起,相得益彰,使这部中篇小说呈现出篇幅紧凑、情节复杂、蕴含隽永、耐读引人的特点。

三个青春伙伴的关系和他们的青春"勾当",也许并不少见,但他们之间发生的离奇事情却是少有的,这里面除了有偶然的误会以外,更多的"奇妙"和怪异源自人性的复杂和卑污。小丑汉斯如其绰号所示,是小镇出产的心胸狭窄、性格诡诈阴险的富二代,他一手制造了连环悲剧故事,特别是对盖茨比这个青春伙伴的杀害令人发指,他甚至企图将"我"置于死地,这些是并不复杂的犯罪,而他的嫉妒和扭曲的心理使迫于现实嫁给他的梅妮蒙受婚后肉体与心理的摧残,则有着更复杂阴暗的精神心理逻辑,这是夏商这部小说更深层的探索,也进一步使这部小说超出了娱乐性的层面而具有了思想的分量。

从《嫌疑》《轮廓》到《十七年》(包括《金鱼》等短篇)和《看图说话》,这一系列中篇小说显示了夏商作为先锋意识浓厚的小说家对形式、情节设计从不衰退的迷恋与热衷,他在小说形成的过程上看起来有时采取了"本末"或"前后"倒置的程序,但并没有因为对形式设计的趣味而忽略了小说对社会、人性、思想的探索与关注这一根本使命,因此,我们从他这些充满了设计感、形式感的作品中不但读到了丰富的社会生活、时代与历史的鲜明形象,还随着阅读参与了对于人性及其在现实、具体的社会场景中的复杂纠葛和移情体验,更读出了作家对人性、人心的道德情感与价值评判,对社会人生问题的深长喟叹。这些小说有一个共同的主题或题材偏向,就是演绎不同环境和社会处境里年轻人的青春期生活,那些不同出身、不同性格和境况的年轻人的人生故事,成为了夏商小说笔头迷恋不舍的"浓墨",年轻人的那些朦胧的恋情、迷离的欲望、纯真的友情、珍贵的缘分,还有情欲场的明争暗斗、人格的卑鄙与纯良、涉世的懵懂与历练的成熟、经受的欢乐与痛苦乃至伤害、灾难等,在这些小说中得到了层出不穷的生动描绘,我们从中能读出夏商对人生与生命的沉思与感叹。

因此,夏商的小说彰显了"想象设计"的功能与在场的力量,但他没有让小说在思想上出现失重而变得轻浮,实际上他的这些小说只是以别致的面相、形态告诉我们一个事实,小说原本就是虚构、想象的,这是小说作为艺术的"创意性"之根本所在。而且这种"设计性"也正可用当代文论大师罗兰·巴特的看法来印证,在关于《什么是写作》一文中,他写道:"福楼拜根据一种劳动价值观的出现,明确地使文学成为对象,使形式成为一种'制作'的项目"。[①] 福楼拜不仅强调了形式的意义,而且凸显了"制作""设计"的正当性乃至"义务性"。而夏商的小说并不忽略对历史的记录、社会的展示和人性的解剖,事实上,这是小说艺术大厦的重心所在,尽管在艺术实践的策略上,这未必是后期罗兰·巴特所赞同的。或

① 罗兰·巴特:《写作的零度》,李幼蒸译,中国人民大学出版社 2008 年版,第 5 页。

许维特根斯坦所说的"想象一种语言就意味着想象一种生活形式"①这句话更适合用在小说这样一种"事物"上，或许针对小说艺术来说，维特根斯坦的这句话才是最理直气壮的，因为它道出了小说的秘密和力量所在——想象与设计。

---

① 维特根斯坦:《哲学研究》,李步楼译、陈维杭校,商务印书馆 1996 年版,第 12 页。

第四章　夏商小说的叙事美学

　　就作品与读者的关系而言,在文学家族中,小说自诞生到如今,在总体姿态上而言都是最亲近大众的,小说家往往期待着与更多的读者相遇、促膝相谈。传统上,评价一部好小说的常用词汇中的引人入胜、脍炙人口、欲罢不能等等,都是在强调或渲染作品对读者的吸引力;成功的小说常常具有一种"招引结构",实际上即使不考虑小说的"话本"生存阶段、方面,它也完全可以被看成是一门隐性的表演艺术。夏商小说有着自觉的表演意识,这体现在其总体结构安排上,尤其可以从其小说的结尾艺术处理上见出。这种表演意识如果说是对小说传统美学的一种继承的话,夏商小说在美学上也吸纳了鲜明的"先锋性"品质,比如,"以我为主"的叙述极力减少对事物、事情外在外部的单纯描述,生活内容、生活现象、人的情感心理常常以修辞艺术的创造性运用的方式"芯片化"地浓缩、叠合在描述中。夏商小说特别是其一部分中短篇小说,从美学角度而言,追求或生成了一种气韵流荡、晶莹疏朗的空灵之美,折射出某种现代生活带来的精致而落寞色彩,让人联想到暮色中玻璃钢主导、摩天大楼林立的城市景象。当然,夏商小说的美学特点并不仅限于在此所述方面。

一 / "及物"或"不及物"

——夏商小说的表演意识与结尾艺术

从阅读的角度而言,小说这种文体是最为开放的,一切喜欢阅读的人似乎都是它所期待的对象。就其传统和常态来说,它是追求对读者、受众的直接吸引的。中国宋元小说的兴起与市民社会的出现联系在一起。市民社会的兴起意味着生产的发达和消费需求的增长,其中就包括了对于娱乐需求的增长,而小说恰可满足这一增强着的胃口。反过来娱乐人群和娱乐的需求催动了小说的发展,特别是推动了小说对于"抓人"艺术的讲求,如何使小说所要讲述的故事在有助于道德教化的同时更有吸引力,就成了小说作家用心逞才的关键所在。四大名著中的"三国""水浒"和"三言两拍"这样的经典就首先是提供给勾栏瓦肆里的书场的,这种小说创作与消费的生态环境不仅从经济上支撑了小说的存在,也在小说的形态构造上塑造了小说,中国古典小说的章回关目等艺术安排就是最为显著的表现。说到底,在其他艺术目标不受影响的情况下,小说家总是追求阅读效应的最大化,或者说绝大多数小说家期待着更多的读者,就像任何从事表演艺术的人一样,吸引到更多的受众本身就是对作家或艺术家最大的抚慰和奖赏,因此成功的小说常常是一种招引的结构,因为小说虽然是阅读的,但它实际上也是一门表演的艺术,也许是隐性表演的艺术,这是我们读夏商的小说可进一步确证的想法和认知。

其实,夏商对小说表演性和招引结构的领悟,也继承和印证了中国古代艺术创作,特别是小说戏剧创作理论与实践的宝贵遗产,即对小说整体结构布局的重视。因为要实现小说的"抓人"目的,要对章回关目做出巧妙的安排,就必须对小说的整体结构在落笔之前充分酝酿、谋划。清代杰出的戏剧理论家、小说家李渔就明确提出了"结构第一"的创作主张,在他看来,"在进入具体的创作之前,必须在构思中首先形成一个作品的基本框架,一个有机的意象体系,而不能枝枝节节为之,这是创作成败的关键"[1]。这一见解不仅指出了戏剧小说这样的叙事性作品的创作要害,而且也吸纳了中国

---

[1] 张少康、刘三富:《中国文学理论批评发展史》(下),北京大学出版社1995年版,第376页。

古代书画艺术创作的真知灼见,如"意在笔先""成竹在胸"等艺论所表达的艺术见识。夏商的一系列作品,不仅对作品的整体结构和布局作了充分的酝酿和系统周密的安排,而且极力追求结尾的新颖别致,特别是结尾情节"既在意料之外,又在情理之中"的艺术效果,从而使小说的表演性、审美性和思想性在具体的文本中形成了颇为成功的熔铸与创新,在当下的小说创作中形成了自己独特的精神品质和美学风貌。当然,关于夏商小说的表演意识和结尾艺术,限于本人手眼,目前所见的夏商小说评论似乎略无涉猎,我们仅对夏商小说叙事艺术的局部特点和潜在理论话语作出初步的心得梳理和粗浅阐述,对其小说结构艺术的全面分析,特别是关于小说艺术的表演性命题等理论问题的深入研究,尚期待更多专家的参与和进一步探究。这里还要补充说明的是,尽管叙事学是现代西方文学理论中的一门显学,作为"受结构主义影响而产生的研究叙事的理论",它旨在建构的是"叙事语法或诗学",主要是对"叙事作品之构成成分、结构关系和运作规律等展开科学研究,并探讨在同一结构框架内作品之间在结构上的不同"①,它们的主要兴趣是在叙事作品与富有哲学色彩的人文思想之间作勾连阐释与贯通,而具体作品表演效果的追求与结尾安排的艺术属于创作技巧范畴,它们往往是作家叙述话语的表达艺术问题,为作家所敏感和执迷,当然也需

---

① 申丹:《叙事学》,见赵一凡等主编:《西方文论关键词》,外语教学与研究出版社 2006 年版,第 726 页。

要文学研究者给予更多的关注。

一

夏商小说的表演性特征,它们的表演意识体现和落实在小说的总体结构安排上,尤其体现在夏商对小说结尾的艺术安排上。当然这么说也只是鉴于表达的方便,实际上结尾是总体中的结尾,它是总体艺术设计、艺术构思的一个环节。虽然看起来像是一个归结性的环节,但我们依然可以通过聚焦结尾而看到夏商小说的这种艺术意识和叙述智慧。

《爱过》写的是一桩失败了的婚姻,但又不仅如此。作品从"单身"父亲、建筑设计师李窗的女儿蕾丝在幼儿园玩跷跷板时不慎磕破了牙齿写起,由此偶然事件把李窗和牙医诊所的孔农、孔琳兄妹以及班主任展香老师关联在了一起。李窗吃惊于孔琳的美貌,然而展香老师也有她的动人之处,特别是展香老师与李窗失踪的妻子、蕾丝的妈妈有着某种相像,而蕾丝也特别依恋展香老师。由此,随着女儿的治疗和多次换药,在时间的推移中,李窗其实是在两个女人之间作着微妙的摇摆,虽然他的明确意识是被孔琳所吸引,但孔琳却让他有些无法真正接近。其间展香也知道了李窗与妻子杜歌"离婚"了,尽管他们的结婚照还挂在墙上。那时李窗是教建筑学的大学老师,他的一次演讲打动了大三学生杜歌,李窗关于音乐和电影的精彩演讲深深吸引了杜歌,她立刻为自己正在实习的杂志约稿。随后他们的身影也就双双出没在校园和附近的咖啡馆里。为此,舆论迫使李窗放弃了该评的副高,他索性进了一家设计公司。但婚后李窗和杜歌发现婚姻并不是想象中的那样,特别是杜歌不是李窗原来想象中的杜歌。杜歌是一个热衷社交的女人,她恨不得一切时间都在聚会和跳舞,她总是约来很多朋友在家里欢聚,李窗曾经为杜歌特意设计的灯光系统更增加了欢聚的喧闹。最后一片狼藉的房间总是归李窗来收拾,而李窗是一个喜欢安静的人,他要投入读书和设计。另外,杜歌有一个怪癖,就是"洁癖",她的卧室始终保持得干干净净,她甚至不允许李窗和她在卧室的床上做爱,勉强的一次她也要求铺上一次性的桌布。桌布窸窣的声音令李窗感到败兴。于是他们之间走向了疏离。杜歌的聚会活动有一阵转移到了外面,冲突似乎有了缓和的转机,但一次意外的晚归,一只松鼠把李窗吸引进了校园的树林,他无意中撞上了正在幽会的杜歌和情人,恼怒的杜歌甚至吼着要她的情人就势掐死李窗,但她的情人并不想真的惹下人命官司就拒绝了杜歌的"命令"而逃跑了。李窗从杜歌的喊叫中知道了那个人叫"阿农"。从此杜歌从李窗的生活中失踪了,实际上她也从"阿农"的生活中消失了。当然后一点对李窗来说是无从得知的。在向孔琳靠近的过程中,李窗通过与孔琳的闲聊知道了那位白发的"老者"不过是孔琳的哥哥,只比她大三岁,他的头发是因为失去所爱在一夜之间白了的。孔农本是化学家,有多项发明专利,现在只剩下下棋的兴趣。他的所爱是一个有家室的女人。这里的微妙就在于孔农和孔琳不知道孔农所爱的女人正是李窗的妻子杜歌,同样李窗自己也不知道这个孔农就是那天晚上掐过自己脖子的"阿农"。实际上,即使读者要确认"阿农"和孔农就是一个人,也要等到小说的最后时刻。一天再次偶遇展香,蕾丝又黏着不走,展香答应带她玩半天后晚上将她完璧归赵送回家里。晚上十点,展香送回了蕾丝。出于礼貌,李窗执意送展香一段,但他终于还是以一种坚决而诚恳的力量握住了展香的手……李窗也告诉了她关于杜歌的故事,当然一些细节有所保留。不过令他们惊奇的是,这时他们发现李窗家的窗户竟然灯光炫目,而自从杜歌不在家里聚会以后这么炫目的灯光系统再也没有启用过,蕾丝不会使用,况且她在他们下楼前已经安稳地睡着了。"不会是杜歌回来了吧?"李窗冲上楼,他只见到一张条子:"我带走了我的唯一。"返回楼下,一个女孩——蕾丝——跑过来:"爸爸,展老师,爸爸,展老师……妈妈快死了,快去救救她吧。"他们跟随蕾丝登上附近一栋楼的三楼,只是李窗并没有意识到这里正是孔农的住处。杜歌的手腕已割破了。他们把杜歌送往医院,但她很快就死了。而蕾丝还不大相信这个死去的女人是她的妈妈,她对李窗说:"她让我叫她妈妈,可你说妈妈已经死了。她那么瘦那么难看,怎么会是我妈妈呢。她看我不愿叫她,就哭了,拿起一把刀子就割自己的手,我看见很多的血流出来,就吓得跑出来叫你们。"

通过上述的梳理我们看到,作者由蕾丝的磕牙引出了孔琳和展香,从此有了李窗在两个女人之间的交往、摇摆,如果说展香的一再出现就在于引出女儿对母亲的眷恋这一主题因素的话,还可以令人对婚姻中的——"貌恋"——"以貌娶人"作出感叹与反思。而孔琳的意义是什么呢？孔琳的意义就在于引出孔农,引出孔农因为失去所爱而一夜白头,几乎失去一切人生的兴趣。这一切其实都是铺垫,在从容地为小说的结束作准备,这一铺垫用了这部中篇小说的绝大部分篇章,正在李窗要在孔琳和展香之间作出抉择的时刻,一个意外事件引爆了小说:失踪多年以后的杜歌回来了,通过女儿蕾丝的眼睛我们也看到杜歌已经变得又黑又丑,连女儿也认不出来,显然经过几年的出走,她认识到现在只有女儿是她唯一珍贵的宝贝和生命的寄托。然而女儿也不"认"她了,于是她做出了割腕自杀的绝望举动。小说在此以平静的笔调戛然而止:李窗完全没有料到,他的婚姻竟会以这种方式在法律上自动消失。杜歌生命的突然终结如同李窗家辉煌的照明系统一样,在黯淡多年之后突然一片璀璨,这是在娓娓讲述的最后,突起一个剧烈的场面,然后一笔结束。这和制作和燃放一串鞭炮与礼花多么相似！杜歌这一血性悲壮的举动还引发我们对小说重新作出观照与回味,怎么看待杜歌,怎么看待婚姻,怎么看待孔农？孔农那么痴爱杜歌,他不愿为她的一时偏激而杀人当然可以理解,但他现在对自己曾为之一夜白头的她是什么态度？她见到他了吗？她归来的最后一个落脚地就在他家,他在她生命的最后又在哪里呢?他还热爱这个"又黑又瘦又丑"的女人吗? 为什么她留下的字条是"我带走了我的唯一"? 也许这个唯一的不"认"不过是压死骆驼的最后一根稻草而已。至此,我们看到《爱过》的结尾,它的整体构思布局,其实是经过了深思熟虑,它让读者在小说的最后经历一次地震般的冲击,然后掩卷结束,就像眼看一场表演在高潮处迅速结束。这有点像有的评论所说的那样:"夏商对日常生活的细化并不比新写实小说差,但在这些日常的故事中,他的故事是迂回的。"这个"迂回"的目标正在于最后时刻的冲击。

二

《我的姐妹情人》从几个大学同窗的情谊故事展开,逐渐引入了一对姐妹以及她们和这几个同窗之间的情感纠葛。一天摄影师吕韩走过小区,遇到一场自发的纳凉演出,吕韩被一个女孩的舞蹈深深打动,他觉得这个女孩是他梦寐以求的艺术模特。原来这个女孩还有一个相依为命的姐姐,她们是一起来的。直接的搭讪并不能马上建立信任,吕韩还是留给了姐妹俩自己的名片。过了不久的一个雨天,已经通过报纸等媒介对吕韩的身份作了确认的姐姐齐戈独自敲响了吕韩的家门。齐戈是别有心机的女孩,她知道自己虽然并不是吕韩希望出现在自己镜头里的人,但也知道自己魅力的"杀伤力"大小,她希望以身体换来登上挂历的机会,她很容易做到了,她的照片是出版方所喜欢的那种美女照。妹妹齐予开始的时候在镜头前放不开,诗人同学孟阁冰忽然想到一个主意——放一支音乐,果然很快齐予的身体、音乐和舞蹈完全融合在了一起,她不仅没有让吕韩失望,而且是让他大喜过望,他终于拍出一组自己渴望已久的高雅的艺术照。这期间姐姐齐戈说自己所在的红酥手时装表演队要去南方巡演,于是暂时告别了吕韩。齐予被吕韩的艺术打动,然而凭直觉她知道姐姐和吕韩有着特殊的关系,为了消除某种心理障碍,她约出了吕韩,又指使她的同学揍了吕韩一顿,随后她投入了吕韩的怀抱,她是一个没有完全成熟的清纯女孩,但她还是勇敢地要跨进爱的门槛。吕韩欣赏这样清纯脱俗、舞姿绝伦的姑娘,他们产生了真正的爱情。姐姐其实并没有随时装表演队去南方,她听说吕韩的做演员兼舞蹈老师的同学要去北方拍戏而投怀送抱赢得了一个演戏的机会去了北方。这连她的妹妹也不知道。一天几个朋友去参加化妆游戏,没想到在这个特殊的场合戴着面具的孟阁冰一再向齐予表达了露骨的爱意。后来几个朋友再次聚会时,凭着对眼睛的记忆齐予知道了"他"是谁。令人意外的是,齐予不久突然和孟阁冰一起失踪了,这发生在她和吕韩的另一次也是最重要的一次创作之后。那天晚上他们灵感忽降,一起创作了摄影作品《手臂上的树枝》。这部作品在巴黎世界摄影大赛获得大奖的时刻,齐予早已消失而再没有回到吕韩的身边,吕韩在领奖台上讲述了他们的爱情故事和这个作品美妙的创作过程，他的悲伤使他决定把奖品留在组委会，直到齐予归来他们再一起来领取这个以生命和真情共同铸造的作品所得到的荣誉。这就是《我的姐妹情人》所讲述的主要故事情节，然而小说结尾却有峰回路转的另一小段：多年后，孟阂冰突然从几千里之外的新疆来到本城，他带着女儿，这其实是吕韩的女儿。他告诉吕韩，原来在吕韩和齐予在一起的最后半年，一种白斑在齐予身体的不易为人注意处出现。齐予是一个爱美的姑娘，她知道一个摄影师绝对不会容忍美貌被毁灭了的自己。所以她和孟阂冰不辞而别从这里消失了，不久白斑爬满了她的面孔，在生下女儿后不久她就割开了自己的动脉放弃了这个世界。

这篇用意很丰富的中篇小说同样是在结尾处让我们的阅读踩到一个炸弹，被轰然的情感思想冲击之时又画上阅读的句号，但关于作品的内涵，关于情欲、美色、爱情的种种生命里的重要问题，又给人无穷的感慨和难解的遐思。

《我的姐妹情人》这部小说让我不禁联想到日本作家谷崎润一郎的著名中篇小说《春琴抄》。① 谷崎润一郎是日本唯美主义小说大师，他的小说也以对人性的深入探究著称。小说写了一个另类怪异又惊世骇俗的爱情故事。大阪药材商之女春琴幼年双目失明，但她美貌聪颖，天赋过人，在音曲方面表现出惊人的才华，这使来她家做学徒的少年佐助产生了

---

① 谷崎润一郎：《春琴抄》，于雷译，《世界文学》1983 第 2 期。

刻骨铭心的爱慕之情,他尽心服侍之余,自己也暗地学习三味弦。他受尽了性格孤傲古怪的琴师春琴的折磨,但对她的爱慕之情忠贞不渝,愈演愈烈。在春琴因招人嫉恨,被毁容之后,佐助也自刺双目,摸索着走进里间,叩拜在春琴面前说:"师傅,我成了盲人了。一辈子不会看到师傅的脸了。"春琴只问了一句:"佐助,这是真的吗?"便陷入长时间的沉思。这几分钟的沉默,成了佐助这一辈子绝无仅有的愉快时刻。佐助也终于如愿以偿赢得春琴的孤心。一方面我们可以如大家所说,在春琴被毁容之后,佐助刺瞎自己的双眼就可以在自己的脑海里使春琴的美艳姿容长留永驻,但单纯这么理解也未免失之偏颇或肤浅。如果说佐助此举是为了记住姣好的春琴形象而回避现实中遭到损毁的春琴形象的话,如何保证留在佐助记忆中的不会是毁容后的春琴面容?或许,佐助此举在于以超过"自虐"的自残,向春琴表明自己对她痴情不改的决心,而正是这一决心打动了心如死灰孤高固执的春琴,使她答应了佐助的真爱。在此,佐助对爱情的态度与理解达到了一种像叶芝的名诗《当你老了》所呈现的精神境界。《我的姐妹情人》中,当发现自己的美丽容貌将在不久后毁于疾病的齐予悄悄离开曾深爱的摄影师吕韩,跟随一直单方面深爱着自己的孟阆冰远走他乡的时候,孟阆冰某种意义上扮演了春琴被毁容之后佐助的角色,而显然齐予的这一选择也显示了一种近似春琴一般对男女爱情与现实人性的透彻理解和决绝选择。尽管,她也不能排除吕韩(包括孟阆冰)成为另一个佐助的可能,但她显然不想把这种艰难的选择交给别人而使自己失去主动。当然《我的姐妹情人》的旨趣并不仅仅在于和《春琴抄》近似的一面,即使这一面它们也是以完全不一样的路径展开探索的。如果只停留在这一面,夏商的小说也就不必是"我的姐妹情人"了,他仅仅锁定"我的情人"或"情人"就行了。《我的姐妹情人》的探索旨趣恰在于姐妹对比的基本框架之上。当小说在结尾,以迅疾的笔墨交代了一场多年前突如其来的情变的秘密之时,不仅齐予的形象有力地完成了,她与姐姐对比的旨趣也悄然生成,而孟阁冰的形象在读者眼前也发生翻转并完成。小说在最后时刻释放了隐藏得不着痕迹的巨大能量。

三

中篇小说《恨过》的结构安排也是别出心裁、老谋深算。27 岁的辛紫为大哥已经堕过两次胎,苦等了他 6 年。于是申屠主动把房子让出来给大哥结婚,自己租住在附近的清辉大厦地下室。申屠在市立图书馆工作,有时下班很晚,他习惯夜猫子生活。申屠业余时间除了读书就是写作,他已写了第一批文学小品。一个夏夜,申屠被楼顶的吉他声吸引爬上了楼顶,夜深人静,一个身姿优美的女子凄凉的弹唱让他惊慕,从此让申屠一夜一夜向她靠近。申屠的一片苦心终于打动了弹吉他的姑娘,原来他们竟是很多年不见的小学同学,她

叫杭姿,不过小时候她的绰号是"哭哭哭",而申屠的绰号是
"娃娃脸"。他们班有一个孩子头叫大兵,他们俩常受到大兵
的欺负。杭姿现在住在清辉大厦的10楼,她养着一只猫,她
把它的黄毛一笔笔染成了白色,叫它安吉拉,与她形影不离。
杭姿带申屠去了自己工作的地方,草琴宾馆的歌厅,在这里
大家叫杭姿波波小姐,她在这里换上暴露浮华的演出服以媚
俗露骨的作风演唱歌曲,她的七首歌当场得到的报酬是申屠
一个月的工资。是的,夜里在清辉大厦弹唱悲凉优雅歌曲的
杭姿必须养活自己。她被同楼的人们认为是有病的坏女人,
其实她不过是个内心有着不为人知伤痛的女孩。申屠的痴
情打动了杭姿,她和申屠一起参加了申屠哥哥的婚礼,她漂
亮的形象和气质引来客人们的赞羡。这天晚上她成了申屠
的女人。申屠对未来充满了甜蜜的憧憬,但就在这时出现了
变故。一天杭姿失踪了,但每晚会打来一个电话:"申屠,今
天我不回来了,你自己先睡吧。"很快电话挂了。第五天她把
电话打到了图书馆:"我是个下贱的女人,你忘了我吧。……
今天晚上电视台有一场实况音乐会转播,我希望你能到时收
看,再见。"申屠迫不及待地看到了音乐会的转播,他见到了
那个久违的同学大兵。这是大兵乐队的演出专场,大兵的嗓
音中充满了迷幻的、飘忽不定的情绪。他唱的《白色恋歌》就
是杭姿平时最爱唱的。演出快结束时,一声巨响传来——大
兵怀中的鲜花突然爆炸。转播结束。申屠预感到谁也救不
了杭姿了,她杀人了。申屠哇地哭了出来。回到家里,他希

望突然接到杭姿的电话,但是没有。想到杭姿要死了,他觉得比自己要死了还难以接受。他下意识地像平时那样把收音机打开,最后触电般听到杭姿的声音,这是一个真人讲述节目,他们经常收听这个节目,现在杭姿在原原本本地公开她长长的爱情故事:她初中时暗恋上了大兵,除了体魄,他的吉他弹唱也让她着迷。弹得一手好琵琶的母亲教了她弹琵琶的技艺,告诉她将来改弹吉他很容易。上了高中,进入了大兵的乐队,大兵当她的辅导员。一天大兵说他喜欢杭姿的这种美。原以为自己只是丑小鸭的杭姿就被他揽入怀中。他说他不准备高考而是要成为伟大的歌手,走遍天涯,他到哪儿就叫她跟到哪儿,她被这辉煌的未来控制住了,全身发抖。杭姿考上了大学,大兵离开这个城市出去闯荡。大二结束后的暑假大兵和他的乐队回来了,杭姿把自己献给了他。杭姿接着离家出走,原说假期结束再回来上课,但一周后大兵送她回来了。那是在拉萨,高原反应使杭姿呕吐不止,随后她知道自己怀孕,她选择了生下孩子,只有退学。这使她的父母与她决裂。"如果哪一天我们有一个小孩该多好。"大兵的这句话几乎像蜜糖一样灌满了杭姿的心。他们讨论男孩叫橡树,女孩就叫安吉拉。《白色恋歌》就是去拉萨途中大兵为她写的。她住到寡居的外婆那里。大兵陪伴了一个星期。临走不知从哪里弄来一只猫,通体雪白。但在大兵走后的第二天,猫变了颜色,露出了黄色的本相。这是大兵的一个玩笑吗?杭姿感到委屈。一场突如其来的腹泻使她没能保住孩子,医生说是一个女婴。不久外婆也去世。为了生计,她开始在宾馆卖唱。杭姿把死去女儿的名字给了猫,每天给它涂成白色。杭姿快要和申屠结婚的时候,大兵却突然再次出现了,她虽然恨过他,但在心里仍然爱他,她想时间可以修复一切。大兵说,他几年没有来找她是为了"闯出一片天地"再来见她,而他现在马上要成功了,一家台湾唱片公司就要与他签约。他告诉杭姿他自己的宾馆住址,她最终找了过去,大兵说:"留下吧,我的小姑娘。"这句话让她一下哭了。大兵乐队的经理人,一个混血儿小老头却对杭姿不安分地表达觊觎。这个老头掌握着乐队的投资命脉。演唱会前一晚的酒会后,大兵把杭姿安排了宾馆的房间,递给她一杯酒,随后失去了知觉的杭姿直到第二天早晨才发现被自己的男友送到了别人的床上。她心痛欲裂,再也找不到活下去的理由。于是大学学习电子的她在鲜花里设置了一个带遥控的爆炸装置。杭姿的话音一落,申屠凭着直觉冲出房间奔向草琴宾馆。但杭姿已经被一张白布遮盖,她死于一瓶杀虫剂。

以上对《恨过》这篇作品所做的梗概其实不能反映它的布局和结构安排的实际面貌。因为在这段梗概里大兵回到本市以前的情节只占很小的部分,但却占了原小说的主体部分,它们在梗概里被大大压缩了,不便压缩的恰是杭姿在演唱会结束后通过电台对自己和大兵爱情故事的讲述。显然,又是在一片曲折婉转展开的故事情节的最后,夏商再次安置了一枚重磅"炸弹",前面的一切都不过是一种铺垫,当然也是对女主人公杭姿的、旁人以为恬不知耻、"有病"的怪异人生的一种注解。小说在最后时刻以浓缩形式爆料,如同大兵在令人如痴如醉的辉煌演出后,怀抱中的那束特殊鲜花,在看不见的遥控中突然爆炸。如此,小说的讲述与阅读完成了一次出人意料、令人感慨、发人深思的表演。

四

有的学者在谈论审美的问题时所言:"美既是直观的,又是理论的……或者说'是理论与实践之超感性的统一根基的象征'。"①因而,夏商小说这种像点燃一串鞭炮或礼花那样在电光石火的激烈碰撞和灿烂辉煌中遽然结束的艺术安排,既是一种美学用心的实现,又是一种"抓人"艺术的展现,使读者在小说的最后获得最佳"观赏"效果的同时,也对全作品产生一种回味和再度体验,这种安排同时更会形成一种对生命的苦难和伤痛的宣泄,因此这样的安排是对人生重大问题的探究与沉思,也是一种艺术思想表达机制的设计与完成。而夏商的这种艺术用心并不仅仅体现在上述几部作品中,在他的众多其他作品中都不同程度地贯彻了他对这一小说叙事美学的独到领悟。比如,《集体婚礼》也是在最后时刻通过小

---

① 田艳:《荷尔德林存在论诗学中的真美统一》,《中国政法大学学报》2021年第3期。

说人物季有城在洗手间的瞬间幻觉告诉我们一个深藏在百对新人婚礼盛大场面背后的血腥事件,从而给人一种颠覆性的震惊。《飞车走壁》故事的最后,少年怀着一种自我权利拯救和保护父亲重要财产的责任而出人意料地飞向了陡壁上飞驰的赛车手。《日出撩人》中几个朋友在海边的美好度假出人意料地结束在一个魔幻色彩的悲剧上。《金色镶边的大波斯菊》里原本以 K 歌和嫖宿招待远方来客的两个朋友的"好事"最后结束在另一个朋友因癌自尽的悲痛中。《出梅》里两个青春期的少年跟踪美妇、欺负女友的故事结束在其中一个少年被人杀害在树林里这个悲剧上。《今晚》里的企伟,在小说的最后时刻自我防备瞬间松懈之下,还是经不起欲望的诱惑,出人意料地跟着一个陌生女人牵手走进了树林,而不是拿着刚买的避孕套回到在家躺着等他的妻子身边,更出乎意料的是小说结束在这一笔上:"'爱'字店的老板不会知道,他是这个世界上最后一个看见企伟的人。"这个小说其实完全可以不结束在这里,而结束在这笔之前,让企伟跟着那个陌生女人走进夜色,或者让企伟跟着陌生女人走几步,但还是心虚地全身而退,马上返身回到妻子的身边。但夏商还是执着地设计了一个更有颠覆性和震慑感的结尾,这也许正是他的小说结构意识和结尾诗学的经验使然。但这些安排如同我们上面所说,绝不仅仅只是一个"抓住"观众的噱头或"卖关子"的笔法,它们常常意味着作品所关注和揭示的思想肯綮之所在。如《八音盒》里的讨饭女孩,在故事的最后时刻忘恩负义地颠倒黑白将导致自己不幸的原因推在了好心救助她的欧阳亭身上。这个结果与整个小说的叙述内容给读者的期待是相反的，但恰是通过这一逆转，小说极大地深化了它的思想深度和广度，把一个社会问题和人性问题作了更为深广的展示，这个被人贩子一样的女人挟持着、以要饭为生的小女孩不仅过早地经历了人生的苦难，更过早历练出了对人事的某些"见识"，也许她的心灵和道德良知未被社会彻底污染，但求生的本能使她走进了一些歪门邪道，被生存所迫她才在故事的最后出尔反尔，将责任昧心推给了热心拯救她的无辜的欧阳亭。因此，更深刻的社会批判在这结尾的一笔中也得到了呈现。《零下2度》的结尾，一对萍水相逢、遭人抛弃的男女心照不宣地选择在最后时分同车驶入荒郊野外寒冷的河里。当然这也不见得是唯一合理的结尾，但夏商选择在了这样的一笔上，既出人意料又不悖情理，令人感喟、大可回味，其实这一安排也正是一种思想情感表达的关键所在。换句话说，好小说的结尾并不仅仅只是一个有关趣味、有关阅读快感的问题，它也是一笔思想情感的压轴，或者说深刻感人的思想情感的最后出场或暴露，能使小说结尾电光石火的爆发更具有内在的力量和思想的光华，更具有耐人寻味的艺术魅力。它不仅会促使读者重新回溯作品情节、回味品咂作品含义，还可能引起读者对作者下一个作品的期待。

二／修辞是一种微观的叙述

——以《乞儿流浪记》为例

夏商已出版的几部长篇小说中，除了《东岸纪事》的写实成分占据了较大比例以外，其他几部作品都具有鲜明浓厚的先锋色彩，多年以前批评家李敬泽指出："时至今日，夏商的小说开始呈露意义：它预示着新的小说感的来临。这些作品，不属于 20 世纪 90 年代而属于未来"。[1] 这句话暗示了夏商小说的"先锋性"品质的同时，我以为另一点也很重要，即夏商的小说是"属于未来"的。当然这也可以理解为同一件事情的两个角度的表述：未来的长篇小说，必须具有先锋的

---

[1] 李敬泽语。见夏商：《乞儿流浪记》，上海锦绣文章出版社 2009 年版，腰封。

品质;具有先锋品质的小说才有未来。而我以为在这里所谓的先锋品质中,最重要的一点则是在新的小说的叙述中:"故事的逊退,讲述的凸起"——在传统写实为主的作品中通常出现的社会生活描写和故事情节叙述的完整性、整体性和原生态般的世界外在风貌将被打碎,社会生活故事或主人公的命运轨迹将被作家的"叙述"任意宰割和重新编排。应该说,《乞儿流浪记》把夏商小说这种先锋讲述的方式作了典型的发挥。但有一个问题是,如果只是将原有的故事和生活形态描写的内容打碎重组,那么作品的体量、长度将无法减少,甚至还会因为打碎后必不可少的连缀语言而增加了作品的长度,实际上,分解和重组只是一个方面,甚至只是表面,更重要的在于,通过这种以我为主的处理,描写、描述的文字少了,事物、事情外在外部的描述少了,叙述将生活内容、生活现象提炼、浓缩了,因而一部小说的容量如果以原来的讲述方式展开可能需要远远比现在更多的文字,而现在作品的体量缩小了,但是它的内涵、它的阅读趣味和分量却没有减少反而更浓厚与厚重了。这恐怕正是先锋小说一个重要的特点和魅力所在。试想一部《百年孤独》,它的每一章读起来都叫人觉得趣味横生,但一章终了又总让人觉得像一个潜水者经历了一段不短的深水潜行,虽然琳琅满目的东西叫人始终睁大着眼睛、兴致不减,但终于需要从水下露出头来轻舒一口气息,让心神歇上一歇。夏商的《裸露的亡灵》《标本师》和《乞儿流浪记》这三部作品,包含的故事情节和人物角色都是很丰富的,但作者却都以轻便简洁的文本形态将它们承载容纳下来,这正与夏商这些小说的先锋性是一致的。问题是,何以叙述为主的先锋方式能够让小说瘦身却内涵不减? 达到有的论者所说的以"非常'经济'的笔墨传达出一种蓬勃自然"①的丰富内容呢? 从夏商的小说来看,这里的一个秘笈就是修辞艺术的创造性运用。

善于以"单刀直入、一针见血"的揭示和
论证话语式的修辞达到叙述话语的目的

传统修辞学主要关注的是以句子为中心的,相对于语法而言,旨在探讨句子表达效果的狭义修辞,广义修辞学的视野则超出了句子的范围,而指向"一种说服的艺术、一种辩论的技巧,简言之,就是对于话语或语篇说服力的研究"②。对夏商小说修辞学的探讨,首先要关注的就是语篇或话语层面的修辞行为。

传统小说喜欢对环境和事件发生的过程进行外围、表面的观察和描写,好像在复原、再现生活中发生的事情,但先锋小说可能会减少这种"缓慢"手法的运用而直接将事情的关键讲述出来,其他细节过程尽量交给读者去想象。比如有这

---

①　王尧语。见赵丽宏:《青春啊青春》,《上海文学》2020 年第 1 期。
②　郝瑞丽:《央视〈今日说法〉的叙事修辞学分析——以主持人的作用为中心》,《中国政法大学学报》2020 年第 1 期。

样的情节,蔫耗子和九姝离家当货郎后居无定所,这时镇上一个与狗相依为命的老裁缝死了,于是很多流民都想得到老裁缝的房子,却被裁缝凶恶的狗吓退了,但"九姝并未选择撤退,她的理由是,得帮它止住血。这样流下去,它会死掉的"①。于是,"九姝保持与狗平视,用目光告诉它自己并无恶意。"(84页)而狗终于也把他们夫妇认作了新的主人,因此"与其说是他们收留了狗,毋宁说,是狗收留了他们"。显然这段情节与传统的注重描写的小说写法大异其趣,在第一句中作者没有描写九姝的外貌、动作,而是采取了论证的话语表达方式,论证的关键词应该是这样的:"她的理由是,得……(否则)……"关于狗的伤情、状态、神态和九姝的心理过程、行为、语言,本该有很多文字来描述展现,但是作者似乎直透人心,一眼看到了问题的实质,他把这一实质陈述出来,具体的事件展开过程则由读者凭借自己的想象来"镜头化"处理。尤其重要的一点是,在这一句中,作者悄然改变了事情中各人的处境以及意向坐标与视角关系:原本九姝和蔫耗子与其他觊觎房子的人一样,关切的是自己别被狗咬了以及房子能否得到,但在这一句里,九姝的关切已经完全改变了方向,她甚至忘记了自己的安危,而是"换位思考""将心比心"地关切起了"狗"的生命安危!这一转化既有力地为读者刻画了九姝性格特征的重要方面,同时也为故事情节的延伸

① 夏商:《乞儿流浪记》,华东师范大学出版社 2018 年版,第 83 页。以下引用该书时只于文中加注页码。

作好了铺垫,为后面故事的转化埋下了伏笔。第二句描写了九姝动作中的一个关键点"保持与狗平视",接着交代了这个动作的目的,也是简洁有力地起到了描写的作用,但用墨极其俭省。而"与其说是他们收留了狗,毋宁说,是狗收留了他们"这种句子完全是一种总结性的话语,它把人狗从对峙到和解、相互接纳的过程勾勒了出来,令人对事情的过程产生更真切的理解和回味。

"俗话说不打不相识,刘大牙用一大锅喷香的蛙肉和两个年轻人捐弃了前嫌,实际上,仇恨和友谊往往就在一念之间。物以类聚,人以群分,说到底,他们都是混世魔王,目中无人,吆五喝六,是天生的酒肉朋友。岁月蹉跎,他们的义气愈加牢固,成了两肋插刀的兄弟,江湖从来就是如此,有时候看上去真像一个笑话,那么寡廉鲜耻,又那么古道热肠。"(94页)这段关于刘大牙、赵和尚兄弟等几人之间关系的文字是总结式、论证式的话语方式,但又简洁生动地刻画出了他们之间关系的形态与实质,读来耐人寻味。

"留下来是因为好奇心。每个人都想知道自己的来历,这是本能。"(101页)在描述王老屁兄弟相认过程的时候,作者这句哲理性的语言,同样发挥了描述的功能,省却了对王老屁如何从不信,犹豫到留下来,终于与赵和尚相认的大量描写语言。

造桥临时指挥部曾被迫要求蔫耗子们放弃麦地,但蔫耗子坚决不同意,到指挥部大闹一通。小说写道:"也不算白闹一场,指挥部作出了妥协,让他成立种麦队。……除了刘大牙和赵和尚兄弟,做糖人的阿旦也加了盟。要知道,名单虽是蔫耗子定的,事先不会不征求入选者意见。由此表明,他已与阿旦和好。"(102页)在这句话中我们看到,作者灵活的笔法,回避了顺着交代蔫耗子和阿旦和好的事实,而是换了一个角度,以推测方式,用一个论证话语——"名单虽是蔫耗子定的,事先不会不征求入选者意见。由此表明……"——省略了蔫耗子与阿旦和解的过程的描述。同样关于蔫耗子和阿旦的关系,有这样几句:"当九姝从生活中消失后,他怨恨的对象转移了,他发现真正恨的其实是九姝。说到底,是她绝情地逼走了他,将他扫地出门,沦为浪迹天涯的人。……决定重新开始生活。他迫切想见到阿旦,不是为了报仇,是为了倾诉。……他对阿旦没有一点一滴恨意,旧棉絮般的郁闷堆积在心中,那些糅合着杂质的郁闷,只能用唠叨来化解。"(103页)我们不好说这样的文字与描写或心理刻画无关,但它们又与传统的心理描写大不一样,而主要采用了论证话语的方式,它们更加凝练和耐人咀嚼,起到了描写、刻画、叙述、论证兼得的艺术效果,是一种笔墨凝练的写意式刻画语言。

"长距离徒步要保持一根直线是不可能的"(57页)这像是科学的语言;"与其说她跟麦田作着较量,不如说跟绝望作着较量"(58页)这是心理学式的语言;简洁有力的两句话有力交代了鬈毛在麦田里迷失的原因、过程乃至心理状态。

"麦田上火光冲天,恍若不慎陨落的太阳在痛苦翻滚……尚未被点燃的麦子噼里啪啦大声惨叫""火焰吸纳着半空中的水分,鬈毛虽远离现场,因为处在下风口,仍能感受到越来越稀薄的空气,口干舌燥产生窒息之感"(146 页)"鬈毛吓坏了,不知道是什么导致这个男人做出如此反常的举动,她跟着跑了一段,试图劝阻他,幽蓝的火焰在搓揉,把河水映得铮亮无比,暗下来的天色如同将火包住的纸,怎么焚烧也不会化为灰烬。"(153 页)——富有科学性的想象力给比喻以强大的渲染力。"粼粼波光中,若隐若现的鱼脊如同孤独的银色鞭子,将河水抽打出瞬间复原的透明伤痕。"(156 页)"抽打""伤痕""复原"这些语言精确生动地刻画出了在特殊时光中鱼跃水面的情境。"虚汗从后背直达指尖。忽然用手捂住嘴,把掌心摊开,一颗牙齿展现出来……她仍是一个女童,一个被生活遗弃的卑微乞儿。……四面笼罩在水天一色的浩渺里,雾霭吸附着一望无垠的涛声,小木船已是凋零在江面上的枯枝败叶,鬈毛看见船头上站着一个人,那是来福在卖力摇橹的背影,躺在她身边的来福纹丝不动,右手仍被她攥着。鬈毛一机灵,魂魄出窍的恐惧扫荡了她,即使做好了赴死的准备,真的面对亡灵,她的意志还是溃败了。""她受到挤压的躯壳有点变形,手掌仍死死抓住木头,对大江来说,她只是一根抛物线上的黑点……她抓住木头,求生的欲望和意志无关,而是源自原始的本能。"(158 页)这种客观、科学化的语言让描写更加准确,甚至有了一种冷金属的感觉。现代大诗人艾略特有诗要逃避情感、逃避个性的说法,这有时被人误会了,艾略特正面指出的"在艺术形式中表现情感的唯一方式就是找到'客观关联物'"[①]的观点却被忽视了。其实诗歌或文学的基本功能就在于表达感情,实际上艾略特正是倡导一种用"客观化的描述"以达到对情感准确传达的现代性艺术手法,这如同说笑话的人必须自己先绷好了表情,作好对笑话本身的描述才能使听众得到饱满笑感的原理是一样的。现代小说这种冷金属一般的客观化、论证式话语正是艾略特所说的艺术原则在小说中的体现。这种修辞特点使现代小说的修辞风格更加个性化了。

蒙太奇式切换修辞、跨界修辞与混沌的生活诗学

先锋小说对故事情节的切割常常也是借助修辞手法来实现的。夏商小说善于将故事情节通过感受融合、跨界修辞和蒙太奇式的跳跃组合来达到讲述的分合转换并实现情感氛围的营造。

如写见过阿旦几天以后,蔫耗子去阿旦的住处串门,见到了国香这个"骨骼粗大,四肢纤细,女生男相"的女人,小说站在蔫耗子的视角写道:"她看上去像是淫邪的化身,对这样一个厉害角色,蔫耗子替阿旦产生了担忧,觉得自己的兄弟

---

① 张隆溪:《二十世纪西方文论述评》,生活·读书·新知三联书店 1986 年版,第 38 页。

根本不是她的对手。"（109 页）小说的第 15 节在此结束，而第 16 节以"果然，没过多久阿旦就来诉苦了"切换到新的情节，开启了小说叙述新的时空画面和故事进程。

这种手法在夏商的小说中运用得非常娴熟，与之相关的是，夏商善于作漂移跨界的修辞。比如：鬈毛发现酱油痦死了，"可她丝毫不觉得欣喜，相反，她难过极了。……鬈毛流下了泪水，与刚才惆怅的泪水不同，这一回她哭得更加陶醉"。（170 页）虽然随着身体的发育，在与来福构成的三角关系中，鬈毛越来越朦胧感到酱油痦是自己的一个潜在对手，但毕竟是酱油痦和她父亲搭救、收容了她和来福，因此她和酱油痦是相依为命的朋友，此刻她不由得哭得极其悲伤，但作者却用了"陶醉"两个字来描述她哭泣的状态，起到了意想不到的修辞效果。"陶醉"通常用在积极性心情状态，描述的情感与悲伤一类相反，但作者却采取了"跨界"的修辞挪用，拈出了"陶醉"一词中"动作表现情态"的中性部分来与鬈毛的悲伤哭泣相组合，达到一种强烈的修辞效果。

再如写，鬈毛发现自己长大、对自己有了新的认同的时候有这么一笔："她已经脱胎换骨，经过一番清洗，呈现出女人的性征。虽未完全长成，胸前鼓起的小不点的乳房和正在打开的胯部，倒映在诚实的池塘。"（207 页）同样，结尾一句中的"诚实"二字一般用在有生命的事物甚至只是人的身上，但作者把它挪用在"池塘"这样无生命的事物上，就产生了意味丰富的表达效果，一下子提高了这段叙述的审美价值。

鬈毛在捣乱后藏在了树上，这时"一束手电筒的光射中了她。灼热的光柱烫伤了她的皮肤……可怜的小女孩被一个打手抓着头发提起来……"（176）在这一句中"灼热""烫伤"本是一个物理性描述的语词，但其实是被用来作了一个情感心理的表达，在了无痕迹的隐喻中有力渲染出了鬈毛的心理感受。

如果上面所说的跨界修辞是作者一种艺术表达方法形成的结果的话，小说中还有一类"混合"表达，则完全得力于作者对生活或生命存在的杂糅性、混杂性、交织性本身的敏锐捕捉而形成的一种综合修辞效应。如在黑杠头死后，阿旦和国香重新走到一起之后作者写道："风骚的国香被嫖客们冷落了……阿旦却适时爬上她的床，她心里明白，阿旦这么做是知恩图报，可能还掺杂少许的同情。尽管如此，她还是爱上了阿旦，她明知故问道，阿旦，我丑么？阿旦嗯了一声，很丑。她又问，那你为啥还来？阿旦道，工地上头一个觑你的是我，最后一个也得是我。"（213 页）这段文字的字数不过寥寥数十字，但却容纳了丰富的生活内容和人生情感，它有点像是一种混账诗学、矫情表演，里面有阿旦的混账道理，混账情感逻辑，但他的混账中也有善意与同情、豪气与自矜，有国香的矫情、嗲气、虚荣，也包含了国香的失落、自知、无奈和自欺般的执着。这些内容不仅真实可感可信，而且包含了丰富的道德和世故、情感和肉欲、义气和算计。

这种混杂性是生活的本然,不仅表现在一时一事上,也折射渗透在人物的性格和对生命的追求中,比如黑杠头和国香的关系就演示着这种混杂性:"黑杠头固执地认为,他和国香仅仅是这样一种似是而非的关系,既然没成亲,就不用劳神会戴上绿帽子……她从黑杠头撇开的嘴角看到了对自己的冒犯……我要做你老婆。……黑杠头伸起脖子,这时他才明白,国香并没逗他玩……他们不都叫你老板娘吗?……不行,我要的是拜堂入洞房的那种。"(185页)"怎么就没想到跟她是一路货色呢"(186页)黑杠头与国香合伙开窑子也住在一起,作为女人国香终不甘这种名不正言不顺的男女关系,因此她认为"女人一生一世就得他妈的嫁一次"。(186页)然而黑杠头却有自己的打算,他不想与国香正式拜堂,因为那样的话他会"感到自己是个傻瓜,会被人戳着脊梁骨骂"。(186页)这两个男女虽然沆瀣一气干着龌龊的勾当,但他们又有着各自的文化认同和身份意识,在他们这里生活的鄙俗、浑浊、脏腻与人生的愿望、认同混杂在一起。

其他种种修辞小技巧的综合运用

《乞儿流浪记》一如夏商的其他小说,其他各种小的修辞技巧的运用也丰富多彩。如:小木船被浪头打烂以后,鬈毛落入了汹涌泛滥的水中:"她完全不谙水性,更可怕的是,元神并不在她颅内，她既是活着的亡灵，也是死去的别人。"（159页）这里最明显的是使用了伪陈述的手法，如果一个人有"灵魂"，那么如何是"活着的亡灵"，又如何是"死去的别人"！这种在一个人的灵魂与肉体不可分离的地方进行分割、区分的手法，使得在一个原本不可展开叙事的空间里拓展出了叙事，并且把人的特殊存在状态以"断言"的方式作出了描述。

再如："一只遒劲的鹅形大鸟……看见了小木船，扑腾过来，把纤长的脖子搁在甲板上，双目合拢，将目光遗忘在眼珠之外，头颈一歪，死在了自己的阴影了。"（156页）这一句更为典型：目光应该只能在眼珠里或从眼珠里发出来，但作者却将不可分离的东西分离开来并且以客观冷静的语气叙述说鹅形大鸟"将目光遗忘在眼珠之外"，而"死在了自己的阴影里"也将"形影不离"的"形、影"给出了一个分离的预设或暗设，从而在人为制造的"夹缝"展开了微观的情节。

"她对牙齿的主人充满鄙夷"（169页），"牙齿"本是"主人"的一部分，但通过如此叙述修辞，它们成了两个独立的"实体"。"处于癫疯状态的九妹令蔫耗子心酸，与从前那个腼腆的女孩相比，她陌生得像鬼魂附体。"（85页）一个人的另一副状态被换成了一种两个事物局部替换的新组合，形成的修辞效果则超出了寻常。而下一句更妙："距离天亮不远的时分，刘大牙回来了，光着上身，提着用衣服做成的布袋……乐呵呵提着一片蛙声站在门外。"（93页）刘大牙抓了一晚上青蛙，早上满载而归，提了一衣包青蛙站在了门口，作者巧妙地以虚代实说刘大牙是提了"一片蛙声"，生动地描绘出了当时的情形。"牙齿""魂魄""蛙声"的提取与单用，也可以看成是对传统"借代"修辞手法的灵活运用。

阿旦把九妹怀孕的消息告诉蔫耗子并根据情况推断出这孩子的爹并不是蔫耗子的时候，"蔫耗子点点头，点得非常困难，他不想点这个头，是一只无形之手在用力按他后脑勺。因为痛苦和屈辱，他眼泪汪汪，上嘴唇碰着下嘴唇，哆嗦个不停。"（113页）——"一只无形的手"这是化虚为实的修辞手法。

"一开始就给我几颗麦粒，现在你们瞧瞧，我的麦田一眼望不到头了。""这样搞麦子，当然没力气搞女人了。"这说的是麦子，也对应着蔫耗子人生的另一种颗粒无收的悲凉与失落。"如果麦子是赎罪的方式，他就没有理由嘲笑兄弟……他的立场也影响了刘大牙和赵和尚兄弟，他们不明就里，带着率性的盲从，为蔫耗子挺身而出，乃至后来还参加了他的种麦队。""一纸退耕还地的通告把蔫耗子的梦想击碎了，不但实现不了他的宏图大志，连眼下的成果也保不住。可以想象，要蔫耗子放弃麦田意味着什么，一股热血瞬间灌满他的头颅，他提着一把收割用的大镰就出发了。"（129页）在这里，在整部小说中，麦田和种田都具有着象征的意义，是一种生命存在方式的象征，因此"行将被荒弃的麦田就像一个绿色祭坛，奉祀着蔫耗子的汗滴和绝望"。（131页）说到象征、寓言,《乞儿流浪记》中的人物"鬈毛""酱油癞和渔夫"等都是象征性角色,而"窑子""梅毒"既是写实叙事中的事物也是象征和寓言的事物。

在这部小说中,夏商还巧妙地运用了"视差"原理,或者说捕捉了不同人物不同时刻对同一现象的错位理解与领会。如鬈毛见到蔫耗子的时候有一段叙述:"鬈毛抬起头来,问道,我哥哥活着的时候,说你是我爹,是怎么回事?又黑又瘦的男人愣了愣,你哥哥没听明白我的话,我说你是我老婆的女儿。我是这么对他说的。……那是我们家的狗,不过也是你娘的狗,还给你也行。"(152页)"你是我老婆的女儿"这句话对一般的听者来说当然会理解成"你是我女儿",然而结合小说中故事的实际,从逻辑上说,"你是我老婆的女儿"又的确并不意味着就是"我的女儿",而且这个身份问题还正好关系到蔫耗子痛苦难堪的伤疤,因此这个误解、误传起到了非常巧妙的修辞效果。另一处特别显著的是,为了找到阿旦,蔫耗子请刘大牙在电影播放的间隙大声喊叫"阿旦"的名字,因为他自己腼腆,不愿意大庭广众暴露自己。于是刘大牙"就猛地站起来,形同一棵暴长的树,大声吼道,我是蔫耗子,我要找阿旦,我是蔫耗子,我要找阿旦。"蔫耗子一听急了:"他妈的怎么这样吼,人家都当成是我吼的了。""刘大牙道,本来就是你吼的,你还赖谁?"(105页)蔫耗子没有想到刘大牙会以自己的身份喊叫,可是对刘大牙来说这么喊叫是自然而然、合情合理的,因此这里的冲突就在于蔫耗子的预期与实际情形发生了错位，这也可以视为一种"视差"效应，这种"错位叙述"不仅超出了人物的想象与预期，也超出了读者的想象与心理预期，因此不仅富有阅读效果，而且符合生活的逻辑，是好小说所不可缺少的。

在《乞儿流浪记》中，还有很多修辞技巧值得总结，但总结起来又难免琐碎，因此要领略这部作品的修辞之妙，最好的办法还是请读者自己去阅读原作。正是这些多样、丰富的修辞技巧的综合运用，才使得夏商的先锋小说得以实现以简约的篇幅容纳丰富的生活内容。因为这些丰富、精巧的修辞运用里，如同我们上面所列举分析的，充满了可以展开、挖掘的丰富生活内容或故事情节，它们使得这些小说的语言比传统小说更耐人寻味、赏心悦目，读这样的小说语言，有时给人以"语如凿翠"①的感想。记得有一段时间，大家对汪曾祺先生的一个说法津津乐道："写小说就是写语言。"②但仔细想来，这句话应该只适用于小说写作的最后阶段，"胸中之竹"走向"笔下之竹"的过程，而对小说写作来说更重要的恐怕还在于对生活的领悟和如何酝酿"胸中之竹"吧。但无论如何，走向"笔下之竹"的过程不仅是必不可少的，而且对先锋小说来说，是非常重要的，在这个意义上我们才可以说"写小说就是写语言"吧。夏商富有创造性的小说语言修辞运作可以作

---

① 明·陆时雍语，见《唐诗镜》卷三十九。
② 汪曾祺：《小说的思想和语言》，见《汪曾祺全集》（第 5 卷），北京师范大学出版社 1998 年版，第 49 页。

为对这句话很好的注脚。

　　当代美国文论家保罗·德曼认为："语法与指涉意义之间的差异（divergence）就是我们所说的语言的修辞（figural）维度。"就保罗·德曼的修辞概念而言，夏商的小说充分彰显了这一点，他的作品启示我们，对先锋小说来说，修辞即是一种微观的叙述。

三 / *流动透明的空灵*
——夏商小说的美学特点

夏商小说，特别是他的中短篇小说在美学上有很多特点，比如在叙述上具有浓厚的先锋色彩，往往打断了生活或故事原有的秩序而重新按照自己的某种艺术旨趣作出处理，同时他的小说常常追求一种戏剧性，这两个方面都涉及小说的整体布局和故事情节的安排，而在更具体的表达层次，他的小说则表现出对修辞的注重，隐喻比喻、伪陈述、象征等等，都有广泛的运用；从美学角度而言，他的一部分中短篇小说追求一种气韵流荡、晶莹疏朗的空灵之美。

《口香糖》是一篇戏剧性很强的短篇小说,它给了三两个
场景,演示了几幕人生的片段,对人们婚姻爱情生活的真实
情景作了巧妙的呈现。作品选择的主要舞台是一间都市的
酒吧。你看:"入夜时分,吧台后面的亚诺擦着一只玻璃高脚
杯。没有点滴的灰尘,也不能有细微手印。亚诺的脸孔和玻
璃杯一样冰冷,散发出如同刀锋的寒光。"这完全是一个电影
的近镜头。我们知道,现代都市酒吧是一个极其光鲜的场
所,这种场所往往窗明几净、装修讲究,又因为摆设着酒瓶、
酒杯等各种酒器,就更显得有一种空灵之美。作者所刻画的
"玻璃杯一样的冰冷""刀锋的寒光"更增加了这种空灵感的
现代色彩。而亚诺这个调酒师的动作也透出简洁和精确的
色彩,换句话说,没有拖泥带水,没有粗糙和简陋,这自然与
空灵之美有着曲折的相通。"能够解释他孤寂心态的除了缓
慢而精致的手势之外,是左腮那块不停嚼动的咬肌,和淡而
无味的口香糖。"孤寂的心态、重复的嚼动与"淡而无味的口
香糖"一致,显示着人物内心的空无,给这个空灵的环境增加
了现代乃至后现代的消极色彩和落寞情味。"他离开吧台,
来到大堂,推开若干扇门中的一扇",这个现代性的场所虽然
被一扇扇门隔成了多个狭小一些的场域,但一扇扇的门,又
意味着敞开与连通,乃至空透。而且在一个小空闲,罗雪芝

在亚诺柜台后的小房间无意中发现,那里有一个窥视镜头,可以让亚诺看到各个包间里的情景。这在某种意义上增加了酒吧的透明感。亚诺制服的简洁齐整不用说了,甚至女招待的旗袍也是很透明的,它不仅贴身,而且旗袍本身就开着"气",难怪亚诺看到罗雪芝要暗自惊叹道"她的背影,有点像景德镇的葫芦形插花瓶"!

场合方面的空灵不用细数,更重要的是故事。罗雪芝来上班,这是第一天,这是一份在特殊场合的特殊工作,于是她的丈夫、现在一家水站送水的下了岗的前工厂小干部也随后而来坐在了酒吧的一角,罗雪芝像对一个陌生客人那样走到他的面前,他理直气壮地表示自己并不花钱消费,她虽然觉得丢人但当然懂得他的心思。这是第一天的场景。另一个场景在新加坡华人——罗雪芝从前的闺蜜和同学许明洁的房间,许明洁是这家酒吧的老板,她打算叫罗雪芝随后帮她经营。她也说了从前没有说起的秘密,许明洁当年更早和罗雪芝的丈夫相处,后来他转向了罗雪芝,而许明洁则认识了一个新加坡人,他的财富打动了她。最后一个场景又回到了上一天的酒吧,场景几乎一样,只是罗雪芝的丈夫比前一天多了一份老练,他要了一杯免费的柠檬水。更重要的一笔是,一会儿进来一个四十多岁的男人,他把亚诺叫到一旁小声带比画地说了一通,看得出来是有关罗雪芝的。完了这男人转身走了。一会儿之后。罗雪芝的丈夫也不知何时消失。而亚诺像刚才那样擦着杯子、嚼着口香糖,不时投向罗雪芝的短暂一瞥里多出了某种特殊的意味。这就是小说交代的基本内容,留下了很多空白点:那个四十多岁的男人是谁?他和亚诺交涉了什么?他是罗雪芝的丈夫请来的吗?是来警告亚诺别在罗雪芝的身上打什么主意吗?

作者没有坐实这些与情节有关的内容,作者的叙述安排有时将一部分社会生活现象的描写归之于"无迹",即把一些细节省略、悬置了,生成了一种艺术的留白,这样就规避了对生活现象满篇具体实在的刻画,而使作品在内容上形成"有无"相生、相映的艺术效果,于是作品变得更加耐人寻味,也增加了空灵之感。[①]

与《口香糖》有某种亲缘性的是《水果布丁》,它们在场景上有相似点,后者的故事有两场戏,一个在办公室一个在咖啡屋。华秋姬是五官精致的美人,现在坐在招聘单位即一家广告公司人力部经理韩回的办公室。她学实用美术,还喜欢诗歌,因此很有文艺气质。但工作经验是她的弱项,而且外地生留下来更有难度。不过韩回经理虽然不是业务方面的专家,但还是对她设计的作品感到满意。这时另一家广告公司的老板鲁家风打进电话,他和他年轻的妻子都是韩回的同学,他们要"顺路"来找韩回聊聊,打算在附近的咖啡馆见面,韩回就顺便邀请华秋姬一起去坐坐。到了旁边的酒吧街一

---

① 简圣宇:《中国传统意象理论发展历程刍议》,《中国政法大学学报》2021 年第 2 期。

家咖啡屋,韩回向华秋姬介绍了广告界的精英人物鲁家风。然后各人点自己的饮品和喜欢的点心。华秋姬想要水果布丁,但这家咖啡屋没有。鲁家风提议唱歌,他招呼妻子马琪和华秋姬先唱,他起身示意韩回先一起离开一会儿。事实上鲁家风是想向他这个白领同学借一笔钱。一会儿,韩回和鲁家风回来了,看得出鲁家风的神色黯淡。鲁家风唱完了一曲,和妻子告别走了。华秋姬也知道了鲁家风的广告公司出了点问题,这一行的饭不好吃啊。该华秋姬唱她点的《梦醒时分》了,这时服务员进来,把从外面买来的水果布丁放在了茶几上,她唱起来,韩回欣赏着,他想,她穿上旗袍会是什么样子呢? 两个场景里的短暂两幕呈现了职场生活的一隅,对华秋姬这样马上走向社会的年轻人而言,生活充满了不可捉摸的变数。也许她会是幸运的,但未来生活的周围无疑也潜藏着各种不堪入目的人事景象,就像小说场景描述中暗示的那样。如果说她前来招聘单位面试是一个约定行为的话,招聘主导者对她的初见印象则是出人意料的,而更在意料之外的是她被邀请与人力经理同去咖啡屋应酬,与没有事先约定的朋友会面。他们的职场经营成败是风云变化的,人物之间的交往也充满了随意和偶然。小说没有中心事件和中心主题,只是呈现了生活的瞬息万变和动荡不定,在流动中作品通过两个场景捕捉、描绘了现代都市流动变幻的生存景观。那个水果布丁不仅是弹性、细嫩的,甚至有一种透明感,而且它的有无也是可以即时变化的。小说像是没有主题,这与走进咖啡屋的另一位女士的香水一样,有一种缥缈之感。

二

把生活的流动性彰显得更加鲜明的是《金色镶边的大波斯菊》,它讲了两个朋友分手前一段短暂的送别行程里发生的事情:谢文和江术拼车过江,江术的边上坐着一位漂亮时尚的姑娘,江术假装打瞌睡把手搭在了姑娘的后腰上。四目相对,似乎被突然征服,姑娘露出带些风情的虚假怒容。姑娘叫吉娜。与此同时,他们发现刚才捡到的受伤鸽子嘴里掉出一张小纸棍,上面写着一个 BP 机的号码和一个叫"薇薇"的名字。江术很快联系上了薇薇。他们随吉娜来到了她上班的夜总会。当领班的吉娜给他们领来最漂亮的莉莉,江术在下面宾馆开了一间客房,他先叫谢文过去,接着薇薇也赶到了,他叫她去找谢文。他自己和莉莉先在这里唱歌。也就半个小时,谢文来电话了。原来,谢文发现了薇薇背上那个文身隐藏着一个秘密——那里是一个很长的刀疤。这触到了薇薇的伤处,她不声不响起来穿衣服,流下了眼泪,拿起包走了。谢文是从北京过来出差的,明天就要走了,江术建议他和莉莉在一起待会儿,然而谢文已没有了兴致。这时住在成都的朋友方小方打过电话来,告诉他们一个坏消息,他自己得了癌。江术的几句话给了方小方安慰。一会儿江术的手机又响了起来,他听到了方小方女友的哭诉,就在刚刚,方小方从十六楼跳下去了。江术和谢文在街头抱头哭了起来。情节的叙述一如他们短暂的相聚,行云流水又涟漪回环牵连,在峰回路转的场景变化中不经意地扯出几个城市漂泊的特殊女性和她们光鲜生活背后充满伤痛的经历……。萍水相逢的不仅是人物,更是他们每个人的命运。我们醒悟到那些在城市街头从我们身边"擦肩而过的人流不再是随风飘零的枯叶,而是游走的行吟者,他们或在讲述一则不朽的寓言,或在编织一则瑰丽的传说"①,但也许只是在没有观众的扮演一场黯淡的哑剧。这篇小说里的生活就是这样,种种的历险组成并不封闭的连环,流动和偶然性让故事摇曳多姿,叙述间流荡着某种料峭的气息,让人觉得字里行间寥落疏朗,毫无凝滞闭塞之感,而有一种叙事的空灵,而叙事的空灵更衬托出生活的沉重、郁闷乃至荒凉与空无。

《刹那记》的标题就暗示了对瞬息万变世界的某种禅性的凝目。张雷和蓝帕尔曾是劳动局第三技校的同学、好朋友,而且住在同一幢楼。技校二年级的夏天,他们横穿马路去追赶两个漂亮女生,在决定了命运的一瞬间发生了一起车祸。当时张雷在前蓝帕尔在后,由于注意力全在两个女生身上,张雷差点被一辆汽车撞倒,蓝帕尔急忙去拉,自己却被反向的另一辆车撞翻在地,从此蓝帕尔失去了一条腿。若干年后好友张雷夫妇好不容易瞅到一位合适的姑娘介绍过来,在

---

① 王陌尘:《〈标本师〉:一则解剖人性冰山的寓言》,《文艺报》2017年5月17日,第3版。

见面的餐桌旁,蓝帕尔发现这姑娘也跛着一条腿。他当即拒绝了这姑娘,其实是拒绝自己的命运,多少有些扭曲地保护着自尊。充满阳光的夏天,两个技校男孩横穿马路追赶两位漂亮的女生,这是快乐到心跳的事情,可以定格到记忆里的画框成为一个永恒的快乐画面,但天有不测风云,瞬息之间两个男孩的命运出现了诡谲的情形和出人意料的转换,张雷有惊无险,蓝帕尔却因好心引发意外,蓬勃的生命、活蹦乱跳的青春遭受厄运摧残,最终和好友的人生形成难以接受的对比。刹那时间中的变幻与前后一定跨度的生活变化,特别是相亲见面之际蓝帕尔对另一方跛足的发现,受到的心理冲击与作出的命运抉择,都使小说具有了某种类似佛境的空悲之感。小说关键时刻的瞬息万变和前后形成的对比,则给人流荡变幻的空灵气息。

《集体婚礼》也渗透出一种对人世与人生的空灵悲凉之意。在参加一场百对新人集体婚礼的中途,季有诚发现一个盘着堡式发髻的新娘在哪里见过。他终于想起这是自己大学同学荆一丁的前女友,当然她现在是和别人相偕步入婚姻殿堂。这姑娘也认出了季有诚,在跳舞环节,季有诚还是若无其事地邀请她跳了一曲。曲罢季有诚拐进了洗手间,禁不住泪流满面。因为就在毕业那年的夏天,这个当年做餐馆服务员的姑娘迷住了荆一丁,她接受了荆一丁却又被荆一丁甩了。不久,荆一丁就被一辆饭盒车撞倒在地死亡。占有了一个满怀期待的姑娘又将人家甩脱,的确是一个不道德的行为,但因此就被置于死地也是残忍之事。罪过是双重的,生命的恍惚和无常与佛家的空悲之念声气相通,在一个盛大欢乐的集体婚礼上,季有诚却因偶遇而被勾起依稀苍凉的记忆,也同样是欣悲交集。时间的跨度,人事的变幻不定,同样透出一种空灵意味。

《金陵客》也是在运动中展示人物的世界和他们的内心。时尚杂志广告部经理金陵客从南京来,在上海只逗留一天,傍晚宴请一些老朋友吃饭。有一个留日归来的女士叫张云,是他在来沪的大巴上偶然认识的,或者说重新认识的,因为他发现这位女士很像自己小时候的一位邻家姑娘,一问果然。张云现在开婚纱店,她想在上海开连锁店。她没有如约来金陵客的饭局不是拒绝他,而是一再约金陵客在另外的宾馆单独相见。于是,饭局散后金陵客又来电话约"我"以及正和"我"作伴的模特秀拉一起去张云所在宾馆的旋转餐厅再聚。赶到宾馆再次巧遇刚才在咖啡店遇到的故人帅孟棋和他的女友、四十多岁的日本人宫泽惠子。凑巧的是帅孟棋与张云在日本时也认识,在日本的上海人有一个社团,他们在那里多有相见。宫泽惠子不仅婉拒了金陵客共聚旋转餐厅的邀请,而且显得脸色不好。到了旋转餐厅,金陵客却借故把"我"招到洗手间说话,其实他是在"赌"一个抉择,如果"我"来了,他马上就离开这里去车站,如果"我"不来他就留下来和张云做伴,他考虑到很多女人在日本并不仅仅是靠通常的工作立身,他担心会不会因为露水姻缘而染上难以启齿的暗疾。说罢，金陵客大踏步走向电梯，为了阻止他这种不负责任的退场，"我"跟进了电梯，在电梯中途停靠时，却又遇见帅孟棋沮丧地走进来，他的领口还有点破损，他冲着"我们"苦笑了一下，到了底层就匆匆告辞而去。"我"很懊恼地回到餐厅，恶作剧地把张云叫到一边对她说，金陵客担心自己的梅毒伤害到她就不辞而别了。现在就剩"我"和秀拉了，"我"把她的手握住，但"我"和秀拉彼此心照不宣，我们不会选择和对方结婚。这样的情节，如同一阵小旋风在上海的几个街区、场所迅速刮过。风流云散般不断转移和变化迅速的轻快节奏有一种轻逸之感，与那些场所精致剔透的风格极为和谐。男女主人们之间缱绻缭绕让字里行间洋溢着后现代的风情景致。这段故事有点像过去年代的儿童们爱玩的翻绞游戏，橡皮筋在两个玩伴的四只手指间迅速变换位置和结构，看似复杂，实又简单，简单玩具上的错综变化就带给人眼花缭乱的快感。流动和变化的生活与光鲜现代的环境、时尚的衣着、精心的化妆交相辉映，显现出一种现代气息，有着"羚羊挂角，无迹可求"的晶莹、轻巧、灵妙。

三

不过，夏商这些小说所呈现的空灵，和传统的古典意味的空灵并不完全相同。空灵不仅是一种艺术表达中的有无、虚实、疏密、敞闭的处理，它还关系到艺术表达的内容。古典

276

的空灵在内容上多靠近自然的秀美与变化无穷,比如山川湖海的广阔、天宇四极的高远、时间光阴的易逝、风云波涛的变幻、寒温季节的循环、生命万物的多姿等等,而它所要表达的更是人类正面的思想情感和精神境界,往往折射出人类灵魂的超凡脱俗和胸怀心地的博大明朗。孙犁先生评价莫言小说《民间音乐》时所说"空灵"正取这样的意涵:"主题有些艺术至上的味道,小说的气氛还是不同一般的,小瞎子的形象,有些飘飘欲仙的空灵之感"。① 因此可以说,高妙的手法、风雅的内容、旷达的胸怀构成了古典空灵美学的重要成分。而夏商小说作为一种现代叙事文体的作品,所表现的内容已经远离了古典空灵的典型领域,而主要在叙事艺术的虚实、疏密、正侧、迟捷等方面表现出空灵美学的意趣。夏商小说的思想内容,更多是对现实的反映,呈现出人性、人生的复杂、暗淡甚至卑污、恶劣的存在维度,表现出对人性、人生、社会问题的反省、批判和对个体生命的悲悯与关怀。

《一人分饰两角》以旁敲侧击的叙述手法巧妙展示了社会底层的某些景象。职业保险推销员桑蚕凭着卖力认真比别人赢得了多得多的客户,目前他在和一位叫常羽的姑娘谈恋爱,对未来充满了希望。但这天他遭到了两个歹徒的抢劫。歹徒划伤了他的额头还抢走了他的手表。他向常羽说了自己的新打算,今后不再做辛苦又冒险的保险推销了,他想和她一起开家书店。但是桑蚕不知道常羽还有另一个名

---

① 孙犁:《读小说札记》,《天津日报》1984 年 5 月 18 日,文艺评论版。

字——雪莉,这是常羽做小姐用的艺名。这会儿一起当小姐的葛娜一遍遍给雪莉打电话,刘保和成卫东在等她。葛娜无意中看见刘保的袖口有血迹,她惊叫起来,成卫东连忙说那是吃肯德基沾的番茄酱。没有等来雪莉却先等来了尤丝露,她给自己的胸部垫了很高的海绵,她想跟雪莉争抢那个喜欢丰满、出手大方的日本人。常羽辞别桑蚕赶到葛娜她们那里,葛娜悄悄告诉了姐妹们自己在刘保衣服上看到的血迹,她的怀疑包括刘保手上突然出现的浪琴表。葛娜使了个眼色,三个姑娘扭身走到了外面,见到一辆出租车准备上车,刘保、成卫东追了出来,他们凶相毕露,葛娜和雪莉反应快,钻进了出租,尤丝露却留在了外面,出租车急忙开动,向城市深处奔去。这个小说也是截取了城市生活的一小会儿时间里的流动性情景,却折射出一批年轻人的生存状况、谋生方式和他们不同的品行操守。雪莉、常羽两个名字一个人,代表了分饰的两种角色,一个是"清纯少女"的定位与认同,一个是风尘女子的身份与承受。从小说的只言片语中可以看出,葛娜、尤丝露和雪莉虽然很可能为了生存在城市里干着不为法律、公序良俗接受、认可的营生,但她们的心底有基本的善良和分寸,她们不会干伤天害理的事情,而刘保、成卫东们可能是她们的牵线人兼保镖,不免兼干着铤而走险的勾当。小说没有正面描述刘保、成卫东抢劫手表的过程,却通过人物的关联把抢劫事件与桑蚕、刘保、成卫东以及几位女性关联起来,最关键的是把常羽和雪莉分饰的两个角色简捷地连接了起来,同时也把刘保、成卫东和雪莉们合作的生活与他们另行从事的勾当关联起来。刘保们的抢劫和雪莉们从事的色情营生都不是作者所要正面展开的社会生活内容,如同标题所示,小说的用意就在对雪莉(常羽)"一人分饰两角"的特殊人生处境的展示。这才是小说的真正关切所在。显然这是在呈现一个问题,记录一种人生或社会现象,因此《一人分饰两角》在艺术手法上虽然多有空灵之妙,但它的内容在于对生活中的灰暗、阴郁、沉重层面的反映。常羽一人分饰两角,对比之中也可见她一定程度的自我放弃和对纯真美好人生的内心认同与向往。这种矛盾的精神心理状况可能也不仅是她的,而是葛娜、尤丝露们所共有的,区别只在于每个人内心的纠结、冲突和不安的程度有所区别。因此这样的小说,正是一种"问题小说",它们不是像传统的空灵作品那样令人感到赏心悦目、心旷神怡,它们首先是对社会问题的反思和批判。

《猜拳游戏》对人性和人的命运的无定和无常作了精妙的演示。"夏商"和药剂师萧客及其妻子丛蓉约好在傍晚共进晚餐,因为"夏商"想借萧客父亲的权力推销婴儿奶粉。丛蓉是"夏商"圈子里最漂亮的女人,还是他的前女友。丛蓉曾暗示过"夏商"萧客在追她,但"夏商"以为丛蓉已经是自己的人了,就没在意。而丛蓉没能断然拒绝萧客同看电影的邀请却引起了误会,因为他们从电影院出来时被"夏商"撞见了。"夏商"把一封普通来信拿来故弄玄虚以引起丛蓉的怀疑,想要在心理上报复一下丛蓉,要要小心眼,却没想到真误导了丛蓉。她说她要去法国,但实际上只去了俩月,等"夏商"再得到她信息的时候,看到的却是丛蓉和萧客结婚的请柬。此刻,坐在饭馆里的"夏商"先等到的却是丛蓉,而萧客迟迟不出现。更蹊跷的是,终于得知萧客出门前被警察截走了,萧客想不起自己有什么违法的事情。丛蓉对接待的警察说她是萧客的妹妹,问萧客犯了什么法。原来有一只"鸡"供出了萧客,她的包里有萧客的名片。小房间里连萧客陆续关进了七个人:文学编辑宋、电厂秘书张、炒货业务员王、讲师葛、采购员唐、船老大于。大家都一脸沮丧,唯一的例外是讲师葛,那张脸居然幸灾乐祸似的。"这种事情本来就是两个人暗地里的交易,她死咬住你,你就跳进黄河也洗不清。"七个人纷纷质疑有谁真和那"鸡"发生过关系而让大家跟着受牵连。有人开始观察谁是真正的嫖客。秘书张提议大家做猜拳游戏:最后一个出局者将被假设为那个真正的嫖客。结果船老大于最后出局,然而,他却是被最早释放的人。离开饭馆"夏商"去看了别的朋友,回到家竟然看到丛蓉就在自家的楼下。丛蓉选择"夏商"作为倾诉的对象显然是选错了人,"夏商"甚至显得比丛蓉更加羞愧和不安,他想,他能对丛蓉说萧客的什么不好吗?"猜拳游戏"的结果都和实际被先放的人不一致。第三天下午,萧客打来电话,"夏商"知道他被释放了出来,但对电话里的问题回答不了,"夏商"不知道丛蓉在哪儿。"夏商"想,即使自己知道丛蓉在哪儿又怎么能对萧客说呢。丛蓉和幼儿园同事傅建玲住在一起,她打掉了肚子里的孩子。这个"猜拳游戏"像一切游戏一样都只有一个空洞的形式,并没有实质的意义。七个嫌疑人并不能决出谁是真正的"祸根",实际的命运总出乎意料,难以把握,如同"夏商"和丛蓉当年的恋爱关系以及丛蓉和萧客的婚姻关系。当然在这种不可捉摸、难以把握的人生感之外,小说也透露出了人性瞬息万变的可能,更透出了对爱情婚姻以及与之密切相关的人与人之间的猜忌与信任,作品对人的婚姻心性之缘充满了悲观和虚无的情绪,而人的互认与互守之不可把握的绝望之感恰是"猜拳游戏"这个没有实质内容的形式游戏中沉甸甸的东西,它弥漫在作品描绘的摇曳、空洞、流动的浮世景象间①,在空灵的叙事格调里泛着晶亮、冷冰的色彩。

四

夏商这些小说无论含有哪种因素构成的空灵,其实都与我们通常所说的古典美学的超拔、高雅、曼妙的空灵不一样,它们是小说家灵性的表现,显示了作家在作品形式上的精巧智慧,使小说的叙述不再笨重,同时,这些小说也放弃了思想灌输,把对生活的反映和理解变成了托马斯·艾略特所谓的

---

① 肖涛:《夏商:用文字勾勒流动的浮世绘》,《文艺报》2018 年 10 月 31 日第 3 版。

非个人的,并借"客观关联物"而将自己的思想情感赋予作品形式①,或使情感凝注转化为形式。其实这种空灵还可以从更深的意趣与根源上挖掘,学者李幼蒸在评述罗兰·巴特的"文本享乐主义"的时候说道:"'娱乐'或'快乐'成为一种空灵的能指,成为无目的的目的;其所谓快乐实际上是内心极度颓丧的一种映像。"②而这一阐释从夏商小说描写的内容来说,也正映射了商业时代都市年轻人生活的形式化、符号化和他们内心世界的某种症候。因此,夏商这些小说的空灵是一种现代的空灵,不再散发古典的雅致,而是呈现为一种后现代的精致和落寞,让人联想到暮色中玻璃钢主导、摩天大楼林立的城市。

---

① 张隆溪:《二十世纪西方文论述评》,生活·读书·新知三联书店 1986年版,第 38 页。

② 李幼蒸:《译者前言》,见罗兰·巴特:《写作的零度》,李幼蒸译,中国人民大学出版社 2008 年版,第 7 页,前言。

附录

夏商小说创作年表

1969 年

12 月 15 日,出生于浦西多稼路上海第二人民医院,户籍地浦东川沙县六里乡周家弄。母亲务农,父亲系上海海运局沿海海员,两岁起寄居于沪西普陀区东新村祖母家。

1978 年

回到浦东浦三路父母家,在六北小学读小学。

1983—1984 年

在浦东中学读书。初二上半学期辍学,此后再没有接受学历教育。

1985 年

父母家被圈入南浦大桥工程拆迁范围,征地被分配到上海助剂厂。因未满 16 足岁,童工不能报到,跟祖母回祖籍地建湖住了半年。

12 月 15 日,是日 16 岁生日,去白莲泾上海助剂厂报到,在固色剂工段当化学操作工。开始自学写作,在上海省版书店南码头门市,接触到存在主义、先锋文学等西方文化思潮书籍。

1986—1988 年

为增加词汇量,通读 1979 年版《辞海》及《同义词词林》,尝试自由投稿。

1989 年

10 月,散文处女作《雨夜陷阱》发表于四川绵阳《剑南文学》第 5 期,发稿编辑张晓林。此篇是唯一用原名夏文煜发表的作品,此后启用笔名夏商至今。

1991 年

开始为《新民晚报》《劳动报》《新闻报》《青年报》《生活周刊》《书讯报》等沪上报纸写副刊文章。

6 月,短篇小说《爱情故事》发表于《山花》第 6 期。此篇是小说处女作,发稿编辑黄祖康。

1992 年

5 月 8 日,《青年报》发表"夏商散文专辑",系该报创刊以来首个个人文学作品专版,发稿编辑胡培炯。同年在《文汇电影时报》开设电影随笔专栏。

7 月,短篇小说《秋天故事》发表于《山花》第 7 期。短篇小说《情景》发表于《剑南文学》第 4 期。

1993 年

1 月,短篇小说《春天故事》发表于《山花》第 1 期。

5 月,短篇小说《故人旧事》发表于《剑南文学》第 3 期。向工厂申请停薪留职。后辞职创办广告及设计工作室谋生。

1994 年

3 月,短篇小说《风光如雾》发表于《上海文学》第 3 期。

6 月,中篇小说《雨季的忧郁》发表于《萌芽》第 6 期。

11 月,中篇小说《嫌疑》发表于《花城》第 6 期。

1995 年

1 月 8 日,儿子夏周出生。

1 月,中篇小说《轮廓》发表于《萌芽》第 1 期。同期配发编辑笔记《夏商印象》。

6 月,中篇小说《爱过》发表于《上海文学》第 6 期。

8 月,中篇小说《我的姐妹情人》发表于《作家》第 8 期。

9 月,中篇小说《酝酿》发表于《钟山》第 5 期。

1996 年

9 月,中篇小说《爱过》收录于今日中国出版社《中国当代情爱伦理作品书系》。

1997 年

2 月,短篇小说《出梅》发表于《作家》第 2 期,同期配发创作谈《小说的创意》。

4 月,短篇小说《出梅》转载于《小说月报》第 4 期。

5 月,中篇小说《恨过》发表于《漓江》第 3 期。

7 月,参加《钟山》《大家》《作家》《山花》及《作家报》四刊一报联办的"联网四重奏"。中篇小说《剪刀石头布》发表于《钟山》第 4 期。中篇小说《看图说话》发表于《大家》第 4 期。短篇小说《一个耽于幻想的少年的死》发表于《作家》第 7 期。短篇小说《正午》发表于《山花》第 7 期。

8 月 21 日,《作家报》刊发"联网四重奏"创作谈和两篇评论。

9 月,短篇小说《一个耽于幻想的少年的死》转载于《短篇小说》第 9 期。

1998 年

1 月,短篇小说《水果布丁》发表于《漓江》第 1 期。短篇小说《浪琴》发表于《作家》第 1 期。短篇小说《香水有毒》发表于《广州文艺》第 1 期。

5 月,参加朱文、韩东、吴晨骏发起的"断裂问卷"(问卷整理后，发表于《今天》第 4 期和《北京文学》第 10 期）。短篇小说《童年的夜晚》发表于《青年文学》第 5 期。

9 月，"夏商作品小辑"（短篇小说《刹那记》《金陵客》，创作谈《短篇小说的秘密》以及《夏商访谈录》）发表于《作家》第 9 期。

11 月，"青年作家专辑"（短篇小说《飞车走壁》，创作谈《说一说成长小说》，评论《夏商小说漫评》）发表于《文学世界》第 6 期。短篇小说《刹那记》转载于《小说选刊》第 11 期。短篇小说《金陵客》转载于《小说月报》第 11 期。中篇小说《恨过》收录于今日中国出版社《中国当代情爱伦理作品书系》。

1999 年

1 月，中篇小说《休止符》发表于《时代文学》第 1 期。短篇小说《出梅》收录于北京十月文艺出版社《新生代作家小说精品》。

3 月，对话《从上海出发——沪上小说家三人谈》（与谈人西飐、张生）发表于《北京文学》第 3 期。

4—5 月，策划并命名"后先锋文学"（组织十多位后先锋作家在《作家》《青年文学》《时代文学》发表小说和文论，成为 20 世纪末重要文学现象）。短篇小说《集体婚礼》发表于《作家》第 4 期。中篇小说《八音盒》发表于《青年文学》第 4 期（为同期封面人物）。短篇小说《高跟鞋》发表于《时代文学》第 3 期。文论《先锋是特立独行的姿态》发表于《作家》第

5 期。

7 月,《〈休止符〉五人谈》(李敬泽、张旻、施战军、吴义勤、张颐武)发表于《时代文学》第 4 期。

2000 年

1 月,小说集《香水有毒》由湖北教育出版社出版。短篇小说《今晚》发表于《北京文学》第 1 期。短篇小说《二分之一的傻瓜》发表于《作家》第 1 期。短篇小说《金色镶边的大波斯菊》发表于《当代小说》第 1 期。随笔《银色笔记》(部分章节)发表于《青年文学》第 1 期。出任《作家》艺术总监。

2 月,短篇小说《-2℃》发表于《山花》第 2 期。

4 月,短篇小说《二分之一的傻瓜》转载于《小说选刊》第 4 期。中篇小说《休止符》收录于花山文艺出版社《世纪末小说系列》。

7 月,短篇小说《日出撩人》发表于《花城》第 4 期。

8 月,短篇小说《开场白》发表于《作家》第 8 期。

9 月,短篇小说《岁月正浓》发表于《时代文学》第 5 期。

11 月,短篇小说《沉默就是千言万语》发表于《小说界》第 6 期。

12 月,随笔《银色笔记》(部分章节)发表于《青年文学》第 12 期。

2001 年

1 月,长篇小说《全景图》发表于《花城》第 1 期。短篇小说《口香糖》发表于《长城》第 1 期。短篇小说《二分之一的傻瓜》收录于漓江出版社《2000 中国年度最佳短篇小说》。

2 月,创办并主编《全景》杂志,因涉敏感话题一期而斩(已编辑完成的第二期未准许印刷)。

3 月,"青年小说家档案"(随笔《自由撰稿人之谜》,印象记《想象我打电话给他——夏商印象》)发表于《当代小说》第 3 期。

4 月,短篇小说《孟加拉虎》发表于《人民文学》第 4 期。短篇小说《沉默就是千言万语》转载于《小说选刊》第 4 期。

6 月,《全景图》易名为《裸露的亡灵》,《休止符》易名为《标本师之恋》,同时由花城出版社出版。

7 月,短篇小说《孟加拉虎》转载于《中华文学选刊》第 7 期。

9 月,小说集《爱过》由花山文艺出版社出版。

2002 年

2 月,对话《将一份真诚和理解还给小说——夏商访谈录》(与谈人张钧)收录于广西师范大学出版社《小说的立场——新生代作家访谈录》。

2003 年

4 月,短篇小说《二分之一的傻瓜》收录于美国华盛顿大学出版社《中国当代短篇小说高级读本》。

6 月,短篇小说《刹那记》收录于上海文艺出版社《三城记小说系列》。

8 月,短篇小说《孟加拉虎》收录于上海文艺出版社《上海作家作品双年选 2001—2002》。

2004 年

1 月,长篇小说《妖娆无人相告》由作家出版社出版(多年后再版恢复原名《乞儿流浪记》)。

9 月 20 日,上海外国语大学,做题为"小说是人类的秘史"的文学讲座。

10 月 15 日,文论《当下的先锋写作:语言的末路狂欢》发表于《文汇读书周报》。

12 月 25 日,上海华山路昨天今天明天酒吧,"《妖娆无人相告》——夏商圣诞小说赏读会",与谈嘉宾刘苇、叶沙、任晓雯。

2005 年

3 月,讲稿《小说是人类的秘史》发表于《南方文坛》第 2 期。

11 月,"作家专访"小辑(短篇小说《金色镶边的大波斯菊》,创作谈《短篇小说的秘密》,访谈录《夏商——有棱有角 and 心态平和》)发表于《青年作家》第 11 期。

2009 年

7 月,口述实录《夏商的双面人生》,发表于《上海画报》7 月号。

10月,"夏商自选集"(包括长篇小说《乞儿流浪记》《裸露的亡灵》,中篇小说集《我的姐妹情人》,短篇小说集《沉默的千言万语》,共四卷),由上海锦绣文章出版社出版。

11月1日,淮海路大上海时代广场中庭,"夏商自选集"首发式暨夏商作品研讨会。

10月10日,搜狐文化客厅,"夏商自选集"分享会,与谈嘉宾张者、邱华栋。

11月13日,《天天新报》刊发专访《小说家才是最正统的作家——先锋作家夏商自选集出版》。

11月,口述实录《夏商:后先锋派旗手重回文坛》,发表于《TIMEOUT 上海》11月号。

2010 年

1月7日,《外滩画报》刊发书评《夏商的复调四重奏》。

4月26日,《经济观察报》刊发专访《夏商:城市气质要靠百余年积淀》。

2011 年

1月,口述实录《头七献花的人》,发表于《号外》1月号。

9月,短篇小说《美丽幼儿园》发表于《天涯》第5期。

9月22日,参加英国大使馆文化教育处"纪念狄更斯诞辰200周年"活动,威海路上海静安读书会,做题为"文学、语文与中国教育"的文学讲座,与谈嘉宾任晓雯。

2012 年

2 月,讲稿《文学、语文与中国教育》发表于《西湖》第 2 期。

4 月,长篇小说《东岸纪事》发表于《收获》长篇专号春夏卷。

7 月 18 日,《申江服务导报》刊发专访《夏商:我永远是先锋小说家》。

10 月,《夏商短篇小说自选集》由新世纪出版社出版。

11 月 8 日,《生活新报》刊发专访《夏商:用良心跳灵魂的舞蹈》。

2013 年

1 月,《东岸纪事》上下卷由上海文艺出版社出版。

3 月,对话《夏商:写小说是个笨活》(与谈人河西)发表于《南都周刊》第 8 期。

3 月 11 日,《新民周刊》刊发书评《关于夏商,关于东岸》。

3 月 29 日,《北京青年报》刊发书评《老浦东的市井群像图》。

4 月 3 日,《申江服务导报》刊发报道《浦东往事——东岸的上海》。

4 月 7 日,《新文化报》刊发专访《好的小说家都会迎难而上——对话作家夏商》。

4 月 14 日,《华商晨报》刊发专访《夏商:用文字还原繁华浦东的前世》。

4 月 16 日,《环球时报》(英文版)刊发报道《The town I loved so well》推荐《东岸纪事》。

5 月 2 日,《北京日报》刊发书评《夏商:浦东的怀旧与乡愁——长篇小说〈东岸纪事〉读后》。

5 月 5 日,《晶报·深港书评》刊发书评《浦东的怀旧与乡愁》。

5 月 19 日,《南方都市报》刊发书评《群像矗立的老浦东浮雕——评夏商长篇新作〈东岸纪事〉》。

5 月 30 日,《文学报》刊发书评《欢迎"上海文学"的睡虎醒来——评夏商〈东岸纪事〉》。

6 月,对话《我不画鬼,我画人》(与谈人河西)发表于《ELLE MEN 睿士》6 月号。

6 月 16 日,《羊城晚报》刊发专访《夏商:我越来越敬畏生活》。

6 月 27 日,《文学报》刊发专访《夏商:我要抵达生活的细部》。

7 月,随笔集《银色笔记》由上海三联书店出版。对话《〈东岸纪事〉及其他》(与谈人河西)发表于《西湖》第 7 期。

7 月 11 日,《外滩画报》刊发书评《浦东浮世绘》。《解放日报》刊发书评《上海文学里的方言土语——从夏商〈东岸纪事〉说起》。

8 月,随笔集《时间草稿》由上海三联书店出版。随笔

《银色笔记》(部分章节)发表于《山花》第 8 期。

9 月,"《东岸纪事》评论小辑"(杨扬、肖涛等)发表于《南方文坛》第 5 期。

10 月 26 日,随笔《短篇小说的秘密》发表于《晶报·深港书评》。

12 月,口述实录《夏商:世界有它温情的一面》,发表于《芒果画报》12 月号。

12 月 6 日,长篇小说《东岸纪事》售出影视改编权。

2014 年

1 月,随笔《银色笔记》(部分章节)发表于《长城》第 1 期。

4 月 27 日,上海音乐学院,做题为"用诗意抵抗粗鄙时代"的文学讲座,与谈嘉宾李蕾、梦晓。

6 月,随笔《时间草稿》(部分章节)发表于《北京文学》第 6 期。

8 月,口述实录《夏商:以最古典的姿态写作》,发表于《TIMEOUT 上海》8 月号。

9 月,对话《体制内外的写作——夏商答法国〈世界报〉记者问》(与谈人 Nils AHL,同声翻译陈丰)发表于《西湖》第 9 期。

10 月 24 日,复旦大学中文系、上海文艺出版社、收获杂志社主办"夏商《东岸纪事》作品研讨会"。

12 月,随笔《银色笔记》(部分章节)发表于《天涯》第

6 期。

2015 年

1 月 1 日,经多年筹备,起笔创作长篇小说《西区野史》。

3 月,对话《微博的媒体属性与公共书写》(与谈人陈静茜)发表于《天涯》第 2 期。

6 月,《回到废话现场——夏商讲谈录》由华东师范大学出版社出版。

6 月 13 日,合肥纸的时代书店,做题为"文学与日常中的性"的文学讲座。

6 月 27 日,上海福州路大众书局,做题为"回到废话现场——小说的虚构与现实"的文学讲座,与谈嘉宾郜元宝、杨扬。

7 月 2 日,《文学报》刊发报道《小说家介入非虚构的冒险》推荐《回到废话现场》。

12 月 8 日,上海电力大学,做题为"小说是怎么写出来的"的文学讲座。

2016 年

2 月,长篇小说《标本师》发表于《十月·长篇小说》第 2 期。

3 月 24 日,讲稿《小说是怎么写出来的》发表于《文学报》。

5 月,长篇小说《东岸纪事》上下卷(精装修订版),由华东师范大学出版社出版。

6月22日,长篇小说《标本师》售出电影改编权。

6月25日,杭州钟书阁书店,做题为"上海的A面与B面"的文学讲座,与谈嘉宾艾伟、李郁葱。

7月,讲稿《用诗意抵抗粗鄙时代》发表于《长城》第4期。

7月17日,《南方都市报》刊发书评《制作一幅爱情的标本》。

7月29日,苏州慢书房,做题为"上海的A面与B面"的文学讲座,与谈嘉宾林舟、朱文颖。

8月,《ELLE MEN睿士》8月号刊发书评《文学的纠正》推荐《东岸纪事》。

8月7日,北京单向空间书店,做题为"知识小说的可能性"的文学讲座,与谈嘉宾贺奕、于一爽。

8月12日,《新文化报》刊发专访《标本师的血腥美学——专访小说家夏商》。

8月13日,上海衡山路大隐书局"大夏读书会",做题为"当我们在谈论浦东时,我们在谈论什么"的文学讲座,与谈嘉宾王焰、杨扬。

8月15日,《新民周刊》刊发书评《反类型的"类型小说"》推荐《标本师》。

9月,讲稿《小说是怎么写出来的》发表于《名作欣赏》第9期。随笔《好小说是改出来的》发表于《小说界》第5期。

10 月 18 日,福建师范大学,做题为"一个小说家眼中的上海史"的文学讲座,与谈嘉宾陈希我。

11 月 24 日,讲稿《小说家和他的写作地理》发表于《文学报》。

2017 年

1 月 2 日,父亲去世。

3 月,讲稿《一个小说家眼中的上海史》发表于《天涯》第 2 期。

4 月,讲稿《知识小说的可能性》发表于《西湖》第 4 期。长篇小说《标本师》,转载于《江南·长篇小说月报》第 2 期,同期转载林舟评论《当爱情成为一具标本》及讲稿《知识小说的可能性》。讲稿《一个小说家眼中的上海史》收录于《上海文学发展报告(2017)》。

5 月,散文《爸爸的小画》发表于《散文》第 5 期。讲稿《文学与日常中的性》发表于《山花》第 5 期。长篇小说《裸露的亡灵》(精装纪念版),由花城出版社出版。

5 月 11 日,《南方日报》刊发书评《以野性姿态挑战"上海文学"书写传统》推荐《东岸纪事》。

9 月,随笔《银色笔记》(部分章节)发表于《天涯》第 5 期。

11 月,"《标本师》评论小辑"(郭艳、桫椤、郑鹏),发表于《当代作家评论》第 6 期(为同期封面人物)。

12 月 7 日,《文汇读书周报》刊登书评《夏商笔下的浮世绘与血腥之美》。

2018 年

1 月 25 日（美东时间），以 EB1—A 优才身份移居美国。

2 月，长篇小说《乞儿流浪记》（精装修订版），由江苏凤凰文艺出版社出版。"夏商评论小辑"（陈晓明、郜元宝、阎晶明、蔡家园、朱燕玲）发于《名作欣赏》第 2 期。

2 月 4 日（美东时间），哈佛大学燕京图书馆，做题为"上海的 A 面与 B 面"的文学讲座。

3 月，短篇小说《猫烟灰缸》发表于《江南》第 2 期。短篇小说《金鱼》发表于《南方文学》第 2 期。

4 月，短篇小说《雪》发表于《鸭绿江》第 4 期。

5 月，"夏商小说系列"（包括长篇小说《东岸纪事》《乞儿流浪记》《标本师》《裸露的亡灵》，中篇小说集《八音盒》《猜拳游戏》，短篇小说集《刹那记》《孟加拉虎》，共八种九卷），由华东师范大学出版社出版。

5 月 19 日，上海新天地言几又书店，"夏商小说系列"首发式。

5 月 22 日，参加第二届中欧国际文学节，福州路德国驻上海总领馆文化教育处，做题为"召唤作家的缪斯"的主题发言。

6 月，长篇小说《乞儿流浪记》（节选），转载于《江南·长篇小说月报》第 3 期，同期转载陈晓明评论《妖娆地展现弱势群体》。

7月14日(美东时间),纽约法拉盛图书馆,做题为"写作首先是一种自由"的文学讲座,与谈嘉宾严力、邱辛晔。

10月16日,华东师范大学,做题为"文学地理的虚与实"的文学讲座,与谈嘉宾朱国华、文贵良。

10月25日,澳门大学,做题为"假想:传统文化与中国文学重塑"的演讲。

2019 年

1月,短篇小说《猫烟灰缸》入选花城出版社《2018 中国短篇小说年选》。

4月3日,"夏商小说系列"中国人民大学分享会。与谈嘉宾李建军、郭英剑。

5月,讲稿《文学地理的虚与实》发表于《天涯》第3期。讲稿《上海的 A 面与 B 面》发表于《山花》第5期。

5月16—17日,"夏商小说系列"南京大学分享会,与谈嘉宾吴俊、何平。"夏商小说系列"南京大学金陵学院分享会,与谈嘉宾杨骏、张建勤。

6月,选编《海外华语小说年展2019》由华东师范大学出版社出版。

7月,随笔《移步纸上展厅——〈海外华语小说年展2019〉策展人语》发表于《名作欣赏》第7期。

7月6日,上海外滩22号,"母语的海外孤星——《海外华语小说年展2019》首发式",与谈嘉宾王焰、张闳、葛红兵、喻荣军、王宏图、王海。

11 月 9 日（美东时间），纽约法拉盛图书馆，"母语的海外孤星——《海外华语小说年展 2019》纽约分享会"，与谈嘉宾王芫、张惠雯、李一楠、李凤群、凌岚。

12 月 9 日，复旦大学，做题为"从故乡到他乡的写作"的文学讲座，与谈嘉宾王焰、严锋。

2020 年

1 月，短篇小说《孟加拉虎》（英译）收录于英国逗号出版社《THE BOOK OF SHANGHAI》。

8 月 6 日（美东时间），新冠疫情中赴美，定居纽约长岛。

11 月，随笔《"专业素养"与"完整训练"——〈海外华语小说年展 2020〉策展人语》发表于《名作欣赏》第 11 期。

12 月 1 日，参加第五届中欧国际文学节，与塞浦路斯作家斯塔夫罗斯·克里斯托多罗进行题为"沉浸在创作中"的视频对话，同声翻译柏琳。

2021 年

2 月，选编《海外华语小说年展 2020》由华东师范大学出版社出版。对话《乡村消逝的一种方式》（与谈人袁菁）发表于《山西文学》第 2 期。

3 月，口述实录《一个社会青年如何成为广告人和小说家》，发表于《城市中国》3 月号。

4 月，对话《从"后先锋"到编年体地理志写作——夏商访谈录》（与谈人张娟）发表于《写作》第 2 期。

5月,随笔《写作是一切事与物的拼图》发表于《名作欣赏》第5期。

2022 年

1月,中篇小说集《初恋两种》由漓江出版社出版。

2月,选编《2021 海外年度华语小说》由漓江出版社出版。

4月,散文《来途》发表于《满族文学》第4期。

2023 年

3月,选编《2022 海外年度华语小说》由漓江出版社出版。

10月,中国政法大学人文学院教授张灵专著《夏商小说论》,由上海教育出版社出版。

夏商研究参考文献

2001 年

张海印:《彩虹主宰着所有人的人生——读夏商的〈全景图〉》,《当代文坛》第 5 期

2013 年

郜元宝:《空间·时代·主体·语言——论〈东岸纪事〉对"上海文学"的改写》,《当代作家评论》第 4 期(收录于《不如忘破绽:郜元宝文学批评自选集》,作家出版社 2021 年 12 月出版)

靳路遥:《异数上海:一曲老浦东的挽歌——评夏商的〈东岸纪事〉》,《文艺争鸣》第 10 期

杨扬:《浦东的怀旧与乡愁》,《南方文坛》第 5 期

肖涛：《浦东浮世绘的文学重构》，《南方文坛》第 5 期（收录于《游牧与栖居——交互时代的文学叙事》，作家出版社 2022 年 4 月出版）

2015 年

陈思和、王宏图等：《夏商〈东岸纪事〉研讨会发言纪要》，《中国政法大学学报》第 4 期

濮钒：《论夏商〈东岸纪事〉的世俗情味》，《北方文学》第 12 期

2016 年

张灵：《论〈东岸纪事〉的结构艺术和思想旨趣》，《扬子江评论》第 3 期

王陌尘：《〈东岸纪事〉的先锋精神》，《小说评论》第 5 期

靳路遥：《对迷宫的营造由来已久——论夏商小说的命运主题》，《雨花·中国作家研究》第 7 期

2017 年

张灵：《绝望爱情的正仿和戏仿——夏商长篇小说〈标本师〉的叙事策略》，《南方文坛》第 3 期

王陌尘：《呈现心灵世界的绝对零度——夏商长篇小说〈标本师〉试析》，《雨花·中国作家研究》第 3 期

林舟：《叙事套叠的互文与意义的共生——评夏商长篇小说〈标本师〉》，《雨花·中国作家研究》第 3 期

肖涛：《夏商的颓废美学——长篇小说〈标本师〉简论》，

《雨花·中国作家研究》第 3 期

肖涛:《夏商长篇小说母题简析——兼谈"后先锋"文学的转向》,《鸭绿江》第 8 期(收录于《游牧与栖居——交互时代的文学叙事》,作家出版社 2022 年 4 月出版)

郭垚:《人与欲望的辩证法——夏商小说论》,《扬子江评论》第 6 期

郭艳:《现代性的个人精神景观叙事——夏商〈标本师〉读后》,《当代作家评论》第 6 期

桫椤:《私人化叙事中的先锋蜕变——评夏商长篇小说〈标本师〉》,《当代作家评论》第 6 期

郑鹏:《艺术小说的"标本"——夏商长篇小说〈标本师〉的形式及其力量》,《当代作家评论》第 6 期

2018 年

陈晓明:《妖娆地展现弱势群体——评夏商的〈乞儿流浪记〉》,《名作欣赏》第 2 期

郜元宝:《"岛屿"的寓言——读夏商长篇小说〈乞儿流浪记〉》,《名作欣赏》第 2 期

阎晶明:《悲剧的幻灭——夏商长篇小说〈裸露的亡灵〉读后》,《名作欣赏》第 2 期

蔡家园:《异质性的"上海生活"经验——评夏商长篇小说〈东岸纪事〉》,《名作欣赏》第 2 期

朱燕玲:《我心中真正的祖国,是母语》,《名作欣赏》第 2 期

梁贝、王春林：《上海"日常叙事"中的"宏大叙事"——关于夏商长篇小说〈东岸纪事〉》，《励耕学刊》第 2 辑（收录于《海派长篇小说十论》，译林出版社 2023 年 4 月出版）

张艳梅：《俗世悲欢无岸——我读夏商小说〈东岸纪事〉》，《新文学评论》第 4 期

张灵：《人物是永恒的诗学命题——浅析夏商〈东岸纪事〉里的"众生相"》，《新文学评论》第 4 期（转载于"人大复印报刊资料"《中国现代、当代文学研究》2019 年第 5 期）

陈嫣婧：《无意义中的"意义"探寻——论〈东岸纪事〉中的现代叙事元素》，《新文学评论》第 4 期

张灵："睡美人"式"时间机制"与人的"性与命"的迷思——夏商长篇小说〈裸露的亡灵〉解读》，《百家评论》第 6 期

2020 年

吴娱玉：《上海叙事的另一种方式——论〈东岸纪事〉的叙事策略及意义》，《当代文坛》第 1 期

张灵：《一部"叙述为王"的先锋力作——夏商小说〈乞儿流浪记〉的底层叙事》，《关东学刊》第 2 期（转载于"人大复印报刊资料"《中国现代、当代文学研究》2021 年第 2 期）

李劼：《〈东岸纪事〉叙事的返璞归真》，《当代作家评论》第 2 期

张灵：《修辞是一种微观的叙述——以夏商小说〈乞儿流浪记〉为例》，《南方文坛》第 6 期

2021 年

张灵:《"及物"或"不及物"——夏商小说的表演意识与结尾艺术》,《重庆师范大学学报·社会科学版》第 6 期

2022 年

张灵:《夏商小说的戏剧性》,《当代文坛》第 2 期

张灵:《叙述是人性的探访与故事的设计——夏商小说的叙事学实践》,《名作欣赏》第 10 期

2023 年

张灵:《如何记住我们的青春期——夏商笔下的成长小说》,《小说评论》第 1 期

张灵:《后现代的精致和落寞——夏商小说的审美解读》,《文艺论坛》第 1 期

张闳:《论夏商〈东岸纪事〉的"浦东叙事"》,《小说评论》第 5 期

关联参考文献

李晓峰:《论孤独心态与新生代作家的创作》,《武警工程学院学报》2003 年第 5 期

郑周明、张迪:《作家与笔下的城市文化地标》,《文学报》2016 年 8 月 18 日

张红娟:《方言进入小说的策略——小说中方言注释现象论析》,《扬子江评论》2017 年第 4 期

徐刚：《现实性、传奇或历史的"魅影"——2016 年长篇小说概观》，《当代文坛》2017 年第 4 期

张艳虹、汤拥华：《市井诗学如何可能？——试论当代上海小说研究的一种理论路径》，《文艺争鸣》2017 年第 10 期

洪治纲：《俗世不俗，日常不常——2018 年短篇小说创作巡礼》，《小说评论》2019 年第 1 期

张娟：《新世纪以来后先锋文学的非虚构倾向》，《文艺评谭》2020 年第 5 期

贾艳艳：《文学里的浦东如何丰富上海的精神厚度》，《文汇报》2020 年 12 月 10 日

靳路遥：《1990 年代以来上海文学的都市性》，《中国当代文学研究》2022 年第 6 期

徐勇：《死亡叙事与现代长篇小说的结构问题》，《学术月刊》2022 年第 4 期

朱军：《新世纪上海城市书写中的意象抒情传统》，《文学评论》2022 年第 5 期

狄霞晨：《上海故事里的文学现代性》，《解放日报》2023 年 2 月 16 日

图书在版编目（CIP）数据

夏商小说论 / 张灵著. — 上海：上海教育出版社，
2023.10
ISBN 978-7-5720-2326-2

Ⅰ.①夏… Ⅱ.①张… Ⅲ.①夏商－小说研究 Ⅳ.
①I207.42

中国国家版本馆CIP数据核字(2023)第195268号

责任编辑　朱宇清
装帧设计　陈雪莲

夏商小说论
张　灵　著

出版发行　上海教育出版社有限公司
官　　网　www.seph.com.cn
地　　址　上海市闵行区号景路159弄C座
邮　　编　201101
印　　刷　上海盛通时代印刷有限公司
开　　本　889×1194　1/32　印张 9.875　插页 4
字　　数　180 千字
版　　次　2023年10月第1版
印　　次　2023年10月第1次印刷
书　　号　ISBN 978-7-5720-2326-2/I·0170
定　　价　90.00 元